KB108048

삶에서 우리를 힘들게 하는 것은 원하는 것을 이루지 못하기 때문이 아니라 원하는 마음을 내려놓지 못하기 때문이다. 마음의 평화에 이르기 위해서는 욕망의 자유가 아니라 욕망으로부터의 자유가 필요하다. 코끼리에 끌려다니지 말고 코끼리의 주인이 되어야 한다. 그때 삶은 자유롭고 그 자유로부터 진정한 삶이 시작된다.

영국 케임브리지 대학 출신의 승려 아잔 브라흐마를 세계적으로 유명하게 만든 책 〈술 취한 코끼리 길들이기〉는 그가 태국의 고승 아잔 차 밑에서 수행하면서 얻은 깨달음의 이야기가 실려 있다. 누군가를 가르치기 위해 쓴 책이 아니라 자신의 경험을 통해 깨달음과 통찰을 얻어가는 과정이 진실되게 담겨 있다. 코끼리라는 상징을 통해 두려움과 고통을 극복하는 방법, 분노와 용서에 대한 이야기, 그리고 행복과 불행 같은 수많은 감정들 속에서도 마음을 잃지 않는 법을 108가지의 일화들로 설명하고 있다.

술 취한 코끼리 길들이기

술 취한 코끼리 길들이기

아잔 브라흐마 · 류시화 옮김

연금술사

차례

코끼리를 포기할 수 있는 마음

한 사람이 있었다.

그는 코끼리를 갖고 싶었다. 그는 코끼리가 너무 좋아서 코끼리 한 마리를 갖는 것이 소원이었다. 자나 깨나 코끼리에 대한 생각으로 머리가 뜨거웠다.

그는 차츰 알게 되었다. 당장 코끼리를 갖게 된다 해도 자신은 그걸 키울 능력이 없다는 것을. 그는 평범한 넓이의 마당을 가진 자그마한 집에 살고 있었고, 아주 가난하지는 않았지만 농담으로라도 부자라고 말할 수 있는 형편이 전혀 아니었다. 코끼리를 손에 넣는다 해도 그것을 데려다 놓을 공간이 턱없이 부족했으며, 날마다 코끼리를 배불리 먹일 사료를 살 돈도 갖고 있지 않았다.

그는 자신에게 부가 필요하다는 것을 깨달았다. 코끼리가 과연 자기에게 오게 될지도 의심스러웠지만, 만에 하나 갑자기 그 일이

현실로 이루어진다 해도 그것을 유지조차 할 수 없는 자신의 처지가 고통스러웠다. 그래서 그는 돈을 모으려고 밤낮으로 노력했다. 그러나 생각만큼 잘 되지 않았다. 그가 일차적으로 원하는 것은 코끼리이지 부가 아니었기 때문이다. 그는 곧잘 돈을 모을 기회를 놓치기 일쑤였다. 하지만 코끼리를 너무도 간절히 원했기 때문에 싫지만 돈을 모아야 했다.

왜 하필 코끼리냐고 사람들은 그에게 묻곤 했다. 개나 고양이라면 쉽게 키울 수 있을 것 아닌가? 물론 그 자신도 그런 생각을 안해 본 것이 아니었다. 하지만 그의 마음은 온통 코끼리한테 사로잡혀 있어서 어쩔 수가 없었다.

그는 아직도 부자가 되지 못했고, 아직 코끼리는 그의 것이 아니었다. 이제 그가 원하는 것은 코끼리가 아니었다. 그가 가장 원하는 것은 이것이었다.

'코끼리를 포기할 수 있는 마음.'

권교정의 만화 〈매지션〉에서 읽은 이 이야기는 나의 이야기이자 당신의 이야기이다. 삶에서 우리를 힘들게 하는 것은 원하는 어떤 것을 이루지 못하기 때문이 아니라, 원하는 그 마음을 내려놓을 수 없기 때문이다. 코끼리를 간절히 갈구하면 언젠가는 그것을 소유하게 될 것이라고 세상은 말한다. 하지만 그것은 결국 또 다른 고통의 시작일 뿐이다. 왜냐하면 거기 언제나 더 멋지고 아름다운 코끼리가 존재하기 때문이다.

인간이 추구하는 자유에는 두 종류가 있다. 하나는 '욕망의 자유'이고, 다른 하나는 '욕망으로부터의 자유'이다. 우리는 주로 욕망의 자유, 곧 선택의 자유를 추구하며 살아가며 세상은 그것을 격려한다. 이제 그것은 각자의 마음속에서 날마다 들려오는 거부할 수 없는 욕구와 같다.

"어서 코끼리를 원해. 코끼리를 소유하면 넌 더 많이 행복할 수 있어."

그리하여 코끼리 살 돈을 모으느라 일생의 시간을 다 보낼 것이고, 그런 다음에는 코끼리 사료를 마련하느라 허덕일 것이며, 코끼리와 단 한 번도 즐겁게 노닌 적이 없을 것이다. 그리고 생의 마지막에 이르러서는 결국 그 코끼리 때문에 자신이 한순간도 행복하지 않았음을 깨달을 것이다. 그것이 욕망의 자유를 추구하는 인간의 숙명이다. 고타마 붓다가 6년 고행 끝에 니란자나 강가의 보리수 아래서 깨달은 첫 번째 진리는 '인간의 삶은 두카'라는 것이었다. 두카는 흔히 '고통'으로 번역되지만, 나는 그것을 '행복의 부재'라고 옮긴다.

행복의 부재.

당신과 나의 마음속에서 현실로 이루어지지 못한 코끼리는 결국 불행한 코끼리가 되어 버릴 것이다. 그리고 불행한 코끼리는 머지 않아 술 취한 코끼리가 된다. 술 취한 코끼리는 곧 '행복의 부재'에 대한 슬픈 증명이다. 그 코끼리가 마음속에 살고 있지만, 당신은 그것을 마음대로 다룰 수가 없다. 코끼리는 '행복의 부재'라는 쓰디쓴 술에 취해 있기 때문이다. 술 취한 코끼리가 어느덧 마음의 주인이 되어 버렸다.

여기 또 다른 사람의 이야기가 있다. 한 남자가 시장에 앉아 무엇인가를 먹고 있었다. 그가 너무도 고통스럽고 행복하지 않아 보였기 때문에 사람들이 그의 주위로 몰려들었다. 그는 얼굴이 붉게 충혈되고 눈에는 눈물이 그득했다. 사람들은 처음에는 무엇이 잘못되었는지 몰랐지만, 이내 그가 옆에 칠리를 쌓아 놓고 앉아서 하나씩 입 안에 넣고 있다는 사실을 알아차렸다. 세상에서 가장 맵기로 소문난 인도산 고추 칠리를 입에 넣고 씹을 때마다 남자는 더욱 불편하고 불행해 보였다. 그럼에도 그는 또다시 칠리 하나를 입에 넣는 것이었다. 전보다 더 울상을 지으며.

마침내 누군가 그에게 물었다.

"왜 이렇게 하는 거요? 한두 개 먹었으면 칠리가 얼마나 매운 줄 잘 알 거 아니오? 그런데도 포기하지 않고 계속해서 먹는 이유가 뭐요?"

매우 고통스런 얼굴을 하고 그 남자가 말했다.

"혹시 단맛이 나는 칠리 고추가 있을지도 모르잖소."

단맛 나는 고추를 발견할 수 있지 않을까 하는 희망으로 매운 고추를 계속해서 먹는 고통스런 남자의 이야기 역시 나의 이야기이고 당신의 이야기다. 그것은 인간 실존의 문제이다. 우리가 삶에서 어떤 일을 하든 그것은 곧 행복을 찾아 나서는 일이다. 문제는 우리가 달디 단 칠리 고추를 기대하는 저 인도인 남자처럼 잘못된 장소에서 그것을 찾고 있다는 점이다. 그런 고추는 세상에 존재하지 않기 때문이다. 매운 것이 곧 칠리의 본성이기 때문이다. 따라서 그 집착과 기대를 내려놓는 일이야말로 진정한 단맛(그것이 사랑이든 행복이든)의 발견에 이르는 출발점이 될 수 있다. 수십 수백 번 우리는 선택의 기회가 있었다. 하지만 삶에 대한 어리석은 관점을 고수하는 한 여전히 매운 눈물에서 헤어날 길이 없다.

원하는 것이 코끼리이든 단맛 나는 고추이든 혹은 훌륭한 배우자이든, 결국 우리를 고통스럽게 만드는 것은 '포기할 수 없는 마음'이다. 단순히 오감의 즐거움이라 해도 마찬가지이다. 현실에서의 불만족과 행복의 부재를 심화시키는 것은 바로 이 '내려놓지 못하는 마음'이다.

팔리어로 된 불교 노래에 이런 것이 있다.

"모든 것은 죽는다. 죽는 것은 자연의 법칙이며, 나 역시 죽는다는 것을 의심치 않는다."

현자들이 가장 큰 어리석음으로 꼽는 망상은 '삶이 영원히 지속될 것이라는 착각'이다. 모두는 이 즐거운 망상 속에서 존재의 이유를 찾는다. 세속적인 삶의 목적은 기쁨과 즐거움을 추구하는 것, 그리고 부의 축적뿐이다. 죽음의 관점에서 보면 삶에서 우리가 행하는 이 모든 행위들은 두말할 나위 없이 바보 같은 짓이다. 감각기관을 즐겁게 하는 것, 관계를 갖는 것, 결혼하는 것, 집을 소유하는 것, 부를 축적하고 멋진 자동차를 사는 것, 다양한 즐거운 경험을 쌓는 일들이 죽음에 직면해서 무슨 의미를 갖겠는가?

고대 인도의 왕 아쇼카 형제의 이야기가 있다. 아쇼카에게는 세속적이고 본능적인 즐거움에 빠진 비타쇼카라는 동생이 있었다. 형이 막강한 권력을 가진 왕이었기 때문에 비타쇼카에게는 쾌락에 탐닉할 많은 기회가 제공되었다. 오히려 왕은 나랏일을 챙기고 골치 아픈 문제들을 처리하느라 시간적인 여유가 없었다. 하지만 동생인 비타쇼카는 책임질 일도 없었고, 형 덕분에 모두가 그의 앞에서 굽신거렸으며, 자신이 원하는 모든 것을 누릴 수가 있었다.

불교도가 된 아쇼카는 동생을 진리의 세계로 이끌기 위해 한 가지 계획을 세웠다. 어느 날 아쇼카는 왕이 입는 옷과 왕의 상징인 휘장을 방에 벗어 놓고 외출을 나갔다. 때마침 비타쇼카는 대신들과 함께 왕궁 안을 걷다가 왕의 옷과 휘장이 놓인 방에 이르렀다.

대신 중 하나가 비타쇼카에게 말했다.

"이 옷들이 맞는지 한번 입어 보시죠. 아주 잘 맞을 것 같은데요. 누가 압니까? 당신의 형이 갑자기 세상을 떠나면 동생인 당신이 황제가 되겠지요. 괜찮으니 어서 입어 보세요."

처음에 비타쇼카는 그 제안을 받아들이지 않았다. 왕의 옷을 입고 휘장을 두르는 것은 반역 행위이며 대역죄에 해당하는 짓이었다. 그러나 그의 자만심이 더 컸다. 그리고 누가 왕의 옷을 입어 볼 기회를 마다하겠는가? 이것은 전부 계획된 일이었고, 비타쇼카가 왕의 옷을 입고 거울에 자신의 모습을 비춰 보는 순간 아쇼카 왕이 들어왔다.

아쇼카는 분노에 찬 목소리로 동생을 꾸짖었다.

"지금 무슨 짓을 하고 있는 건가? 감히 왕위를 빼앗겠다는 건가? 이것은 반역이기 때문에 네가 아무리 나의 형제라 해도 법을 집행하겠다."

아쇼카는 즉시 병사들에게 명령했다.

"이 자를 체포해 사형에 처하라."

자비를 청하는 동생의 필사적인 애원과 해명에도 불구하고 아쇼카는 법을 지키겠다고, 그의 가련한 동생을 반드시 사형에 처하겠다고 강조했다. 그러면서 그는 덧붙였다.

"네가 내 동생이니 한 가지 특별 배려를 해 주겠다. 네가 무척이나 왕이 되고 싶었던 모양이니, 앞으로 7일 동안 왕의 모든 권한을 즐길 수 있게 해 주겠다. 어떤 책임도 묻지 않겠다. 네가 원하는 모든 여자를 가질 수 있고, 원하는 모든 음식을 먹을 수 있다. 내가 즐기는 모든 것을 너도 즐길 수 있다. 이 7일 동안 왕이 누리는 모든 것이 너의 것이다. 그러나 7일 후에 너는 반드시 처형당할 것이다. 그것만은 바뀔 수 없다."

7일 후, 아쇼카는 사형장으로 동생을 불러 물었다.

"너는 모든 아름다운 여자들을 즐겼는가? 나의 주방장이 해 주는 최고의 음식들을 맛보았는가? 너는 나의 악사들과 음악을 즐겼는가?"

비타쇼카는 어깨를 떨구고 슬픈 목소리로 말했다.

"내가 어떻게 그 모든 것을 즐길 수 있었겠습니까? 난 하루도 잠을 잘 수 없었습니다. 내가 곧 죽으리라는 걸 알면서 어떻게 그 모든 것을 즐길 수 있겠습니까?"

아쇼카는 웃으며 말했다.

"이제야 네가 깨달았구나. 7일 후든 7달 후든 7년 후든 아니면 70년 후든 네가 반드시 죽으리라는 걸 알면서 어떻게 그 모든 감각적 즐거움들을 누릴 수 있겠는가? 곧 죽으리라는 사실을 알 때 어떤 즐거움이 너를 사로잡을 수 있겠는가? 7일 후든 7달 후든 7년 후든 넌 죽을 것이다."

이 일을 통해 동생 비타쇼카는 진리를 깨달았다. 그때부터 그는 진지한 구도자가 되었다. 죽음에 대한 그의 깨달음은 삶에서 무엇이 중요한가를 분명하게 보게 해 주었다.

탄생은 곧 죽음의 선고이다. 이러한 사실을 아는 것은 삶에서 우선적으로 해야 할 일들을 재정렬시킨다. 무엇이 가장 중요한가? 공중에 던진 막대기는 무거운 끝으로 떨어지게 되어 있다. 당신이 이 삶에서 계속해서 무겁게 축적하고 있는 것은 무엇인가? 행복의 부재, 코끼리에 대한 갈망, 단맛이 나는 칠리에 대한 헛된 기대, 혹은 분노, 질투, 이기심 같은 부정적인 감정들은 결국 무거운 막대기 끝이 되어 머리 위로 떨어질 것이다. 그리고 그것은 삶의 다음 순간, 혹은 다음의 생을 결정지을 것이다.

인도의 어느 방랑승이 말한 것처럼, 마치 머리에 쓰고 있는 터번이 불에 타고 있는 것과 같은데 우리는 지금 무엇을 하고 있는가? 이 세계에서 우리를 묶고 있는 온갖 구속, 매듭, 계획과 일들을 내려놓고 자신의 삶이 어디로 가고 있는지 명상해야 한다. 한 장소에서 다른 장소로 몸을 데려가는 것, 몸을 건강하게 하고 먹이고 씻기고 하는 등 이 모든 일들이 우리의 시간을 다 빼앗고 있다. 마음을 위한 시간은 언제나 매우 적게 남아 있다.

태국 출신의 위대한 영적 스승 아잔 차의 절에는 이런 글귀가 적혀 있었다.

'세상에 행복은 존재하지 않는다는 사실을 알게 됨을 기뻐하라.'

갈망과 갈구에 이끌려 우리는 세상의 행복을 추구한다. 수많은 방법으로 항상 잘못된 장소에서 행복을 찾는다. 그것은 추한 얼굴을 가리기 위해 거울에다 화장을 하는 것과 같다. 그 거울 앞에 서 있는 동안은 만족스럽겠지만, 거울을 벗어나 다른 곳으로 가는 순간 추한 얼굴이 나타난다.

진정한 만족은 원하는 것을 소유하는 것이 아니라, 원하는 마음으로부터 해방되는 것이다. 욕망의 자유가 아니라 욕망으로부터의 자유이다. 세상에는 행복이 존재하지 않음을 깨닫고 그 원하는 마음을 내려놓는 일이다. 고타마 붓다가 깨달은 첫번째 진리가 '행복의 부재'였다면, 그의 두번째 진리는 '세상에는 행복이 존재하지 않음을 깨닫고 행복을 원하는 그 마음을 내려놓는 것'이었다. 그것이 진정한 행복에 이르는 길이다.

원한다는 것은 고통이다. 갈망하는 코끼리를 소유하려고 하는 시도, 조종하는 것, 생각하는 것, 계획하는 것 모두가 고통의 원인이 될 수밖에 없다. 원하는 것에는 끝이 없지만, 원하는 것으로부터의 자유에는 끝이 있다. 만일 전혀 원하는 것도 없고 계획도 필요없다면, 얼마나 많은 자유를 누릴 수 있겠는가? 진정으로 내려놓는다면 모든 문제는 사라진다. 그때 당신은 이미 코끼리 등 위에 올라앉아 있다. 이것은 깨달음의 아름다운 순간이다.

먼저 남방불교의 스승 아잔 차에 대해 이야기해야 할 것이다. 그는 1918년 태국 북동부 작은 시골 마을에서 태어났다. 기본적인 학교 공부를 마치고 절에 들어가 행자승으로 지낸 뒤 아버지를 도와 농사일을 하기 위해 집으로 돌아갔다. 하지만 스무 살이 되었을 때 승려로서의 삶을 계속하기로 결심하고 다시 절에 들어갔다.

승려가 되고 나서 5년 후, 아버지가 갑자기 병에 걸려 세상을 뜨자 아잔 차는 인생의 무상함과 불확실함에 충격을 받았다. 이를 계기로 삶의 의미를 숙고하게 된 그는 자신이 그동안 열심히 공부해 팔리어 경전에 능통한 자가 되었지만 생의 번뇌를 끝내는 방법을 이해하는 데는 한 걸음도 다가서지 못했음을 깨달았다. 환멸을 느낀 그는 전통적인 공부를 버리고 탁발에 의지해 방랑의 길에 나섰다. 수년간 숲 속이나 동굴과 무덤가에서 잠을 자고 마을에서 걸식을 하며 태국 중부까지 4백여 킬로미터를 걸어서 방랑했다.

이 시기, 아잔 차는 중요한 문제와 씨름했다. 명상과 지혜에 대한 가르침들을 두루 공부했고 경전은 그것들에 대해 자세히 설명하고 있었지만, 그는 아직 무엇인가 채워지지 않음을 느꼈다. 그때 그가 찾아간 위대한 스승 아잔 문은 모든 것이 마음에서 일어남을 보는 것이야말로 수행의 핵심이라고 상기시켰다. 이 간결하고도 직접적인 가르침은 아잔 차에게 하나의 계시처럼 전해졌다. 그후 7년 동안 그는 숲 속 수행자의 전통에 따라 지극히 간소한 삶을 실천하면서 더 깊은 명상을 위해 고요하고 외딴 장소들을 찾아다녔다.

여러 해 방랑한 끝에 고향 마을에 초대받아 돌아간 아잔 차는 고향 근처, 당시에는 사람들이 살지 않고 뱀들과 맹수와 심지어 귀신들이 있다고 알려진 파퐁이라는 숲에 정착했다. 수도승에게는 더할 나위 없이 좋은 장소였다. 말라리아와 형편없는 거처와 빈약한 음식에도 불구하고 그의 곁에 모여드는 제자들의 수가 점차 늘어났다. 훗날 왓농파퐁이라고 불리게 된 이 절에 들어서면 샘에서 물 긷는 수행자들과 '명상중, 침묵할 것'이라고 쓰인 팻말이 방문객을 맞이했다. 수행자들은 자신들이 입을 옷을 직접 짜고 염색했으며, 필수품들 대부분을 손으로 만들었다. 그리고 고행승의 계율에 따라 하루 한 끼의 식사를 탁발에 의지하고, 소유물과 옷가지를 최소한으로 제한했다. 아잔 차의 단순하면서도 깊이 있는 가르침에 이끌려 외국인 구도자들이 하나둘 찾아오기 시작했다.

어느 날, 아잔 차의 수행처에 23세의 한 영국인 청년이 찾아왔다. 런던의 노동자 계층 집안에서 태어난 그는 장학생으로 케임브리지 대학에서 이론물리학을 전공했다. 17세 때 학교 도서관에서 우연히 불교 서적을 읽던 중 그는 자신이 이미 불교도라는 사실을 깨달았다. 그래서 대학 졸업 후 1년 동안 고등학교 교사를 하다가 태국 방콕으로 와서 스스로 삭발하고 승려가 되었다. 하루는 친구가 아잔 차의 명성을 듣고 왓농파퐁에 가서 3일만 지내 보자고 그에게 말했다. 그렇게 해서 태국 북동부 밀림으로 간 그는 3일이 아니라 9년을 아잔 차와 함께 생활했다. 그는 아잔 차로부터 아잔 브라흐마(정식 이름은 아잔 브라흐마밤소 마하테라)라는 이름을 받았다.

위대한 스승 아잔 차는 세상을 떠나고, 지금 아잔 브라흐마는 그의 제자들 중 가장 뛰어난 수행자로 꼽히고 있다. 아잔 차와 함께 숲 속 수행자로서 철저한 배움의 시기를 보내고 난 뒤, 호주로 가서 직접 벽돌을 쌓아 남반구 최초의 절을 세웠다. 현대 불교가 탄생시킨 중요한 승려 중 한 명으로 꼽히는 아잔 브라흐마는 특유의 유머와 뛰어난 법문으로 유명하다. 매주 절의 인터넷 홈페이지에 실리는 그의 '금요일 밤의 법문' 동영상은 전 세계에서 매년 수백만 명이 접속해 들을 정도로 인기가 높다.

스승 아잔 차는 말했다.

"깨어 있으라. 무엇에도 얽매이지 말라. 마음을 내려놓고, 모든 것을 흐르는 대로, 있는 그대로 놓아 두라."

또 어느 자리에서 스승은 말했다.

"세상을 살아가며 명상 수행을 하면 다른 이들은 그대를 울리지도 소리 내지도 않는 종처럼 바라볼 것이다. 쓸모없고, 나약한 사람으로 볼 것이다. 그러나 사실은 그 반대이다."

스승 아잔 차와 함께 지낸 일화, 지난 30년 이상 수행자로 지낸 자신의 성장과 경험들, 고대 경전에 실린 이야기, 농담, 그리고 절에서 행한 법문 등을 모아 아잔 브라흐마는 한 권의 책을 냈다. 이책은 몸·마음·영혼을 위한 안내서이며, 마음속 코끼리에 대한 이야기이다.

인도의 수행자들은 목에 염주 목걸이를 걸고 다닌다. 그것을 자파 말라라고 하는데, '자파'는 만트라를 반복해서 외는 것을 뜻하고, '말라'는 목걸이를 의미한다. 완전한 나체 수행을 실천하는 고행승도 이 자파 말라만은 꼭 지니고 다닌다. 자파 말라는 108개의 염주알로 이루어져 있다. 아잔 브라흐마는 이 전통에 따라 『술 취한 코끼리 길들이기』에 108가지 일화들을 담았다. 그 이야기들은 거미줄을 걷어 내는 빗자루처럼 마음속에 걸린 108개의 부정적인 생각들을 걷어 내어 준다. 완전한 삶, 사랑, 두려움, 고통, 분노, 용서, 자유 등이 그 주제이다. 많은 이야기들이 하나에서 다른 하나로 이어지지만 각각의 이야기는 그 자체로 빛을 발하고 있다.

새로운 이야기를 만들어 낼 뿐 아니라 몇몇 '오래된 이야기'들을 되살려 내어 아잔 브라흐마는 불교 서적들이 종종 범하는 난해하고 신비한 분위기를 피하고 있다. 그리하여 불교 승려가 쓴 책이라는 편견을 잊게 만든다. 그는 재미있고 뛰어난 스토리텔러일 뿐 아니라 통찰력을 지닌 수행자로서 절망의 순간에도 우리의 입가에 미소를 떠올리게 만든다.

태양이 뜨거운 인도의 시장에 앉아 칠리를 먹는 남자의 이야기는 그것으로 끝이 아니다. 저녁 무렵 사람들이 집으로 돌아갈 때까지도 그는 여전히 괴로워하며 칠리를 먹고 있었다. 보다 못한 근처 가게 주인이 그에게 물었다.

"그 많은 칠리를 먹어도 단 맛이 나는 것을 발견하지 못했는데, 왜 계속해서 먹고 있는 거요? 고통스럽지도 않소?"

남자는 이제는 고통에 익숙해진 목소리로 말했다.

"여태까지 힘들게 참고 먹어 왔는데, 이제 와서 포기할 순 없지 않소? 지금 포기한다면 지금껏 바친 내 시간들이 얼마나 아깝고 무의미하겠소? 이제 이것은 희망의 문제가 아니라 내 존재의 문제가 되었소."

당신과 나의 삶이 그러하다. 이제 그것은 단맛 나는 칠리에 대한 희망이나 코끼리를 갖게 될 가능성의 문제가 아니라, 우리 존재의 문제가 되어 버렸다. 너무 오랫동안 그것을 갈구하며 살아왔기 때문에 이제 그것을 포기하면 우리의 존재 자체가 근본에서부터 흔들린다. 당신은 진심으로 행복하고 만족하는 사람을 얼마나 알고 있는가? 자신이 행복하다고 말하는 사람이 아니라 진정으로 행복한 사람을.

류시화

마음이라는 코끼리를 세심한 주의를 기울여

여러 방향으로 끌고 가 보면

모든 두려움은 사라지고

완전한 평화가 찾아온다.

마음속에 있는 호랑이, 사자, 코끼리

이 모든 것들을 길들여

다스릴 수 있다.

온갖 두려움과 슬픔은

마음으로부터 오는 것이기 때문이다.

– 아잔 차

1
벽 돌 두 장

인간은 누구나 두 장의 잘못 놓인 벽돌을 갖고 있다. 그러나 우리 안에는 그 잘못
된 벽돌보다 완벽하게 쌓아 올린 벽돌이 훨씬 많다. 이것을 아는 순간, 상황은 그다
지 나쁘지 않게 된다. 그때 우리 자신뿐 아니라 타인과도 평화롭게 지낼 수 있다.

절 지을 터를 구입한 뒤 우리는 말 그대로 빈털터리가 되었다. 뿐만 아니라 빚더미에 올라앉았다. 우리가 산 터에는 아무 건물도 없고, 심지어 비를 가릴 움막조차 없었다. 그래서 처음 몇 주 동안 누워 잘 침대도 없이 헐값에 구입한 중고 문짝 위에서 새우잠을 자야 했다. 바닥의 습기가 올라오지 못하게 문짝 네 귀퉁이에 벽돌을 받쳐 땅바닥에서 약간 뜨게 했다. 매트리스 같은 것도 없었다. 우리는 숲 속 고행승들이었으니까.

주지 스님은 당연히 가장 상태가 좋고 평평한 문짝을 차지했다. 반면에 내가 누워 자는 문짝은 군데군데 홈이 파이고, 손잡이가 있던 자리에는 큼지막한 구멍이 뚫려 있었다. 그 구멍을 가리키면서 나는 밤중에 소변을 보러 굳이 멀리까지 갈 필요가 없겠다고 우스갯소리를 했다. 하지만 사정은 달랐다. 구멍으로 밤새도록 차가운 냉기가 올라와 잠을 잘 수가 없었다.

우리는 절 짓는 일이 시급한 가난한 승려들이었다. 그렇다고 인부들을 고용할 형편은 더더욱 아니었다. 자재 값만 해도 허리가 휘었다. 하루빨리 나 스스로 집 짓는 법을 배우는 도리밖에 없었다. 땅을 파 기초를 세우고, 시멘트와 벽돌을 쌓고, 지붕을 올리고, 배관 시설을 하는 등 하나에서 열까지 전부 내 손으로 해야 할 판이었다. 출가하기 전 나는 이론물리학자였고 고등학교 교사였다. 따라서 육체노동에는 그다지 잔뼈가 굵은 몸이 아니었다. 몇 해가 지났을 때는 집 짓는 솜씨가 꽤 늘어서 나와 내 동료 수행자들은 '절사모(절 짓는 사람들의 모임)'라고 불릴 정도였다. 하지만 처음 시작할 당시는 여간 난감한 일이 아니었다.

벽돌 쌓는 일이 일견 쉬워 보일지도 모른다. 먼저 흙손으로 시멘트 반죽을 한 덩어리 퍼서 바르고 그 위에 벽돌 한 장을 얹은 뒤, 오른쪽을 한두 번 두드리고 다시 왼쪽을 한두 번 두드리면 된다. 그러나 처음 벽돌을 쌓기 시작했을 때는 수평을 맞추기 위해 한쪽을 두드리면 반대쪽이 올라갔다. 그래서 그쪽을 두드리면 이번에는 벽돌이 일직선을 벗어나 앞쪽으로 튀어나왔다. 튀어나온 쪽을 밀어 넣으면 이번에는 반대쪽이 높아졌다. 일머리가 없으니까 그렇다고 나를 무시하기 전에 당신도 한번 해 보라.

명색이 수행자인지라 나는 참을성에서는 일가견이 있었다. 또 시간은 얼마든지 있었다. 따라서 아무리 오래 걸린다 해도 모든 벽을 완벽한 형태로 쌓아 올리기 위해 최선을 다했다. 마침내 첫 번째 벽을 완성한 나는 한 걸음 물러서서 감탄의 눈으로 내가 쌓은 벽을 바라보았다.

그런데 이게 어찌된 일인가? 그제야 중간에 있는 벽돌 두 장이 어긋나게 놓여졌음을 알아차렸다. 다른 벽돌들은 모두 일직선으로 똑발랐지만, 두 벽돌만은 각도가 약간 어긋나 있었다. 여간 눈에 거슬리는 것이 아니었다. 그 벽돌 두 장 때문에 벽 전체를 망치고 만 것이다! 실망은 이루 말할 수가 없었다. 그때쯤 시멘트는 이미 굳을 대로 굳어 벽돌을 도로 빼낼 수도 없었다. 나는 우리의 리더인 주지 스님에게 그 벽을 허물고 다시 쌓자고 제안했다. 솔직히 말해 허무는 정도가 아니라 완전히 날려 버리고 싶었다. 그토록 공을 들였는데 일을 망쳤으니 당혹스럽기 그지없었다.

하지만 주지 스님은 단호하게 고개를 저었다. 벽을 그대로 두어야 한다는 것이었다.

첫 방문객들이 찾아와 우리의 미숙한 절을 안내하게 되었을 때, 나는 외부 사람들이 가능하면 내가 쌓은 벽 앞을 지나가지 않도록 신경을 곤두세웠다. 누구라도 그 잘못 쌓아 올린 벽을 보는 걸 나는 원치 않았다.

절을 다 짓고 서너 달쯤 시간이 흘렀을 때였다. 어느 날 한 방문객과 함께 절 안을 거닐다가 그가 그만 그 벽을 보고야 말았다.

그 남자는 무심코 말했다.

"매우 아름다운 벽이군요."

내가 놀라서 물었다.

"선생님, 혹시 안경을 차에 두고 오셨나요? 아니면 시력에 문제가 있으신가요? 벽 전체를 망쳐 놓은 저 잘못 놓인 벽돌 두 장이 보이시 않나요?"

그가 그 다음에 한 말은 그 벽에 대한 나의 시각, 나아가 나 자신과 삶의 많은 측면에 대한 나의 전체 시각을 근본적으로 바꿔 놓았다.

"물론 내 눈에는 잘못 놓인 두 장의 벽돌이 보입니다. 하지만 내 눈에는 더없이 훌륭하게 쌓아 올린 998개의 벽돌들도 보입니다."

그 순간 나는 말문이 막혔다.

나는 석 달 만에 처음으로 그 두 개의 실수가 아닌, 벽을 이루고 있는 훌륭하게 쌓아 올린 수많은 벽돌들을 바라볼 수가 있었다. 그 잘못 놓인 벽돌의 위와 아래, 왼쪽과 오른쪽에는 제대로 쌓은, 완벽하게 놓인 수많은 벽돌들이 있었다. 그 완벽한 벽돌들은 두 장의 잘못된 벽돌보다 압도적으로 숫자가 많았다.

그 전까지 내 눈은 오로지 두 개의 잘못된 벽돌에만 초점이 맞춰져 있었다. 그 밖의 다른 것들에 대해서는 눈뜬장님이나 다름없었다. 그렇기 때문에 나 자신이 그 벽을 바라보는 것조차 싫었고 다른 사람들이 그것을 보는 것도 싫었다. 그 벽을 폭발시켜 버리고 싶을 정도였다. 그런데 이제 훌륭하게 쌓아 올려진 벽돌들을 볼 수 있었다. 벽은 전혀 흉한 모습이 아니었다. 그 방문객이 말한 대로 '매우 아름다운 벽'이었다.

스무 해가 지난 지금도 그 절의 벽은 그곳에 그대로 서 있다. 그리고 이제는 그 잘못 얹힌 벽돌 두 장이 어디께 있는지도 잊었다. 더 정확히 말하면, 나는 더 이상 그 벽에서 잘못된 벽돌을 발견할 수 없게 되었다.

얼마나 많은 사람들이 상대방에게서 오직 '잘못 놓인 두 장의 벽돌'만을 발견함으로써 관계를 파국으로 이끌어 가거나 이혼으로 치닫는가? 그리고 얼마나 많은 사람들이 자기 자신 안에서 '두 장의 잘못된 벽돌'만을 바라봄으로써 좌절감에 빠지거나 심지어 자살까지 생각하는가?

실제로는 거기 훨씬 많은 훌륭하게 쌓은 벽돌들, 완벽한 벽돌들이 존재한다. 잘못된 것의 위와 아래, 오른쪽과 왼쪽 사방에는 멋지게 쌓아 올린 수많은 벽돌들이 있다. 하지만 때로 우리는 그것들을 보지 못한다. 그 대신 우리 눈은 오로지 잘못된 것에만 초점을 맞춘다. 그때 눈에 보이는 것은 온통 잘못된 것뿐이고, 우리는 그것만이 그곳에 존재한다고 생각한다. 그래서 그것을 파괴하고 싶어진다. 그리고 때로 우리는 슬프게도 '매우 아름다운 벽'을 실제로 폭파시켜 버린다.

인간은 누구나 두 장의 잘못 놓인 벽돌을 갖고 있다. 그러나 우리 각자 안에는 그 잘못된 벽돌보다 완벽하게 쌓아 올린 벽돌들이 훨씬 많다. 일단 이것을 아는 순간, 상황은 그다지 나쁘지 않게 된다. 그때 우리 자신과 평화롭게 살 수 있을 뿐 아니라, 우리가 가진 문제점에도 불구하고 상대방과도 행복하게 지낼 수 있다. 이것은 이혼 전문 변호사들에게는 수입이 줄어들 나쁜 소식이겠지만 우리 자신에게는 좋은 소식이다.

나는 이 경험담을 기회 있을 때마다 사람들에게 들려주곤 한다. 한번은 내 얘기를 다 듣고 나서 한 건축 전문가가 직업상의 비밀한 가지를 말해 주었다.

"우리 건축가들도 늘 실수를 저지릅니다. 하지만 우리는 고객에게 그것이 다른 건물들과 차별화시켜 주는 그 건물만의 특별한 점이라고 설명합니다. 그런 다음 수천 달러를 더 청구하지요."

당신 집의 '특별한 점'은 어쩌면 실수에서 비롯된 것인지도 모른다. 마찬가지로, 당신이 자기 자신 안에서, 상대방 안에서, 혹은 삶 전체에서 잘못된 것이라고 여기는 것들은 어쩌면 당신이 이곳에서 보내는 시간을 즐겁고 풍요롭게 해 주는 '특별한 것'인지도 모른다. 일단 당신이 오로지 그것들에만 초점을 맞추는 일을 중단하기만 한다면 말이다.

일본의 불교 사원들은 저마다의 독특한 정원으로 유명하다. 오래전 일본 남부에 한 절이 있었다. 그 절은 세상에서 가장 아름다운 정원을 가진 절로 소문이 났다. 나라 곳곳에서 찾아온 관람객들의 발길이 끊이지 않았다. 사람들은 그 절이 가진 정원의 절묘한 배치와 단순함 속에 깃든 우아함에 탄성을 지르곤 했다.

어느 날 한 노승이 그 절을 찾아왔다. 그는 매우 이른 시각, 동이 튼 직후에 그곳에 도착했다. 그 절의 정원이 가지고 있는 비밀, 그 정원이 세상에서 가장 아름답다고 찬사를 받는 이유를 밝혀내고 싶었기 때문이다. 그래서 그는 정원이 잘 내려다보이는 우거진 관목 뒤에 몸을 숨겼다.

날이 채 밝기도 전, 정원을 관리하는 젊은 승려가 버드나무 가지로 짠 바구니 두 개를 손에 들고 절 쪽에서 나타났다. 젊은 승려는 이후 2시간여에 걸쳐 매우 조심스런 손길로 정원 한가운데의 자두나무에서 떨어진 나뭇잎과 잔가지들을 바구니에 주워 담았다. 각각의 나뭇잎과 잔가지들을 주울 때마다 매번 그것들을 손바닥 위에 올려놓고 앞뒤로 뒤집어 가면서 자세히 살펴보았다. 그래서 자신의 마음에 들면 첫 번째 바구니 안에 세심한 손길로 내려놓고, 만일 별로 쓸모없는 것이라 여겨지면 쓰레기 담는 바구니인 두 번째 바구니에 떨어뜨렸다. 잎사귀와 잔가지 하나하나마다 심사숙고해서 주워 모은 뒤, 그는 쓰레기 바구니를 절 뒤쪽 거름더미에 비웠다. 그리고 잠시 차 한 잔을 마시며 그 다음의 더 중요한 단계를 위해 마음을 가다듬었다.

젊은 승려는 또다시 2시간여에 걸쳐 온 마음을 집중해 첫 번째 바구니에 모아 놓은 각각의 나뭇잎과 잔가지들을 정원의 가장 어울리는 장소에 꼼꼼하고 주의 깊게 배치해 나갔다. 잔가지 하나의 위치가 마음에 들지 않으면 그것을 약간 돌려놓거나 조금 앞쪽으로 옮겨 놓았다. 그러고는 만족스런 미소와 함께 다음번 잎사귀로 옮겨 갔다. 정원의 그 시점에 완벽하게 어울리는 정확한 형태와 색깔을 선택하면서……. 그 세심한 주의력은 견줄 자가 없을 정도였다. 색깔과 형태를 배치하는 판단력 또한 매우 뛰어났다. 자연미를 연출하는 능력도 손색이 없었다. 그가 일을 마쳤을 때, 정원은 어느 구석 하나 흠 잡을 데가 없었다.

이때 관목 뒤에 숨어서 엿보고 있던 노승이 앞으로 걸어나왔다. 앞니가 빠져 달아난 미소를 지으며 그는 놀란 표정을 짓는 젊은 승려에게 찬사를 보냈다.

"훌륭해, 정말 훌륭해! 아침 내내 지켜보았는데 그대의 정성과 근면함은 높은 찬사를 받을 만하네. 또한 정원도 훌륭해. 거의 완벽에 가까워."

젊은 승려는 놀라서 얼굴이 창백해졌다. 마치 전갈에라도 물린 것처럼 온몸이 뻣뻣하게 굳어졌다. 조금 전까지 지었던 자기만족의 미소는 얼굴에서 미끄러져 허공 속으로 사라졌다. 이상하게 웃고 있는 이 미친 노승이 무슨 짓을 할지 아무도 모를 일이었다.

젊은 승려는 겁에 질려 더듬거리며 물었다.

"무슨 뜻이죠? '거의' 완벽에 가깝다는 말씀이?"

그는 자신도 모르게 노승의 발 앞에 엎드리며 말했다.

"저에게 가르침을 주십시오. 당신은 진정으로 완벽한 정원을 가꾸는 법을 보여 주도록 부처님께서 보내신 분이 틀림없습니다. 부디 그 방법을 저에게 알려 주십시오!"

장난기 가득한 주름진 얼굴을 하고 노승이 물었다.

"정말로 내가 그 방법을 보여 주기를 원하는가?"

"그렇습니다. 제발 부탁입니다!"

그러자 늙은 승려는 정원 한가운데로 성큼성큼 걸어 들어갔다. 그는 늙었지만 힘센 두 팔로 나뭇잎이 가득 매달린 자두나무를 감싸 안았다. 그러고는 커다란 웃음소리와 함께 그 나무를 사정없이 흔들어 대기 시작했다. 나뭇잎과 잔가지들, 나무껍질들이 사방에 떨어져내렸다. 그런데도 그는 계속해서 나무를 흔들었다. 더 이상 떨어질 나뭇잎이 없을 때에야 비로소 멈추었다.

젊은 승려는 이루 말할 수 없이 충격을 받았다. 정원은 순식간에 황폐한 모습으로 바뀌었다. 아침 내내 한 작업이 아무 쓸모없게 되어 버렸다. 그 늙은 승려를 죽이고 싶을 정도였다. 하지만 노승은 자신이 한 일에 매우 흡족해 하면서 주위를 돌아보고 있었다. 이윽고 노승은 젊은 승려의 분노를 녹이는 부드러운 미소를 지으며 말했다.

"이제 그대의 정원은 진실로 완벽해졌도다."

태국은 7월에서 10월까지가 우기이다. 이 기간 동안 수행자들은 여행을 중단하고 일과 업무를 한쪽으로 밀쳐 둔 뒤 공부와 명상 수행에만 전념한다. 이 기간을 '비의 안거'('안거'는 불교에서 승려들이 여름과 겨울 동안 외출을 금하고 수행에만 전념하는 것)라는 뜻의 '바사'라고 부른다.

몇 해 전 태국 남부에서 있었던 일이다. 어느 이름난 주지승이 밀림 속 절에 새 법당을 짓고 있었다. 안거 철이 되자, 그는 법당 짓는 일을 중단하고 인부들을 모두 집으로 돌려보냈다. 절의 고요를 되찾을 시간이 된 것이다. 며칠 뒤 한 방문객이 찾아와 반쯤 짓다만 건물을 보고는 주지승에게 법당이 언제쯤 완성될 것인지 물었다. 주지승은 조금도 망설임 없이 대답했다.

"법당은 이 자체로 완성된 것입니다."

방문객은 이해할 수 없어 다시 물었다.

"법당이 완성되었다니 무슨 뜻이죠? 지붕도 없고 문도 창문도 매달려 있지 않고 사방에 목재와 시멘트 자루가 널려 있는데, 이 상태로 마무리 지을 생각인가요? 혹시 어떻게 되신 거 아닌가요? 법당이 완성되었다니요?"

늙은 주지승은 미소를 지으며 말했다.

"지금까지 한 것은 모두가 그 자체로 완성된 것입니다."

그런 다음 그는 명상을 하러 자신의 거처로 사라졌다.

이것이 바로 안거를 하는 방법, 진정으로 생각을 쉬는 유일한 길이다. 그렇지 않으면 인간 세상의 일은 언제까지나 끝나지 않을 것이다.

어느 금요일 오후, 많은 청중이 모인 자리에서 나는 이 일화를 들려주었다. 그다음 주 금요일, 한 학부모가 화가 난 얼굴로 나를 찾아왔다. 그는 고등학생 아들과 함께 금요일 밤에 내 법문을 들었다고 했다. 그날 저녁, 그의 아들은 친구들과 어울려 놀고 싶어 했다. 그래서 아버지가 아들에게 물었다.

"숙제는 다 끝냈니?"

아들이 대답했다.

"아잔 브라흐마 스님이 말한 것처럼, 지금까지 한 것은 그 자체로 완성된 거예요. 안 그래요?"

그래서 그다음 법회에서 나는 또 다른 이야기를 들려주었다.

서양의 많은 집들은 정원을 가지고 있다. 하지만 정원에서 진정으로 평화를 누리는 법을 아는 사람은 그다지 많지 않다. 대부분의 사람들에게 정원은 또 하나의 일하는 장소일 뿐이다. 그래서 나는 정원을 소유한 사람들에게 잠깐 동안씩 정원 일을 해서 정원에 아름다움을 더해 줄 것과, 더불어 다만 평화롭게 정원에 앉아 자연의 선물을 즐김으로써 자신의 영혼에 풍요로움을 더해 줄 것을 권한다.

정원 주인은 이것이 매우 좋은 생각이라고 여긴다. 그래서 먼저 자질구레한 일들을 해치운 뒤 정원에서 잠시 평화로운 순간을 누리겠다고 마음먹는다. 어쨌든 잔디를 깎아야 하고, 꽃들은 듬뿍

물을 주어야 하며, 떨어진 나뭇잎을 갈퀴로 긁어모아야 한다. 게다가 작은 나무들은 가지를 정리해 주어야 하며 길도 쓸어야 한다. 물론 이 '자질구레한 일들'을 해치우는 것만으로도 여가 시간은 다 날아가 버린다. 그 일들은 결코 끝이 나지 않으며, 따라서 '잠시 평화로운 시간을 누릴' 기회는 영원히 오지 않는다. 당신도 알아차렸을지 모르지만 오늘날 우리가 사는 세상에서는 '평화 속에 휴식을 취하는' 사람들은 오직 무덤 속에 있는 이들뿐이다.

또 다른 정원 주인은 자신이 첫 번째 범주에 속하는 사람보다 한결 지혜롭다고 생각한다. 그는 갈퀴와 물뿌리개를 옆으로 치워 두고 정원에 앉아 잡지를 읽는다. 자연 풍경 사진이 실린 고급 광택지로 만든 큰 판형의 잡지를. 하지만 그것은 잡지를 즐기는 것이지 정원에서 평화를 발견하는 것이 아니다.

세 번째 정원 주인은 모든 연장들과 잡지, 신문, 라디오를 치우고 정원 한켠에 평화롭게 앉는다. 단, 2초 동안만! 그런 다음 생각하기 시작한다.

'더 늦기 전에 잔디를 깎지 않으면 안 되겠어. 그리고 저 나무들은 조만간 가지치기가 필요해. 내일이나 모레쯤 물을 주지 않으면 꽃들이 시들어 죽을지도 몰라. 저쪽 구석에 잘생긴 치자나무 몇 그루를 심으면 어울리겠어. 그래! 새가 목욕할 수 있도록 예쁜 물그릇을 놓아두면 금상첨화이겠지. 화원에 갈 때 하나 사들고 와야겠어⋯⋯.'

이것은 생각과 계획을 즐기는 것에 불과하다. 이 역시, 마음의 평화는 없다.

마지막으로, 지혜로운 네 번째 정원 주인은 생각한다.

'나는 이제 충분히 일했다. 지금은 내가 일한 결실을 누릴 시간이다. 평화에 귀 기울일 시간이다. 잔디를 깎아 줘야 하고 낙엽을 긁어모아야 하고 이 일 저 일을 해야 하지만, 지금은 아니다.'

이렇게 함으로써 그는 정원이 비록 완벽한 상태가 아니더라도 정원을 즐기는 지혜를 발견하게 된다.

아마도 관목 뒤에 숨어서 지켜보는 그 노승은 우리 앞으로 걸어 나와 지저분한 우리의 정원이야말로 진정으로 완벽한 정원이라고 말하고 싶어 할지도 모른다. 실제로 만일 우리가 아직 남아 있는 일들에 초점을 맞추기보다 자신이 이미 해낸 일에 초점을 맞춘다면, 지금까지 한 것은 그 자체로 완성된 것이라는 말을 이해할 수 있을 것이다. 내가 쌓은 벽돌 벽의 경우처럼, 만일 우리가 잘못된 것과 바로잡을 필요가 있는 것에만 초점을 맞춘다면 누구라도 마음의 평화를 발견하지 못할 것이다.

지혜로운 정원 주인은 자연의 '완벽한 불완전함' 속에서 아무 생각도, 아무 계획도, 그리고 아무 죄책감도 없이 한 시간의 평화를 즐길 것이다. 우리 모두는 잠시 다른 사람들로부터 사라져 평화를 누릴 자격이 있다. 그리고 다른 사람들은 우리가 사라져 줌으로써 그들 자신의 평화를 누릴 자격이 있다! 우리의 삶을 구원해 주는 그 한 시간의 중요한 평화를 누린 뒤 정원 일의 의무로 되돌아갈 수 있다.

정원에서 평화를 누리는 법을 이해할 때 언제 어디서나 평화를 발견하는 법을 터득할 수 있다. 특히 우리 자신의 마음의 정원에서 평화를 발견하는 법을. 비록 때로는 너무나 어수선하고 할 일이 너무 많다고 생각될지라도.

한 젊은 여성이 있었다. 몇 해 전 그녀가 퍼스(웨스턴오스트레일리아 주의 주도)에 있는 절로 나를 찾아왔다. 사람들은 자주 승려를 찾아가 개인적인 문제에 대한 조언을 구한다. 아마도 돈이 들지 않기 때문일 것이다. 우리 수행자들은 결코 인생 상담료를 요구하는 법이 없다.

그 여성은 죄책감으로 괴로워하고 있었다. 여섯 달 전쯤, 그녀는 멀리 떨어진 호주 북서부의 광산촌에서 사무직으로 일하고 있었다. 일은 고되고 월급은 많았지만 업무가 끝나면 별달리 할 일이 없었다. 그래서 어느 날 오후에 그녀는 가장 친한 여자친구와 그 친구의 남자친구에게 내륙 오지로 드라이브를 떠날 것을 제안했다. 그녀의 친구는 그다지 내켜하지 않았고 그 남자친구도 마찬가지였다. 하지만 혼자 떠나는 것은 아무 재미가 없는 일이었다. 그래서 계속해서 친구에게 간청을 해서 마침내 다 함께 오지로 드라이브 여행을 떠나게 되었다.

그런데 그만 예상치 않은 불행한 사고가 일어났다. 울퉁불퉁한 자갈길에서 그들이 탄 차가 전복되고 말았다. 그녀의 여자친구는 그 자리에서 즉사하고, 그 남자친구는 하반신이 마비되는 대형 사고였다. 드라이브를 떠나자고 한 사람은 그녀였지만, 정작 그녀는 크게 다친 데가 없었다.

그녀는 눈에 슬픔을 가득 담고 말했다.

"내가 함께 떠나자고 조르지만 않았어도 그 친구는 죽지 않았을 거예요. 그리고 그 친구의 남자친구도 건강한 두 다리를 갖고 있었을 거예요. 함께 가자고 부탁하지 말았어야 했어요. 정말 너무나 잘못된 일이에요. 죄책감 때문에 죽어 버리고만 싶어요."

내 마음속에 떠오른 첫 번째 생각은 그것이 그녀의 잘못이 아니라고 위로하는 일이었다. 그녀에게는 친구를 해치려는 의도가 전혀 없었다. 그럼에도 불구하고 삶에는 그런 일이 일어나게 마련이다. 그러니 언제까지나 죄책감에 묶여 있을 필요는 없다.

하지만 두 번째로 떠오른 생각은 이것이었다.

'틀림없이 이 여성은 그런 식의 위로를 지금까지 수백 번 들었을 것이다. 그리고 그녀에게는 그런 위로가 전혀 소용없었던 것이 분명하다.'

그래서 나는 잠시 침묵하며 그녀가 처한 상황을 깊이 들여다본 뒤 그녀에게 말했다. 그녀가 죄책감을 느끼는 것은 너무도 당연한 일이라고.

그 순간, 그녀의 얼굴은 슬픔에서 놀라움으로 변했다. 그리고 뒤이어 놀라움에서 안도감으로 변했다. 지금까지 그녀에게 당연히 죄책감을 느껴야만 한다고 말한 사람은 아무도 없었던 것이다. 내 추측이 옳았다. 그녀는 죄책감을 느끼는 것에 대해 죄책감을 느끼고 있었다. 그녀는 죄책감을 느끼는데, 모두가 그녀에게 그렇게 하지 말라고 말하고 있었다. 그래서 그녀는 이중의 죄책감, 사고에 대한 심한 죄책감과 자신이 느끼는 죄책감에 대한 죄책감으로 고통받아 왔다. 인간의 복잡 미묘한 마음은 그런 식으로 작용한다.

먼저, 그녀가 첫 번째의 죄책감을 느끼는 것이 하나도 잘못된 것이 아님을 이해시킬 필요가 있다. 그때 비로소 '그렇다면 그것에 대해 어떻게 할 것인가?' 하는 다음 단계의 해결책으로 나아갈 수가 있다.

다음과 같은 불교 잠언이 있다.

'어둡다고 불평하는 것보다 촛불을 켜는 것이 더 낫다.'

고민하는 대신 언제나 무엇인가 할 수 있는 일이 있다. 최소한 그 무엇인가에 대해 불평하지 않고 잠시 평화롭게 앉아 있는 일이라도 할 수 있다.

죄책감은 양심의 가책과는 본질적으로 다르다. 우리의 문화에서 '죄'는 판사가 법정에서 망치를 두드리며 내리는 판결이다. 그런데 아무도 우리를 벌하지 않으면 우리는 이런저런 방식으로 자기 자신을 벌한다. 죄책감은 우리의 마음 깊은 곳에서 스스로에게 내리는 처벌이다.

따라서 그 젊은 여성은 죄책감으로부터 벗어나기 위해 속죄를 할 필요가 있었다. 그녀에게 그 모든 일을 잊고 자신의 삶을 살아가라고 말하는 것은 무의미한 일이었다. 나는 그녀에게 속죄의 의미로 큰 병원의 재활 센터에서 교통사고 피해자들을 위해 자원봉사를 할 것을 제안했다. 그 힘든 일을 통해 마음속 죄책감을 내려놓을 수 있을 것이다. 그리고 자원봉사의 의미가 그렇듯이 그녀는 자신의 도움을 필요로 하는 사람들로부터 거꾸로 많은 도움을 받을 것이다.

영광스럽지만 짐스럽기 이를 데 없는 '주지'라는 직책이 내게 떠넘겨지기 전까지, 나는 종종 교도소를 방문하곤 했다. 혹시 나중에 법정에 서게 되었을 때 선처를 받을 수 있도록 교도소에서 자원봉사 활동을 한 시간들을 꼼꼼히 기록해 나갔다.

처음 퍼스 시 외곽에 있는 교도소를 찾아갔을 때, 내 명상 강의를 듣기 위해 모인 재소자들의 숫자에 나는 크게 놀라고 깊은 감동을 받았다. 작은 강의실이 발 디딜 틈 없이 빼곡히 들어차 있었다. 95명에 이르는 죄수들이 명상을 배우기 위해 눈을 빛내며 앉아 있었다. 하지만 강의가 진행될수록 청중들은 점점 분위기가 산만해졌다.

강의를 시작한 지 10분 정도밖에 안 되었을 때, 그 교도소에서 우두머리 격에 속하는 재소자 하나가 내 말을 가로막으며 문신이 잔뜩 그려진 손을 들었다. 나는 그에게 기꺼이 질문할 기회를 주었다. 누구의 질문이라고 거부하겠는가?

그가 물었다.

"명상을 통해 공중부양술을 배울 수 있다는 말을 들었는데, 그것이 사실이오?"

그제야 그토록 많은 재소자들이 내 강의를 들으러 온 이유를 깨달을 수 있었다. 그들은 모두 공중부양술을 터득해 교도소 담을 훨훨 날아 탈옥을 할 야심찬 계획을 품고 있었던 것이다! 나는 그들에게, 공중부양이 불가능한 건 아니지만 매우 특별한 몇몇 명상 수행자에게만 가능한 일이며 그것도 수십 년 동안 수행을 한 이후라야 가능하다고 말해 주었다. 그 다음번 명상을 가르치기 위해 그 교도소에 갔을 때 내 강의를 들으러 온 수감자는 고작 4명에 불과했다.

여러 해 동안 교도소에서 명상을 가르치면서 몇 명의 재소자와 매우 가까운 사이가 되었다. 내가 발견한 사실 중 하나는 모든 재소자가 자신이 저지른 일에 대해 죄책감을 느끼고 있다는 것이다. 그들은 밤이나 낮이나 마음속 깊이 죄책감을 느끼며, 그것을 오직 가까운 사람에게만 말한다. 대중 앞에서는 판에 박은 듯 반항적인 범죄자의 얼굴을 짓지만 일단 그들의 신뢰를 얻거나 그들이 당신을 자신의 정신적 안내자로 받아들이기만 하면 그들은 마음을 열고 자기 내면의 고통스런 죄책감을 당신에게 털어놓는다. 나는 그들에게 종종 다음의 이야기를 들려준다. A등급과 B등급의 학생들에 대한 이야기이다.

여러 해 전, 영국의 어느 학교에서 교육과 관련해 비밀리에 한 가지 심리학적 실험을 행한 적이 있다. 그 학교에는 같은 연령의 학생들이 두 학급 있었다. 학년 말이 되었을 때, 모든 학생들을 대상으로 이듬해의 반 편성을 위한 시험이 실시되었다. 하지만 시험 결과는 누구에게도 공개하지 않았다. 오직 학교장과 실험을 주도하는 심리학자들만 진실을 아는 상태에서 비밀리에 반 편성이 이루어졌다. 시험에서 1등의 성적을 얻은 학생은 4등과 5등을 한 학생, 8등과 9등을 한 학생, 그리고 12등과 13등을 한 학생과 같은 반에 편성되었다. 반면에 시험에서 2등과 3등을 한 학생은 6등과 7등을 한 학생, 10등과 11등을 한 학생들과 또 다른 반에 편성되었다. 시험 결과를 바탕으로 성적이 높은 학생들과 낮은 학생들이 고르게 섞여 두 반으로 나뉜 것이다.

두 학급을 가르칠 교사 역시 동등한 실력과 경험을 가진 사람으로 엄정하게 선정되었다. 교실까지도 비슷한 시설을 갖추었다. 가능한 한 모든 상황이 똑같게 만들어졌지만, 단 한 가지만 예외였다. 한 학급은 A등급 반, 다른 학급은 B등급 반으로 명칭을 정한 것이다.

실제로는 두 반의 아이들이 거의 동일한 실력과 머리를 갖고 있었지만 모두의 마음속에 A등급의 학생들이 더 똑똑하고 B등급의 학생들은 그다지 머리가 좋지 못하다는 인식이 심어졌다. A등급에 속한 자녀를 둔 부모들은 자신의 아이가 학교 공부를 훌륭하게 해 냈다고 여기고 선물과 칭찬을 아끼지 않았다. 반면에 B등급에 속한 자녀를 가진 부모들은 열심히 공부하지 않았다고 아이를 나무라거나 아이가 누릴 몇 가지 특권을 빼앗기까지 했다. 교사들조차 B등급의 학생들을 A등급의 학생들과는 사뭇 다른 태도로 대했으며 아이들에게 큰 기대를 걸지 않았다. 1년 내내 그런 식으로 실제와는 다른 환상이 계속되었다. 그러다가 학년말 시험을 치르게 되었다.

결과는 놀랄 정도가 아니라 무서울 정도였다. A등급의 학생들은 B등급의 학생들보다 시험을 압도적으로 잘 치렀다. 마치 전년도에 성적순으로 절반을 나눠 성적이 우수한 아이들만으로 A반을 구성한 것과 같을 정도였다. 그 학생들은 이름 그대로 'A등급'의 아이들이 되었다. 그리고 전년도에 똑같은 실력이었던 다른 반 학생들은 이제 이름 그대로 'B등급'의 아이들로 전락했다. 1년 동안 아이들은 그렇게 불렸고 그렇게 취급 받았으며 자신들 스스로도 그렇게 믿었다. 그리하여 실제로도 정말로 그렇게 되고 말았다.

나는 공중부양을 꿈꾸는 나의 재소자 친구들에게 자신들을 결코 범죄자로 생각하지 말라고 충고한다. 그보다는 자신을 범죄 행위를 저지른 사람으로 여기라고 말한다. 왜냐하면 계속해서 범죄자라는 말을 듣고 범죄자 취급을 받고 줄곧 자신이 범죄자라고 믿으면 그들은 정말로 범죄자가 되기 때문이다. 일이 되어가는 방식이 그렇다.

한 아이가 슈퍼마켓 계산대에서 우유통을 떨어뜨려 바닥 가득 우유가 엎질러졌다. 아이의 엄마가 소리쳤다.

"이 바보 녀석아!"

바로 옆 계산대에서도 또 다른 아이가 꿀병을 떨어뜨렸다. 꿀병 역시 마개가 열리고 꿀이 바닥에 흥건하게 쏟아졌다. 아이의 엄마가 말했다.

"넌 바보짓을 했구나."

첫 번째 아이는 계속해서 바보로 분류되어 왔다. 반면에 두 번째 아이는 다만 잘못된 행동을 지적 받았을 뿐이다. 그 결과 첫 번째 아이는 머지않아 정말로 바보가 될 것이고, 두 번째 아이는 바보짓을 중단하는 법을 배울 것이다.

나는 감옥에 있는 친구들에게, 그들이 범죄를 저지르던 날 다른 무슨 일을 했는가를 묻는다. 그리고 그 해의 다른 날들에는 무엇을 했는가? 인생의 다른 해에는 무슨 일들을 했는가? 그런 다음 내가 쌓은 벽돌 벽에 대한 이야기를 들려준다. 우리의 삶을 상징하는 벽돌 벽에는 우리가 잘못 쌓은 벽돌 말고도 잘 쌓은 다른 벽돌들이 얼마든지 있다. 사실 훌륭하게 쌓은 벽돌들이 잘못 쌓은 벽돌보다 언제나 훨씬 더 많다. 그렇다면 당신은 부숴 버려야 마땅한 잘못된 벽인가? 아니면 다른 사람들과 마찬가지로 두세 개의 잘못 놓인 벽돌을 가진 멋진 벽인가?

절의 주지를 맡고 나서 몇 달 동안은 전에 없이 바빠져서 교도소 방문을 할 수가 없었다. 그러다가 교도소 사무관으로부터 사적인 전화 한 통을 받았다. 그는 내게 다시 교도소를 방문해 줄 것을 요청하면서, 내가 평생 마음에 간직하게 될 칭찬의 말을 했다. 내 명상 강의를 들은 재소자들은 일단 형기를 마치고 떠나면 두 번 다시 감옥으로 돌아오지 않았다는 것이었다.

교도소에 갇힌 사람들을 예로 들었지만, 이 이야기는 '자기 비난'이라는 감옥에 갇혀 시간을 보내는 사람 누구에게나 해당된다. 스스로를 비난하게 만든 실수를 저지른 그 날, 그 해, 또는 이번 생에서 다른 무슨 일을 했는가? 벽을 구성하고 있는 다른 벽돌들은 보이지 않는가? 스스로를 비난하게 만든 그 어리석은 행동 말고는 다른 것은 볼 수 없는가?

우리가 자신이 한 B등급의 행동에 너무 오래 초점을 맞추고 있으면 정말로 B등급의 인간이 될지도 모른다. 실수를 반복하는 이유, 그럼으로써 더욱더 자기 비난을 하게 되는 이유가 거기에 있다. 하지만 우리 삶의 다른 부분들, 우리의 벽을 이루고 있는 다른 벽돌들을 바라보게 될 때, 그때 한 송이 꽃이 열리듯 마음속에 아름다운 통찰력이 열린다. 우리는 용서 받을 자격이 있는 존재라는 깨달음이.

자기 비난에서 벗어나는 여행 중 가장 힘든 단계는 자신이 용서 받을 자격이 있는 존재임을 스스로에게 이해시키는 일이다. 지금까지의 이야기가 도움이 되긴 하겠지만 그 감옥에서 걸어나오는 마지막 발걸음은 스스로 옮겨 놓아야 한다.

내가 아는 사람 중 하나는 어렸을 때 친구와 함께 바닷가에서 놀고 있다가 장난으로 친구를 물속으로 떠밀었다. 친구는 그만 물에 빠져 허우적거리다 죽고 말았다.

여러 해 동안 아이는 마음속에 깊은 상처와 죄책감을 안고 살았다. 물에 빠져 죽은 친구의 부모는 바로 옆집에 살고 있었다. 자신이 그들에게서 아들을 빼앗았음을 늘 의식하면서 그는 자랐다. 그러던 어느 날 아침, 내게 말한 대로, 그는 더 이상 스스로를 비난할 필요가 없음을 깨달았다. 그는 자신이 만든 감옥에서 걸어나와 자유의 부드러운 공기 속으로 걸어 들어갔다.

행복과 고통은 거의 같은 비율로 얻는 것이
삶의 본질이다. 만일 지금 고통에 처해 있다면
이것은 우리가 전에 받거나 잃은 행복 때문이다.
행복은 고통의 끝이 아니고
고통은 행복의 끝이 아니다.
우리는 우리의 삶을 통해서
이 순환을 돌고 있을 뿐이다.

– 아잔 차

2
마음의 문

"내 마음의 문은 언제나 당신에게 열려 있다. 당신이 삶에서 무엇을 하든." 누군가
로부터 그런 종류의 사랑을 받는 것은 세상에서 가장 가치 있는 선물을 받는 것이
다. 그때 당신은 그것을 소중히 여기고, 잃어버리지 않게 가슴 깊은 곳에 간직한다.

열네 살이 되었을 무렵, 하루는 아버지가 나를 옆으로 불러 내 삶을 바꾸어 놓은 말씀을 하셨다. 그 당시 우리는 런던 교외의 빈민가에 주차한 낡은 차 안에 단둘이 앉아 있었다. 아버지는 내게로 몸을 돌리며 말씀하셨다.

"아들아, 네가 삶에서 무엇을 하며 살아가든 이 한 가지만은 잊지 마라. 내 집의 문은 너에게 언제나 열려 있을 것이다."

그 당시 나는 어린 십대 소년이었다. 따라서 아버지가 말씀하시려는 진정한 의미를 이해하지는 못했지만 그것이 매우 중요한 말이라는 것은 느낌으로 알았다. 그래서 그 말을 마음에 잘 새겨 두었다. 아버지는 그로부터 3년 뒤 세상을 떠나셨다.

세월이 흘러 태국 북동부의 밀림지대로 가서 삭발하고 불교 승려로 입문할 무렵, 문득 아버지가 하신 말씀이 생각났다. 그 당시 우리 가족이 살던 집은 런던의 가난한 구역에 위치한, 정부 보조금으로 구입한 보잘것없는 서민 아파트였다. 따라서 문을 열고 들어가고 말고 할 집이 아니었다. 하지만 나는 아버지가 하신 말씀이 무슨 뜻인가를 그때 깨달았다. 보자기에 싸인 소중한 보석처럼 아버지의 말씀 속에는 내가 아는 가장 분명한 사랑의 표현이 담겨 있었다.

"아들아, 네가 삶에서 무엇을 하고 살아가든 이것을 잊지 마라. '내 마음의 문'은 너에게 언제나 열려 있을 것이다."

아버지는 나에게 무조건적인 사랑을 제시하신 것이다. 그 사랑에는 어떤 조건도 단서도 붙어 있지 않았다. 나는 그의 아들이었으며 그것으로 충분했다. 그 사랑은 아름다웠다. 또 진실했다. 아버지는 진실한 마음으로 그 말을 하신 것이다.

타인에게 그런 말을 하기 위해서는, 아무 조건도 붙이지 않고 누군가에게 마음의 문을 열기 위해서는 용기와 지혜가 필요하다. 어떤 사람은 그렇게 하는 것을 두려워한다. 만일 그렇게 하면 다른 사람들이 자신을 이용하려 들지도 모르기 때문이다. 하지만 그렇지 않다. 내 자신의 경험을 통해 나는 알게 되었다. 누군가로부터 그런 종류의 사랑을 받는 것은 세상에서 가장 가치 있는 선물을 받는 것임을. 그때 당신은 그것을 소중히 여기고, 잃어버리지 않게 가슴 깊은 곳에 간직한다.

비록 그 당시에는 아버지가 하신 말씀을 부분적으로밖에 이해하지 못했을지라도, 나는 그 후로 그런 분의 가슴에 감히 상처를 드릴 수는 없었다. 당신이 만일 가까운 누군가에게 그런 말을 한다면, 그리고 그 말이 진심을 담고 있다면, 만일 그것이 당신의 가슴에서 나온 말이라면, 그때 그 사람은 당신의 사랑에 부응하기 위해 더 나은 인간이 되려고 노력하고 더 높이 비상할 것이다. 결코 밑바닥으로 추락하지 않을 것이다.

몇 세기 전 동양의 어느 밀림 속 동굴에서 일곱 명의 수도승이 수행을 하고 있었다. 이 수도승들은 내가 앞에서 설명한 무조건적인 사랑을 깊이 이해한 사람들이었다. 그 일곱 명 속에는 수도원장과 그의 동생, 그리고 수도원장의 가장 가까운 친구가 있었다. 하지만 네 번째 수도승은 수도원장의 적이었다. 어떤 이유로든 두 사람은 전혀 친하게 지낼 수가 없었다. 이 공동체의 다섯 번째 수도승은 매우 늙은 사람으로, 나이가 많아 언제 세상을 떠날지 모르는 사람이었다. 여섯 번째 수도승은 병자였다. 너무 중병이라서 이 수도승 역시 언제 죽을지 모르는 운명이었다. 그리고 마지막 일곱 번째 수도승은 도무지 쓸모가 없는 사람이었다. 명상 시간이 되면 언제나 코를 골았고 염불도 할 줄 몰랐으며 염불에 참여한다 해도 음정과 박자가 엉망이었다. 하지만 다른 수도승들은 그를 잘 참아내면서 오히려 인내심을 가르쳐 주는 그에게 감사해했다.

어느 날 한 떼의 강도가 이 수도승들이 사는 동굴을 급습했다.

마을에서 멀리 떨어져 있고 거의 사람들 눈에 띄지 않았기 때문에 강도들은 그 동굴을 자신들의 은거지로 삼고 싶어 했다. 그래서 그들은 그 장소를 알고 있는 수도승들 모두를 죽이기로 결정했다.

다행히 동굴의 수도원장은 말솜씨가 뛰어난 사람이었다. 그는 강도들을 설득해 한 사람만 남기고 모두 풀어 주되, 그 한 사람은 나머지 수도승들이 누구에게도 동굴의 위치를 발설하지 않도록 경고하는 의미에서 언제든 목숨을 빼앗아도 된다는 협상을 이끌어 냈다. 그것이 수도원장이 강도들과 논쟁해서 얻어 낼 수 있었던 최상의 결론이었다.

이제 수도원장은 몇 분간 홀로 앉아서 다른 수도승들의 목숨을 구하기 위해 과연 누구를 희생시킬 것인가를 놓고 고통스런 결정을 내려야 했다.

대중을 상대로 이 이야기를 들려줄 때면, 나는 여기서 잠시 말을 멈추고 청중에게 질문을 던진다.

"자, 여러분은 수도원장이 누구를 선택할 것이라고 생각하십니까?"

이 질문은 내 이야기를 들으면서 청중이 졸음에 빠지는 것을 방지하는 효과가 있는 동시에 이미 잠에 빠진 사람들을 깨우는 역할도 한다.

나는 질문과 함께 동굴 속에는 수도원장과 그의 동생, 가장 친한 친구 수도승, 적, 둘 다 언제 죽을지 모르는 늙은 수도승과 병든 수도승, 그리고 쓸모없는 수도승이 있음을 다시 한 번 상기시킨다.

자, 당신은 수도원장이 누구를 선택하리라고 생각하는가?

어떤 이들은 '적'일 것이라고 추측한다.

나는 말한다.

"아닙니다."

"수도원장의 동생입니다."

"틀렸습니다."

쓸모없는 수도승은 언제나 후보자 명단에서 상위를 차지한다. 우리는 얼마나 자비심이 부족한가! 잠시 다양한 대답들을 즐긴 뒤, 나는 정답을 말해 준다.

"수도원장은 누구도 선택할 수가 없었습니다."

동생에 대한 그의 애정은 가장 친한 친구에 대한 애정에 모자라지도 않고 넘치지도 않았다. 또한 자신의 적에 대한 애정, 늙은 수도승과 병든 수도승에 대한 애정, 심지어 우리의 친애하는 쓸모없는 수도승에 대한 애정도 똑같았다. 그는 조건 없는 사랑의 의미를 완벽하게 체득한 사람이었다. 그는 동료 수행자들에게 말하곤 했었다.

"여러분들이 누구이든, 혹은 무엇을 하든, 내 마음의 문은 언제나 여러분에게 열려 있습니다."

수도원장의 마음의 문은 아무 조건 없이, 아무 차별 없이 자유롭게 흐르는 사랑으로 모두를 향해 활짝 열려 있었다. 그리고 더욱 중요한 점은, 그 자신에 대한 사랑 역시 다른 사람들에 대한 사랑과 똑같았다는 것이다. 그의 마음의 문은 그 자신에게도 열려 있었다. 그렇기 때문에 그는 자기 자신과 다른 수도승들 사이에서 어느 한 사람을 선택할 수가 없었다.

나는 청중에게 유대교와 기독교인들의 경전에서 말하는 '이웃을 네 자신처럼 사랑하라'는 가르침을 상기시킨다. 자기 자신보다 더 많이도 말고, 자기 자신보다 더 적게도 말고, 자신을 사랑하는 것만큼 똑같이 사랑하라는 것이다. 이것은 자기 자신을 대하는 것과 동일하게 타인을 대하고, 동시에 타인을 대하는 것과 동일하게 자기 자신을 대하라는 뜻이다.

왜 청중 대부분은 그 수도원장이 다른 수도승들을 대신해 자신의 목숨을 희생할 것이라고 생각할까? 왜 우리의 문화에서는 언제나 타인을 위해 자신을 희생해야 한다고 생각하며, 그것을 좋은 덕목으로 여기는 것일까? 왜 우리는 타인보다 자기 자신에게 더 많은 것을 요구하고, 더 비판적이며, 더 가혹할까? 그것은 언제나 한 가지 이유 때문이다. 아직 자기 자신을 사랑하는 법을 배우지 못했기 때문이다.

누군가에게 '당신이 무엇을 하든 내 마음의 문은 당신에게 열려 있다'라고 말하기는 쉽지 않다. 하지만 훨씬 더 어려운 일은 자기 자신에게 그렇게 말하는 것이다.

"내가 기억할 수 있는 만큼 오랫동안 나와 함께 지내온 나 자신이여, 내가 지금까지 무엇을 했든 상관없이 내 마음의 문은 나에게도 열려 있다. 안으로 들어오라."

이것이 바로 진정으로 자신을 사랑하는 일이다. 그것은 이름하여 '자기 용서'라 불린다. 그것은 자기 비난의 감옥에서 자유롭게 걸어 나오는 일이다. 자기 자신과 평화로워지는 일이다. 그리고 자신의 내면에서 정직하게 자기 자신을 향해 그렇게 말할 용기를 발견한다면, 당신은 그 고귀한 사랑에 부응하기 위해 더 나아지고 더 높이 비상할 것이다.

어느 날엔가 우리 모두는 그냥 한 번 해 보는 것이 아니라 진실하고 정직하게 자기 자신에게 그렇게 말할 수 있어야만 한다. 그렇게 할 때 그동안 거부당한 채 너무 오래 바깥의 추위 속에서 살아온 자신의 일부가 마침내 집으로 돌아온 것과 같다. 그때 우리는 온전하고 자유로워진 자신을 느끼고 행복해진다. 그런 식으로 자신을 사랑할 때만이 그것보다 많지도 않고 적지도 않게 다른 사람을 사랑한다는 것이 무엇을 의미하는지 이해할 수 있다.

그리고 이것을 기억해야 한다. 자기 자신에게 그런 조건 없는 사랑을 주기 위해서는 아무 결점 없는 완전한 사람이 되어야만 하는 것이 아니다. 완전해질 때까지 기다린다면 그런 때는 결코 오지 않는다. 자신이 과거에 무엇을 했든 상관없이 자기 자신에게 마음의 문을 열어야만 한다. 일단 자신을 안으로 초대하면 그때 우리는 완전해진다.

사람들은 종종 묻는다. 수도원장이 강도들에게 도저히 어느 한 사람을 선택할 수 없다고 말했을 때, 그 일곱 수도승들에게 무슨 일이 일어났는가?

내가 오래전에 들은 그 이야기는 해답을 말해 주지 않았다. 이야기는 내가 말한 것에서 끝이 났다. 하지만 나는 그 다음에 무슨 일이 일어났는지 안다. 일이 어떻게 결말지어졌을지 짐작할 수 있다.

수도원장이 강도들에게 수도원장 자신과 다른 수도승들 사이에서 어느 한 사람을 선택할 수 없는 이유를 말하면서 내가 방금 말한 것처럼 사랑과 용서의 의미를 설명했을 때, 강도들은 저마다 깊은 감동과 영감을 받았다. 그리하여 수도승들을 모두 살려 주었을 뿐 아니라 그들 자신도 수도승이 되었다.

승려가 된 이후로 나는 수많은 여성과 결혼을 해야만 했다. 불교 승려로서 내가 해야 하는 일 중 하나는 결혼 의식의 종교적인 부분을 담당하는 일이다. 내가 속한 불교 전통에서 승려는 공식적으로 결혼식 집행 권한을 갖고 있다. 또한 많은 부부들은 나를 자신들과 결혼한 사람으로 여긴다. 따라서 나는 수많은 남성들과도 결혼한 셈이다.

결혼에는 3개의 반지가 있다는 말이 있다. 약혼반지, 결혼반지, 그리고 고통의 반지!

결혼 생활에는 문제가 없을 수 없다. 문제가 있을 때, 나와 결혼한 사람들은 종종 나를 찾아온다. 단순하고 평화로운 삶을 좋아하는 수행자로서 나는 결혼한 우리 세 사람이 가능한 한 오래 아무 문제없이 살기를 바라는 의도에서 내 주례사에 다음의 세 가지

이야기를 꼭 포함시킨다.

관계를 맺는 일과 결혼에 대한 나의 시각은 이렇다. 두 남녀가 연애를 할 때 그들은 단지 관계를 맺는 차원에 머물러 있을 뿐이다. 약혼을 했을 때도 조금 깊어지긴 했지만 여전히 관계를 맺고 있는 것이다. 그러다가 공개적으로 결혼 서약을 할 때 두 사람은 관계를 뛰어넘어 한 존재가 된다.

결혼식의 의미는 두 사람의 하나됨에 있다. 결혼식을 집행하면서 나는 사람들이 그 의미를 평생 기억할 수 있도록 관계와 하나됨의 의미를 베이컨과 달걀의 차이로 설명한다.

이쯤 되면 양가 쪽 사람들과 친구들은 귀를 쫑긋 세운다. 그들은 의문을 갖기 시작한다.

'베이컨과 달걀이 결혼과 무슨 관계가 있지?'

나는 말한다.

"달걀의 경우에 닭은 단지 관계를 맺을 뿐이지만, 베이컨의 경우 돼지는 자신을 온전히 희생시켜 베이컨이 됩니다. 이 결혼이 돼지의 결혼과 같게 되기를 나는 기원합니다!"

태국 북동부의 나의 스승 아잔 차(1918-1992, 태국 승려로 숲 속에 절을 세워 수행자들을 이끌었으며, 불교를 서양에 알리는 데 큰 공을 세움)가 들려준 이야기가 있다.

어느 기분 좋은 여름날, 갓 결혼한 부부가 저녁을 먹고 숲으로 산책을 나갔다. 둘이서 멋진 시간을 보내고 있는데 멀리서 어떤 소리가 들려왔다.

"꽥, 꽥!"

아내가 말했다.

"저 소리 좀 들어 봐. 닭이 틀림없어."

남편이 말했다.

"아니야, 저건 거위야."

아내가 말했다.

"아니야, 닭이 분명해."

남편이 약간 짜증 섞인 목소리로 말했다.

"그건 말도 안 돼. 닭은 '꼬꼬댁 꼬꼬!' 하고 울지만, 거위는 '꽥, 꽥!' 하고 울거든. 저건 거위라고."

또다시 소리가 들려왔다.

"꽥, 꽥!"

남편이 말했다.

"거봐, 거위잖아!"

아내가 한 발로 땅을 구르며 주장했다.

"아니야, 저건 닭이야. 내가 장담할 수 있어."

남편이 화가 나서 말했다.

"잘 들어, 여보! 저건 거위라니까. 거위라고. 알아들었어?"

아내가 대들었다.

"그래도 저건 닭이야."

"이런 빌어먹을! 저건 분명히 거위라니까! 당신은 정말이지……."

남편이 입에 담아서는 안 될 말을 내뱉으려는 찰나 또다시 "꽥,

꽥!" 하는 소리가 들려왔다.

아내가 눈물을 글썽이며 말했다.

"저 봐, 닭이잖아."

그 순간 남편은 아내의 눈에 고인 눈물을 보았다. 그리고 마침내 자신이 왜 그녀와 결혼했는가를 기억했다. 그는 얼굴을 누그러뜨리고 부드럽게 말했다.

"미안해, 여보. 생각해 보니 당신 말이 옳아. 저건 닭이야."

아내는 남편의 손을 쓰다듬으며 말했다.

"고마워요, 여보."

두 사람이 사랑 속에 산책을 계속하는 동안 숲에서는 다시금 소리가 들려왔다.

"꽥, 꽥!"

남편이 마침내 깨달은 것은 이것이었다.

'저것이 닭이든 거위든 무슨 상관인가?'

그것보다 훨씬 더 중요한 것은 두 사람의 조화이며 기분 좋은 여름날 저녁 함께 산책을 즐기는 일이었다. 얼마나 많은 결혼이 하나도 중요하지 않은 문제들 때문에 금이 가는가? '닭이냐, 거위냐' 때문에 얼마나 많은 이혼이 발생하는가?

이 이야기를 이해한다면 무엇이 최우선인가를 기억하게 될 것이다. 결혼 생활은 닭이냐 거위냐를 놓고 옳고 그름을 따지는 것보다 훨씬 중요하다. 게다가 우리는 얼마나 자주 우리 자신이 절대적으로 옳다고 확신하고 장담하는가. 그러고는 나중에 가서야 자신이 완전히 틀렸음을 발견한다. 누가 아는가? 그것이 유전자를 조작해 거위 울음소리를 내도록 변형시킨 닭일지.

남녀평등과 승려로서의 평화로운 삶을 위해 나는 이 이야기를 들려줄 때마다 닭이라고 주장하는 사람과 거위라고 말하는 사람의 성별을 바꾸곤 한다.

몇 해 전 싱가포르에서 있었던 일이다. 결혼식이 끝난 뒤, 신부의 아버지가 사위가 된 신랑을 한쪽으로 데리고 갔다. 행복한 결혼 생활을 오랫동안 지속하는 비결을 말해 주기 위해서였다. 그는 젊은이에게 말했다.

"자네는 아마도 내 딸을 많이 사랑하겠지?"

젊은이가 큰 소리로 말했다.

"물론입니다."

장인이 말을 이었다.

"자네는 또한 내 딸이 세상에서 가장 아름다운 여성이라고 생각하겠지?"

젊은이가 역시 큰 소리로 말했다.

"맞습니다. 따님은 모든 면에서 완벽합니다."

장인이 말했다.

"그러니까 내 딸과 결혼을 했겠지. 하지만 몇 년이 지나면 자네는 내 딸아이에게서 결점들을 발견하기 시작할 거야. 그 아이의 결점들이 눈에 보이기 시작하면 이 사실을 꼭 기억하게. 만일 애초에 그런 결점들이 없었다면 내 딸아이는 자네보다 훨씬 나은 남자와 결혼했으리라는 것을."

우리는 우리의 배우자가 가진 결점들에 감사해야 한다. 만일 애초부터 그런 결점들이 없었다면, 그들은 우리보다 훨씬 나은 누군가와 결혼할 수 있었을 테니까!

사랑에 빠질 때 우리는 상대방의 벽돌 벽에서 오직 훌륭하게 쌓아올려진 벽돌들만을 본다. 그것이 우리가 보고자 원하는 전부이기 때문에 그것만을 보게 되는 것이다. 그 점에서는 고집불통이 된다. 그러다가 훗날 이혼 소송을 하기 위해 변호사를 찾아갈 때는 상대방의 벽돌 벽에서 오직 잘못 놓인 벽돌만을 본다. 높이 살 만한 장점들에 대해서는 눈 뜬 장님이 된다. 그것들을 보기 원치 않기 때문에 그것들을 보지 않게 되는 것이다. 우리는 또다시 고집불통이 된다.

왜 사람은 어두컴컴한 나이트클럽이나 촛불 아래 단둘이서 하는 식사 때 사랑에 빠지는가? 아니면 밤의 달빛 아래서? 다른 이유 때문이 아니다. 그 상황에서는 상대방 얼굴에 난 여드름이나 가짜 치아를 똑똑히 볼 수 없기 때문이다. 촛불 아래서는 상상력이 자유를 얻어 마음껏 환상을 펼칠 수 있다. 그래서 맞은편에 앉은 여자가 슈퍼모델처럼 보이고, 남자는 영화배우처럼 보인다. 우리는 환상을 사랑하고 곧잘 사랑의 환상을 품는다. 적어도 우리 자신이 무엇을 하고 있는지는 알아야 한다.

불교 수행자들은 낭만적인 촛불 아래로 들어가지 않는다. 오히려 그들은 실체를 보기 위해 전등을 켠다. 따라서 꿈꾸기를 원한다면 절에 가지 않는 것이 좋다.

태국 북동부에서 승려가 된 첫해에 나는 서양인 승려 두 명과 함께 차 뒷좌석에 앉아 여행을 하고 있었다. 우리의 스승 아잔 차는 앞좌석에 앉아 있었다. 아잔 차가 문득 몸을 돌려 내 옆에 앉은 젊은 미국인 신참 승려를 바라보며 태국어로 뭐라고 말했다. 차 안에 타고 있는 또 다른 고참 승려는 태국어에 능통했기 때문에 우리를 위해 통역을 했다.

"아잔 차 스님께서는 당신이 지금 로스앤젤레스에 있는 여자친구를 생각하고 있다고 말씀하십니다."

그 순간 미국인 신참 승려의 입이 딱 벌어져 턱이 거의 바닥에 닿을 지경이었다. 아잔 차가 그의 마음을 정확하게 읽었기 때문이다. 아잔 차는 미소를 지었다. 우리에게 통역된 그의 그 다음 말은 이것이었다.

"걱정하지 말라. 우리가 그 문제를 해결할 수 있다. 다음번에 그녀에게 편지를 쓸 때, 그녀와 개인적으로 연결된 뭔가 특별한 물건을 보내 달라고 하라. 그녀가 그리울 때마다 그녀를 생각하면서 꺼내 볼 수 있도록."

신참 승려가 놀라서 물었다.

"수행자에게 그런 것이 허용됩니까?"

통역을 통해 아잔 차가 말했다.

"당연히 허용되고말고!"

어쨌든 수행자도 사랑의 감정을 이해하니까. 하지만 그 다음에 아잔 차가 한 말은 통역하는 데 몇 분이 걸렸다. 우리의 통역자가 웃느라 정신을 차리지 못했기 때문이다. 간신히 자신을 수습한 그는 눈물을 훔치며 말했다.

"아잔 차 스님께서는 당신이 그 여자에게 그녀의 똥을 병에 담아 보내라고 부탁하라고 말씀하십니다. 그렇게 되면 그녀가 그리울 때마다 그 병을 꺼내 마개를 열고 냄새를 맡으면 아주 효과가 좋을 것이라고 하십니다!"

말할 필요도 없이, 똥은 매우 개인적인 특별한 물건이다. 그리고 사랑을 표현할 때 우리는 상대방의 모든 것을 사랑한다고 말하지 않는가? 똑같은 조언을 남자친구를 그리워하는 여성 수행자에게도 할 수 있을 것이다. 앞서 말했듯이 사랑에 대한 환상을 원한다면 절대로 절에는 가지 않는 것이 좋다.

사랑할 때의 문제는 환상이 사라지고 나면 뒤따르는 실망감이 우리의 마음에 심한 상처를 가져다준다는 것이다. 사실 이성과의 사랑에서 우리는 상대방을 사랑하는 것이 아니라 상대방이 우리에게 주는 느낌을 사랑할 뿐이다. 우리가 사랑하는 것은 그 사람과 함께 있을 때 우리가 느끼는 행복감이다. 그렇기 때문에 함께 있지 않으면 그 사람을 그리워하게 되고 뭔가가 담긴 병을 보내 달라고 부탁하게 되는 것이다. 하지만 모든 행복감이 그렇듯이 얼마

후면 그것마저 시들해진다.

진정한 사랑은 에고가 사라진 사랑이다. 그때는 오직 상대방만을 염려하고 그에게 이렇게 말한다.

"내 마음의 문은 언제나 당신에게 열려 있습니다. 당신이 삶에서 무엇을 하든."

이때의 우리의 마음은 진실하다. 우리는 단지 상대방이 행복하기를 원한다. 이런 진정한 사랑은 흔치 않다.

당신의 연인을 생각해 보라. 그 사람을 마음속에 그려 보라. 그와 처음 만난 날과, 그 이후 함께 나눈 아름다운 시간들을 회상해 보라. 이제 그 사람으로부터 편지 한 통을 받는 것을 상상해 보라. 그 편지에는 그가 당신의 가장 친한 친구와 깊은 사랑에 빠졌으며 둘이서 멀리 달아나 함께 살고 있다고 적혀 있다. 이때 당신의 기분이 어떻겠는가?

만일 당신의 사랑이 진정한 사랑이라면 당신은 당신의 연인이 당신보다 훨씬 나은 사람을 발견했다는 사실에 기뻐할 것이며 전보다 훨씬 더 행복할 것이다. 당신의 연인과 당신의 가장 친한 친구가 그토록 행복한 시간을 함께 보낸다는 것에 기뻐할 것이다. 그들이 사랑에 빠졌다는 사실에 당신은 환희를 느낄 것이다. 진정한 사랑에서는 상대방의 행복이 가장 중요한 것이 아닌가?

하지만 앞에서 말한 대로 진정한 사랑은 매우 드물다.

어느 왕비가 궁전의 창문을 통해 거리에서 탁발을 하며 걸어가는 붓다를 바라보고 있었다. 위대한 수도승에게 마음을 빼앗기는 왕비를 보고 왕은 질투심에 사로잡혔다. 그는 왕비에게 붓다와 남편 중 누구를 가장 사랑하느냐고 따져 물었다. 그녀는 붓다의 헌신적인 제자였지만 그 시절에는, 특히 남편이 왕일 경우에는 대답을 조심해야만 했다. 정말로 목숨을 잃을 수가 있었다. 그녀는 매우 솔직한 대답으로 자신의 목숨을 구했다.

"나는 두 사람보다도 나 자신을 훨씬 더 사랑합니다."

한 여행자가 갠지스 강가에 앉아 있다가 몸집이 큰

코끼리 한 마리가 목욕을 마치고 강둑으로

올라오는 것을 보았다. 갈고리 달린 막대기를 든

남자가 다가가 코끼리에게 다리를 내밀라고

명령했다. 코끼리는 온순하게 다리를 내밀었고,

남자는 그 무릎을 밟고 코끼리 등으로 올라갔다.

이런 광경을 본 여행자는 야생의 코끼리가 인간에 의해

그토록 온순하게 길들여질 수 있음을 보고

큰 깨달음을 얻었다. 그 길로 그는 숲으로 들어가

자신의 마음에 집중하기 시작했다.

– 어느 경전에서

3
내려놓기

고통을 더 아프게 하는 것이 두려움이다. 두려움을 내려놓으면 단지 아프다는 감
각만 남는다. 내가 내려놓은 것은 아픔에 대한 두려움이었다. 나는 그 아픔을 받
아들였으며, 그것을 껴안았고, 거부하지 않았다. 그래서 그것은 떠나갔다.

자기 비난이 과거의 벽돌 벽을 바라보면서 잘못 쌓은 두 장의 어긋
난 벽돌만을 보는 것이라면, 두려움은 미래의 벽돌 벽을 바라보면
서 잘못 쌓게 될 벽돌만을 보는 것이다. 두려움이 눈을 가리면 완
벽하게 쌓아올려질 나머지 벽돌들을 바라볼 수 없게 된다. 그렇다
면 두려움을 이겨내는 방법은 벽 전체를 바라보는 일이다.

얼마 전 싱가포르에서 있었던 나의 경험이 그것을 잘 말해 준다.
그 당시 나는 몇 달 전부터 네 차례의 강연 일정이 잡혀 있었다.
싱가포르 중심가의 고급 건물에 위치한 2,500석 강연장이 예약되
어 있었고, 버스 정류장마다 알림장이 나붙었다. 그러다가 갑자기
사스(2003년 3월 동남아시아에서 발생해 아시아, 유럽, 북아메리카 등으로 확산
된 중증 급성 호흡기 증후군)라고 불리는 큰 소동이 닥쳤다. 한 마디로
위기 상황이었다. 내가 싱가포르에 도착했을 때 학교들은 휴교령

이 내려지고 아파트들은 서로 차단되었으며 정부는 시민들에게 어떤 대중 집회에도 참석하지 말 것을 권고했다. 당시 사람들에게 몰아닥친 두려움은 이루 말할 수 없었다. 주최 측 사람들이 내게 물었다.

"강연을 취소할까요?"

바로 그날 아침, 일간 신문의 1면은 커다란 검은색 활자로 싱가포르 국민의 99퍼센트가 사스에 노출되어 있다고 경고했다. 나는 싱가포르의 인구가 얼마인가를 물었다. 대략 4백만 명이라고 했다. 내가 말했다.

"그렇다면 399만 9,901명이 아직 사스에 감염되지 않은 것이군요. 예정대로 밀고 나갑시다!"

그러자 두려움이 말했다.

"하지만 누군가 사스에 감염되기라도 하면 어떻게 하지?"

마음속 지혜가 말했다.

"감염되지 않으면 어떻게 할래?"

확률은 지혜 쪽이 높았다.

그래서 강연은 예정대로 진행되었다. 첫날은 1,500명이 강연을 들으러 왔으며, 그 숫자는 꾸준히 늘어나 마지막 날에는 강연장이 가득 찼다. 나흘 동안 전부 합해 8천 명이 참석했다. 참석자들은 막연한 두려움에 굴하지 않고 앞으로 나아가는 법을 배웠으며, 그 경험은 그들의 앞날에 대한 용기까지도 키워 주었다. 사람들은 재미있게 강연을 듣고 행복해져서 돌아갔다. 그것은 세균에 대항해 싸우는 그들의 면역 체계가 그만큼 강화되었음을 의미했다. 그리고 강연할 때마다 내가 강조했듯이, 그들은 내가 들려주는 재미있는 이야기에 배꼽을 잡고 웃었으므로 폐운동을 열심히 한 셈이 되었고, 그럼으로써 그들의 호흡기도 더 튼튼해졌다. 실제로 단 한 사람의 청중도 사스에 감염되지 않았다.

미래에 어떤 일이 일어날 것인가는 수많은 가능성이 있다. 불행한 가능성에 집중할 때 그것은 두려움이라 불린다. 반면에 다른 가능성들이 훨씬 많음을 기억할 때 그것은 두려움으로부터의 자유라 불린다.

많은 사람들이 미래를 알고 싶어 한다. 어떤 이들은 미래를 기다릴 만큼 참을성이 없어서 예언가나 역술가를 찾는다. 따라서 세상에는 가짜 점술가들이 많다.

수행 생활을 하는 승려들은 종종 뛰어난 예언가 대접을 받는다. 하지만 실제로 예지 능력을 가진 경우는 드물다. 어느 날, 아잔 차 스승을 오랫동안 모셔 온 불교도 한 명이 그를 찾아와 자신의 미래를 점쳐 줄 것을 부탁했다. 아잔 차는 그 자리에서 거부했다. 올바른 수도자들은 점을 봐주지 않는다.

하지만 그 불교도는 고집이 세었다. 그는 자신이 그동안 아잔 차 스승에게 얼마나 많은 음식을 공양했고, 절을 위해 얼마나 시주를 했으며, 일과 가족을 뒷전으로 밀어둔 채 자신의 비용을 들여 얼마나 자주 아잔 차를 차에 태워 모시고 다녔는가 상기시켰다. 아잔 차는 자신의 미래에 대해 들으려는 그 남자의 결의가 하늘을 찌르는 것을 보고는 절대로 점을 봐주지 않는다는 스스로의 계율을 딱 한 번만 어기겠노라고 선언했다. 그러고는 말했다.

"손을 이리 내시오. 손금을 한번 봅시다."

그 불교도는 흥분을 감출 길이 없었다. 아잔 차는 누구에게도 손금을 봐준 적이 한 번도 없었다. 이것은 실로 특별한 경우였다. 게다가 아잔 차는 대단한 영적 능력을 가진 성자로 여겨지고 있었다. 그가 예언하는 것은 틀림없이 그대로 일어날 것이었다.

아잔 차는 자신의 검지손가락으로 그 불교도의 손금을 짚어 나갔다. 그리고 이런 식으로 거듭거듭 혼잣말을 했다.

"오, 이런! 흥미롭군. 무척 흥미로워."

"음, 음, 그래, 맞아."

"놀라운 일이군!"

가련한 불교도는 기대감에 부풀어 어쩔 줄 몰라 했다.

마침내 손금 보기를 끝낸 아잔 차는 그 불교도의 손을 내려놓으며 말했다.

"잘 들으십시오. 당신의 미래를 말해 드리겠습니다."

불교도가 얼른 말했다.

"네, 네."

아잔 차가 덧붙였다.

"그리고 내 점괘는 틀린 적이 없습니다."

불교도는 너무 흥분해 거의 기절할 지경이었다.

이윽고 아잔 차가 말했다.

"당신의 미래는 불확실합니다."
과연 그의 점괘는 틀리지 않았다.

돈은 쌓아두기는 어렵지만 잃기는 쉽다. 그리고 돈을 잃는 가장 쉬운 방법은 도박을 하는 일이다. 모든 도박꾼은 한 명도 예외 없이 결국에는 잃게 되어 있다. 그럼에도 사람들은 여전히 도박으로 많은 돈을 딸 욕심으로 미래를 점치기를 좋아한다. 다음의 이야기는 미래를 예측하는 것이 얼마나 위험한 일인지 보여 준다. 설령 어떤 강력한 징조가 있을 때조차도!

한 남자가 어느 날 아침 너무도 생생한 꿈에서 깨어났다. 꿈속에서 다섯 명의 천사가 황금으로 가득한 커다란 항아리 다섯 개를 그에게 주었다. 눈을 떴을 때 천사들은 사라지고 아쉽게 황금 항아리들도 사라졌다. 하지만 범상치 않은 꿈이었다.

그가 주방으로 들어갔을 때, 아내가 그의 아침식사로 다섯 조각의 토스트에 계란 후라이 다섯 개를 얹어 놓고 있었다. 아침 신문을 읽다가 그는 신문에 적힌 그날의 날짜가 5월 5일임을 알았다. 분명 뭔가 기이한 일이 이어지고 있었다. 신문을 한 장 넘기자 뒷면에 경마란이 나타났다. 그는 놀란 눈으로 5번째 경주에 출전하는 5번 말의 이름이 다섯 글자인 것을 발견했다. 다섯 명의 천사들! 그 꿈은 분명 하나의 강력한 징조임에 틀림없었다.

오후에 그는 일찌감치 조퇴를 하고 직장을 빠져 나왔다. 은행구좌에서 5천 달러를 꺼낸 그는 서둘러 경마장으로 가서 다섯 번째 카운터에서 모든 돈을 걸었다. 5천 달러라는 거금을 다섯 번째 경주의 5번 말, 다섯 천사에게! 그 꿈이 틀릴 리 없었다. 행운의 숫자 5가 잘못될 리가 없었다.

실제로 꿈은 틀리지 않았다. 그 말은 5등으로 들어왔다.

두려움은 미래의 잘못될 일들을 예측하는 일이다. 하지만 우리의 미래가 얼마나 불확실한가를 마음속에 간직하기만 해도 결코 무엇이 잘못될 것인가 예측하려고 하지 않을 것이다. 그 순간 두려움은 끝난다.

어렸을 때 한번은 치과 병원에 가는 것 때문에 몹시 겁을 먹은 적이 있다. 예약이 되어 있었는데 아무리 해도 발길이 떨어지지 않았다. 어리석을 정도로 겁이 났다. 그런데 막상 치과 병원에 도착했더니 내 예약이 취소되어 진료를 받을 수 없다는 것이었다. 소중한 시간을 괜한 두려움으로 낭비했다는 생각이 들었다.

두려움은 미래의 불확실성을 자각함과 동시에 녹아 없어진다. 하지만 우리가 지혜를 사용하지 않으면 두려움이 우리를 녹여 없앨 수 있다. 두려움은 오래된 텔레비전 드라마 〈쿵후〉에 나오는 행자승 '어린 메뚜기'를 거의 녹여 버릴 뻔했다. 나는 불교 승려가 되기 전, 교사로서의 마지막 해를 보내면서 그 드라마를 하루도 빼놓지 않고 열심히 시청했었다.

이제 막 절에 들어온 어린 메뚜기의 스승은 장님이었다. 어느 날 스승은 어린 메뚜기를 데리고 절 뒷방으로 갔다. 그 방은 평소에는 단단히 잠겨 있었다. 방 안에는 폭이 6미터쯤 되는 실내 연못이 있었으며, 연못 위에는 이쪽 끝에서 저쪽 끝으로 건너갈 수 있도록 좁다란 널빤지 다리가 가로놓여 있었다. 스승은 어린 메뚜기에게 널빤지 가장자리로는 가지 말라고 단단히 일렀다. 연못의 물은 평범한 물이 아니라 독성이 강한 염산이라는 것이었다.

스승은 어린 메뚜기에게 말했다.

"앞으로 일주일 후에 너를 테스트할 것이다. 넌 이 나무 널빤지 위를 걸어서 염산의 연못을 건너갈 수 있어야 한다. 하지만 조심하라. 저 연못 밑바닥 여기저기에 널려 있는 뼈들이 보이는가?"

어린 메뚜기는 조심스럽게 다가가 널빤지 가장자리 너머를 내려다보았다. 그곳에 수많은 뼈들이 흩어져 있었다.

스승이 말했다.

"저들도 한때는 너처럼 어린 행자승들이었다."

어린 메뚜기는 그 무시무시한 방에서 나와 스승을 따라 햇빛이 환한 절 마당으로 갔다. 그곳에 이미 고참 승려들이 염산 연못 위에 걸쳐져 있는 것과 똑같은 크기의 널빤지 하나를 가져다 놓고 기다리고 있었다. 그 후 일주일 동안 어린 메뚜기는 모든 일에서 제외되어 오로지 그 널빤지 위를 걷는 연습만 반복했다.

그다지 어려운 일이 아니었다. 3,4일 만에 어린 메뚜기는 눈을 가리고서도 완벽한 균형을 이루며 마당의 널빤지 위를 가로지를 수 있었다.

마침내 시험 날이 다가왔다. 스승은 어린 메뚜기를 데리고 염산의 방으로 갔다. 빠져 죽은 행자승들의 뼈가 연못 밑바닥에서 하얗게 반짝이고 있었다. 어린 메뚜기는 널빤지 끄트머리에 올라서서 스승을 돌아보았다.

스승이 말했다.

"자, 걸어가라."

연못 위의 널빤지는 마당의 널빤지와 크기가 똑같았지만 훨씬 좁아 보였다. 어린 메뚜기는 걷기 시작했으나 앞으로 나아가는 발걸음이 왠지 불안정하고 흔들리기 시작했다. 아직 절반도 건너지 않았는데 더 심하게 다리가 후들거렸다. 염산 속으로 금방이라도 빠질 것처럼 위태로워 보였다. 그 순간 연속극이 중단되고 광고 화면이 나타났다.

말도 안 되는 상품 광고들이 어서 끝나기를 기다리면서 나는 줄곧 그 가엾은 어린 메뚜기의 뼈가 무사할 수 있기를 기도했다.

드디어 광고가 끝나고, 화면은 다시 염산의 방으로 돌아갔다. 어린 메뚜기는 자신감을 잃기 시작하고 있었다. 그의 발걸음이 점점 불안정해지는 것을 볼 수 있었다. 그러다가 몸이 휘청하더니······ 아, 어린 메뚜기는 그만 연못 속으로 떨어지고 말았다.

연못 속에서 허우적거리는 어린 메뚜기를 바라보면서 늙은 스승은 웃음을 터뜨렸다. 그것은 염산이 아니라 평범한 물이었던 것이다. 물 밑바닥에 흩어져 있는 뼈들은 특수 효과를 위해 미리 던져 넣은 것에 불과했다. 어린 메뚜기는 감쪽같이 속고 말았다. 나도 속

왔다.

스승이 진지하게 물었다.

"무엇이 너를 연못 속에 빠뜨렸는가? 어린 메뚜기여, 두려움이 너를 빠뜨린 것이다. 단지 두려움이!"

사람들이 흔히 갖는 가장 큰 두려움 중 하나는 대중 앞에서 말을 하는 것이다. 나는 내 의지와 상관없이 자주 많은 사람들 앞에서 말을 해야만 한다. 절에서, 대회의장에서. 뿐만 아니라 결혼식과 장례식장에서, 라디오 상담 프로그램에서, 심지어 생방송 텔레비전 쇼에 나가서도 이야기를 해야 한다.

한번은 대중 강연을 5분여 앞두고 갑자기 두려움이 엄습한 적이 있었다. 강연 준비를 미처 하지 못했기 때문에 무엇을 말해야 할지 아무것도 떠오르지 않았다. 3백여 명의 청중이 뭔가 감동적이고 인상적인 이야기를 듣기 위해 눈을 빛내며 강연장에 앉아 있었다. 그들은 내 강연을 들으려고 소중한 저녁 시간을 희생하고 그곳에 온 것이었다. 나는 생각했다.

'할 말이 아무것도 생각나지 않으면 어쩌지? 말실수를 하면 어쩌지? 바보처럼 보이면 어떻게 하지?'

그런 생각과 더불어 모든 두려움이 한꺼번에 밀려오고 불길한 예감이 사로잡았다. 나는 미래를 예상하고 있었으며, 그것도 부정적으로 예상하고 있었다. 참으로 어리석은 생각이었다. 나는 그것이 어리석은 생각이라는 걸 알고 있었고 마음에 대한 온갖 이론을 알고 있었다. 하지만 아무 소용이 없었다. 두려움이 계속 밀려들었고 심각한 문제에 직면했다.

그날 저녁 나는 한 가지 방법을 생각해 냈다. 우리 불교 수행자들이 말하는 '묘수'였다. 그 묘수는 당시의 두려움을 물리쳐 주었을 뿐 아니라 그 이후로도 효과적으로 사용해 오고 있는 방법이다. 묘수란 다른 것이 아니었다. 나는 청중이 내 강연을 좋아하든 싫어하든 상관하지 말고 내 자신이 즐겁게 강연하기로 결심했다. 나 스스로 즐거운 시간을 갖기로 결심한 것이다.

이제 나는 언제 사람들 앞에 서든 그 시간을 즐긴다. 스스로 즐거운 시간을 갖는 것이다. 종종 나 자신을 바보로 만들면서 재미있는 이야기를 하고 청중과 함께 웃음을 터뜨린다.

한번은 싱가포르에서 라디오 생방송에 출연했을 때 미래의 화폐 가치에 대한 아잔 차 스승의 예언을 들려주었다. 싱가포르 사람들은 경제에 관심이 깊기 때문에 귀를 세우고 내 얘기를 경청했다.

아잔 차는 다음과 같이 미래를 예언한 적이 있다. 머지않아 세계는 지폐를 만들 종이, 동전을 만들 쇠가 고갈될 것이다. 따라서 사람들은 상거래를 위해 화폐 대용으로 쓸 무엇인가를 발견해야만 할 것이다. 미래에 사람들은 작은 닭똥을 화폐로 사용하게 될 것이라고 아잔 차는 예언했다. 사람들은 주머니에 닭똥을 가득 넣고 돌아다닐 것이다. 은행은 닭똥으로 넘쳐날 것이고, 강도들은 그것을 훔치기 위해 눈을 빛낼 것이다. 부자들은 자신들이 매우 많은 닭똥을 소유한 것에 자부심을 가질 것이다. 그런가 하면 가난한 사람들은 복권에 당첨되어 산더미 같은 닭똥을 갖게 되기를 꿈꿀 것이다. 각국 정부는 자기 나라의 닭똥 흐름에 온 관심을 집중할 것이고, 국가의 존립을 위해 무엇보다 충분한 닭똥을 확보하는 것을 최우선의 일로 여기면서 환경적인 문제나 사회적인 이슈들은 뒷전으로 미룰 것이다.

근본적인 눈으로 보면 지폐나 동전과 닭똥에 무슨 차이가 있는가? 아무 차이도 없다.

나는 곧잘 이 이야기를 들려준다. 이것은 우리의 문화에 대한 통쾌한 지적이다. 그리고 무엇보다 재미있다. 싱가포르 청취자들은 이 이야기를 무척 좋아했다.

사람들 앞에서 말을 할 때 그 시간을 재미있게 보내기로 마음먹으면 긴장이 사라진다는 것을 나는 발견했다. 두려움을 가지면서 동시에 재미있게 보내는 것은 심리적으로 불가능하다. 마음의 긴장을 풀 때 말하는 도중 아이디어가 자유롭게 떠올라 부드럽고도 우아하게 내 입을 통해 밖으로 나간다. 그리고 재미가 있을 때 청중은 지루해하지 않는다.

강연이나 설법 중에 청중을 웃기는 것의 중요성에 대해 한 티베트 승려는 이렇게 표현했다.

"일단 사람들의 입을 크게 벌려야 그 속에 지혜의 알약을 던져 넣을 수 있다."

나는 미리 법문이나 강연 준비를 하지 않는다. 그 대신 마음과 가슴을 준비한다. 태국의 승려들은 결코 사전에 법문 준비를 하도록 교육 받는 법이 없다. 그 대신 언제 어느 자리에서나 아무 준비 없이도 법문을 할 수 있도록 훈련받는다.

태국 북동부에서 수행하고 있을 때였다. 한 해에 일어나는 불교 축제 중 두 번째로 중요한 마가 푸자(큰 법회)가 돌아왔다. 나는 2백 명 남짓한 승려들, 그리고 수천 명의 불교도들과 함께 아잔 차 스승의 절인 왓농파퐁에 머물고 있었다. 그 당시 아잔 차는 매우 명성이 높았으며, 내가 승려가 된 지도 어언 5년이 흘렀다.

저녁 예불이 끝나고 가장 중요한 법문 시간이 되었다. 그런 큰 행사 때는 주로 아잔 차 스승이 법문을 했지만, 항상 그런 것은 아니었다. 때로 아잔 차는 졸지에 앞에 앉아 있는 승려들을 내려다보다가 시선이 누군가에게 멎는 순간 그를 그날의 설법자로 지목하곤 했다. 나보다 앞서서 출가한 수두룩한 고참 승려들에 비하면 나는 신출내기에 불과했다. 하지만 아잔 차는 어떤 행동을 할지 전혀 예측할 수 없는 인물이었다.

그날, 아잔 차는 매서운 눈으로 승려들을 내려다보았다. 그의 시선이 나에게까지 왔다가 옆으로 지나갈 때 나는 몰래 안도의 한숨을 쉬었다. 그 순간 그의 시선이 줄을 따라 되돌아오기 시작했다. 그러다가 누구에게 멈추었을지 추측해 보라!

아잔 차는 말했다.

"오늘은 브라흐마가 법문을 한다."

빠져나갈 길은 없었다. 아무 준비도 하지 않은 상태에서 법문을 해야만 했다. 그것도 태국어로 한 시간 동안 스승과 동료 수행자들과 수천 명의 불교도들 앞에서! 법문 내용이 훌륭한가 아닌가는 중요하지 않았다. 내가 법문을 한다는 것만이 중요했다.

아잔 차 스승은 법문 내용에 대해 좋다거나 나쁘다고 절대로 말하는 법이 없었다. 그것은 중요하지 않았다. 한번은 법문 실력이 매우 뛰어난 서양인 승려에게 법문을 시킨 적이 있었다. 일반 불교도들이 참석한 주말 법회 시간이었다. 물론 법문은 태국어로 해야만 했다. 법문이 시작되고 한 시간가량 경과하자 그 승려는 서서히 자신의 이야기를 마무리 짓기 시작했다. 그 순간 아잔 차는 그 승려에게 한 시간 더 법문을 연장하라고 지시했다. 그것은 만만한 일이 아니었다. 그래도 어쨌든 그 승려는 해냈다. 그가 태국어로 간신히 두 시간에 걸친 법문을 끝내 가는 찰나, 아잔 차가 끼어들더니 다시 한 시간 더 할 것을 지시했다. 그것은 불가능한 일이었다. 서양인들이 태국어를 구사하는 데는 한계가 있었다. 결국에는 똑같은 말을 계속 되풀이하는 수밖에 없게 된다.

그렇게 되면 청중은 몹시 지루해지기 마련이다. 하지만 달리 선택의 여지가 없었다. 세 시간째가 끝날 무렵 사람들 대부분은 이미 떠났고, 그나마 남아 있는 사람들도 자기들끼리 신나게 떠들고 있었다. 벽에 달라붙어 있는 모기와 도마뱀들도 졸음에 곯아떨어졌다. 세 시간의 법문이 끝나자 아잔 차는 또다시 한 시간을 명령했다! 그 서양인 수행자는 묵묵히 스승의 명령을 따랐다. 법문은 네 시간째에 대단원의 막을 내렸다. 그 일이 있고 나서 그 승려는 대중 앞에서 말하는 것을 전혀 두려워하지 않게 되었다.

위대한 스승 아잔 차 밑에서 우리는 그런 식으로 하루하루 배움을 쌓아 갔다.

두려움은 고통의 가장 큰 원인이다. 고통을 더 아프게 하는 것이 바로 두려움이다. 두려움을 벗어던지면 단지 아프다는 감각만이 남는다. 1970년대 중반, 태국 북동부 오지의 가난한 숲 속 절에서 생활할 때 나는 심한 치통으로 말할 수 없이 고통받았다. 근처에 치과 병원은 고사하고 전화도 전기도 없었다. 심지어 약장 서랍에는 아스피린이나 해열진통제 한 알 없었다. 숲 속 수행자는 무조건 참고 견디는 수밖에 없었다.

병이라는 것이 대개 그렇듯이 밤이 되자 치통은 훨씬 더 심해졌다. 나 자신은 스스로를 꽤 강인한 수행자로 자부하고 있었지만 그 치통은 내가 얼마나 강한가를 시험하고 있었다. 얼굴 한쪽이 통증으로 마비가 될 정도였다. 그 나이 먹도록 그런 심한 치통은 처음이었다. 아니, 그 이후로도 그런 치통은 경험한 적이 없었다. 나는 호흡 명상을 통해 그 아픔을 이겨 내고자 했다. 모기에 물어 뜯길 때 호흡에 집중하는 법을 배운 적이 있었다. 어떤 때는 온몸에 40군데가 넘게 물린 적도 있었지만 한 가지 감각에 집중함으로

써 다른 것을 잊을 수가 있었다. 하지만 이 치통은 단순한 통증과는 달랐다. 2,3초 동안은 호흡에 집중할 수 있었지만 쥐어짜는 듯한 통증이 금세 감각의 문을 걷어차고 뛰어들어 왔다.

하는 수 없이 자리를 박차고 일어나 밖으로 나가 걷기 명상을 시도했다. 그것 역시 이내 포기할 수밖에 없었다. 나는 '걷기 명상'을 하고 있는 것이 아니라 숫제 '달리기 명상'을 하고 있었다. 도저히 천천히 걸을 수가 없었다. 통증이 너무 심해서 뜀박질을 해야만 했다. 그렇다고 달려갈 곳이 있는 것도 아니어서 그 자리에서 뺑뺑 돌 뿐이었다. 고통이 이만저만이 아니었다. 미치기 일보 직전이었다.

나는 다시 내 오두막으로 달려가 이번에는 가부좌를 하고 앉아서 염불을 외기 시작했다. 불교에서는 염불에 초자연적인 힘이 실려 있다고 믿는다. 염불은 행운을 가져다주고 위험한 동물들을 물리쳐 주며 병과 고통을 낫게 해 준다는 것이다. 내게는 그런 믿음이 부족했다. 나는 과학도의 길을 걸었으며, 주문이나 염불이 마술적인 힘을 지니고 있다는 것은 순진한 사람들을 속이기 위한 사기꾼들의 수법이라고 여겼다. 그러한 나의 이성적인 판단과는 상관없이 나는 기적이 일어나기를 바라며 염불을 시작했다. 그만큼 절박했다. 하지만 그것마저도 곧 중단해야만 했다. 왜냐하면 나는 염불을 외고 있는 것이 아니라 아예 소리를 지르고 비명을 내지르고 있었기 때문이다. 늦은 시각이라서 다른 수행자들의 잠을 깨우게 될까 봐 두려웠다. 그런 식으로 계속 염불 소리를 내지르다가는 수십 리 밖 마을 사람들까지 모두 깨웠을 것이다. 통증이 극심해 도저히 정상적으로 염불을 욀 수가 없었다.

나는 완전히 혼자였다. 고향 집에서 수천 킬로미터 떨어진 곳, 전혀 문명 시설을 갖추지 않은 까마득한 오지의 밀림 속에서 아무 의지할 대상도 없이 견딜 수 없는 통증으로 신음하고 있었다. 내가 아는 온갖 방법을, 말 그대로 모든 방법을 다 시도해 보았다. 하지만 어떤 것도 계속할 수가 없었다. 상황이 그러했다.

그처럼 완전한 절망 속에서 어느 한 순간 환하게 지혜의 문이 열렸다. 일상적인 삶에서는 전혀 본 적이 없는 문이었다. 그 순간 그러한 문이 내 앞에서 열렸으며, 나는 그 문 안으로 걸어 들어갔다. 솔직히 말해 그렇게 하는 것 말고는 다른 대안이 없었다.

나는 하나의 단어를 기억해 냈다.

'내려놓으라.'

전에도 수없이 그 단어를 들었었다. 주위 사람들에게 그것의 의미를 설명해 주기까지 했었다. 내 자신이 그 단어의 의미를 잘 알고 있다고 여겼었다. 그것이 바로 '착각은 자유'라는 것이다. 끔찍한 치통을 잊기 위해서는 무엇이든 시도할 마음 자세가 되어 있었기 때문에 나는 생애 최초로 진정한 '내려놓기'를 시도했다. 말 그대로 완전히 내려놓았다.

그 다음에 일어난 일에 나 자신도 놀랐다. 그 고통스럽던 통증이 순식간에 사라진 것이다. 그 대신 큰 환희심이 밀려왔다. 환희의 물결이 온몸을 전율시켰다. 마음은 너무도 고요하고 감미롭게, 깊은 평화의 상태에 자리 잡았다. 이제는 노력 없이도 쉽게 명상이 이루어졌다. 이른 새벽 두세 시간 동안 명상을 한 뒤 나는 자리에 누워 잠시 휴식을 취했다. 실로 달콤하고 평화로운 잠이었다. 절에서의 일과를 위해 눈을 떴을 때, 나는 치통이 여전히 남아 있음을 느꼈다. 하지만 전날 밤에 비하면 아무것도 아니었다.

내가 내려놓은 것은 치통의 아픔에 대한 두려움이었다. 나는 그 아픔을 받아들였으며, 그것을 껴안았고, 거부하지 않았다. 그렇게 했기 때문에 그것은 떠나갔다.

내 이야기를 들은 많은 사람들이 몹시 아플 때 이 방법을 시도했지만 아무 결과도 얻지 못했다. 그들은 나를 찾아와 불평을 하면서, 자신들의 고통에 비하면 내 치통이 별거 아니었던 모양이라고 지적했다. 그것은 사실이 아니다. 고통은 개인적인 것이며, 객관적으로 측정할 수 있는 것이 아니다. 그들에게는 왜 그 방법이 효과가 없었는가를 설명하기 위해 나는 세 명의 수행자들에 관한 이야기를 들려주곤 한다.

심한 고통에 시달리고 있는 첫 번째 수행자가 '내려놓기' 명상을 시도한다.

'내려놓으라.'

그는 자기 자신에게 부드럽게 말하고 기다린다. 하지만 아무 일도 일어나지 않자 그는 다시 말한다.

'내려놓으라.'

그런 식으로 그는 자신에게 계속 내려놓으라고 강요한다.

우스꽝스럽게 보이겠지만 우리 모두가 하고 있는 방식이 그것이다. 엉뚱한 것을 내려놓으려 하고 있는 것이다. 오히려 우리가 내려놓아야 할 것은 바로 '내려놓으려는' 그 마음이다. 우리 안에서 사사건건 통제하려고 드는 그 감독관을 내려놓아야 한다. 우리 모두는 그 감독관이 누구인지 잘 안다. 내려놓는다는 것은 우리 안에서 감독관이 사라졌음을 의미한다.

두 번째 수행자는 고통이 밀려올 때 이 충고를 기억하고 그 감독관을 내려놓는다. 그는 고통과 마주앉아서 자신이 모든 것을 내려놓았다고 상상한다. 10분이 지나서도 고통에 아무런 변화가 없을 때 그는 마음을 내려놓아도 별 효과가 없다고 불평한다. 나는 그에게 마음을 내려놓는 것은 고통을 제거하기 위한 수단이 아니라 고통으로부터 자유로워지기 위한 방법임을 상기시킨다. 그는 고통과 협상을 시도한 것이다.

"내가 10분 동안 마음을 내려놓을 테니, 너 고통은 사라져 줘야 한다. 알겠지?"

그것은 고통을 내려놓는 것이 아니다. 고통을 제거하려고 노력하는 것이다.

세 번째 수행자는 고통이 찾아올 때 그 고통에게 다음과 같이 말한다.

"고통이여, 네가 나에게 무슨 짓을 하든 내 마음의 문은 너에게 언제나 열려 있다. 안으로 들어오라."

이 세 번째 수행자는 고통이 원하는 만큼 충분히 머물도록 허락한다. 설령 평생 머물러 있을지라도! 그리고 그것이 더 나빠지더라도 거부하지 않는다. 고통에게 자유를 주는 것이다. 그는 고통을 통제하려는 마음을 버렸다. 그것이 바로 내려놓는 것이다. 고통이 머물러 있든 떠나든 그에게는 아무 차이가 없다. 오직 이때만이 고통은 사라진다.

호주에 있는 우리 절 부근에 치아 상태가 몹시 나쁜 남자가 살고 있었다. 그는 번번이 이를 뽑아야 했는데, 마취 주사 맞는 것을 극도로 싫어했다. 결국 그는 수소문 끝에 마취 없이 이를 뽑아 주는 치과의사를 찾아내었다. 몇 차례 그 병원을 드나든 결과 그는 마취 없이 이를 뽑아도 아무 문제가 없다는 사실을 알게 되었다. 마취를 하지 않은 상태에서 치과의사로 하여금 이를 뽑게 하는 것만으로도 신문에 날 일인데, 이 남자는 한술 더 떠서 아예 병원에도 가지 않고 혼자서 마취 없이 이를 잡아 뽑았다. 우리는 절의 작업장에서 빌린 펜치로 피 묻은 이를 뽑아 들고 서 있는 그의 모습을 목격하곤 했다. 문제 될 건 없었다. 그는 펜치를 작업장에 돌려주기 전에 그것에 묻은 피를 깨끗이 닦아 놓았으니까.

나는 그에게 어떻게 그렇게 할 수 있느냐고 물었다. 그의 대답은 두려움이 왜 고통의 주요 원인인가를 잘 설명해 준다.

"이 하나를 뽑기 위해 치과에 가는 것은 여간 번거로운 일이 아니에요. 그런데 내 손으로 이를 뽑기로 마음먹었을 때는 아직 아프지 않아요. 펜치를 빌리려고 작업장으로 걸어갈 때도 아직 아프지 않아요. 펜치를 손에 집어 들었을 때도 아직 아프지 않아요. 펜치 끝으로 이를 잡았을 때도 아직 아픈 게 아니에요. 펜치를 꽉 움켜쥐고 힘껏 이를 뽑는 순간 아픔이 느껴지지만 그것도 몇 초일 뿐이에요. 일단 이를 뽑고 나면 그다지 아프지 않아요. 아픔이 느껴진다고 해도 단지 5초에 불과해요. 그것이 전부입니다."

이 실제 이야기를 읽으면서 당신은 아마 인상이 찌푸려졌을 것이다. 두려움 때문에 그 남자보다 더 아픔을 느꼈을지도 모른다. 당신이 똑같은 묘기에 도전한다면, 아마도 작업장으로 가서 펜치를 집어 들기도 전에 무시무시한 통증을 느낄 것이다. 아플 것이라는 예측, 다시 말해 두려움이 고통의 주된 원인인 것이다.

마음속 감독관을 내려놓는 일, 지금 이 순간에 더 충실하고 미래의 불확실성에 대해서는 존재를 열어 놓는 일은 두려움의 감옥으로부터 우리를 해방시켜 준다. 그때 본래부터 지니고 있는 지혜를 가지고 삶의 도전들에 반응할 수 있다. 나아가 많은 골치 아픈 상황으로부터 자유로울 수 있다.

한번은 호주 퍼스 공항의 세관 심사대 앞에서 차례를 기다리고 있을 때였다. 즐거운 여행을 마치고 스리랑카에서 싱가포르를 거쳐 호주로 돌아오는 길이었다. 줄은 무척 길었고 더디게 앞으로 나아갔다. 짐 검사가 철저하게 이루어지고 있음에 틀림없었다. 그때 세관 심사원이 마약 탐지견을 데리고 나타났다. 세관 심사원에 이

끌려 개가 줄 서 있는 사람들을 냄새 맡기 시작하자 여행객들의 얼굴에는 긴장된 미소가 떠올랐다. 마약을 소지하지 않고 있음에도 불구하고 개가 냄새를 맡은 뒤 다른 사람에게로 건너가면 다들 안도의 표정을 지었다.

그 귀여운 개는 내 앞으로 다가와 냄새를 맡더니 갑자기 멈춰 섰다. 개는 작은 주둥이를 내 승복 허리춤에 파묻으며 맹렬히 꼬리를 흔들었다. 개를 끌어내기 위해 세관 심사원이 강하게 줄을 잡아당겨야 할 정도였다. 조금 전까지만 해도 매우 우호적이었던, 내 앞에 서 있는 여자 승객이 슬그머니 나로부터 한 걸음 물러섰다. 그리고 뒤에 서 있는 부부도 보나마나 멀찌감치 물러났다.

5분 뒤, 내가 세관 심사대 앞으로 좀더 가까이 다가갔을 무렵 그들은 개를 끌고 다시 돌아왔다. 개는 줄에 서 있는 여행객들 옆을 지나면서 일일이 킁킁거리며 냄새를 맡았다. 내 앞에 오자 개는 다시 걸음을 멈추었다. 개는 아까와 마찬가지로 내 승복 속에 머리를 들이밀고서 미친 듯이 꼬리를 흔들어 댔다. 또다시 세관 관리가 강하게 줄을 잡아당겨 개를 데리고 갔다. 모든 이들의 시선이 내게로 쏠리는 것을 느낄 수가 있었다. 이쯤 되면 사람들은 약간이라도 불안해지겠지만 나 자신은 전혀 아무렇지도 않았다. 감옥에 끌려간다 해도 그곳에는 나의 친구들이 많았고, 절에서보다 더 잘 얻어먹을 것이다.

마침내 심사대 앞에 섰을 때, 그들은 철저하게 내 몸수색을 했다. 물론 나는 마약 같은 건 지니고 있지 않았다. 수행자는 술조차도 입에 대지 않는다. 다행히 그들은 알몸 수색까지는 하지 않았다. 내가 아무런 두려움도 나타내 보이지 않았기 때문이라고 나는 생각한다. 그들은 다만 왜 개가 유독 내 앞에서만 멈춰 섰는가를 물었다. 나는 승려들은 동물에 대해 깊은 자비심을 가지고 있으며, 아마도 개가 그것을 알아차린 모양이라고 대답했다. 혹은 어쩌면 그 개가 전생에 승려였는지도 모른다고 말했다. 그러자 그들은 서둘러 나를 내보내 주었다.

한번은 몹시 화가 나고 반쯤 술에 취한 덩치 큰 호주인에게 흠씬 두들겨 맞을 뻔한 적이 있었다. 하지만 두려움을 내려놓았기 때문에 내 코가 무사할 수 있었고, 그날 행사도 무사히 치를 수가 있었다.

퍼스 시내에서 북쪽으로 약간 떨어진 곳에 새로 절을 지어 이사한 직후였다. 우리는 성대한 개원식을 계획했고, 놀랍고 기쁘게도 주지사가 우리의 초청을 수락해 부인과 함께 참석하겠다는 연락이 왔다. 내게 맡겨진 임무는 행사 당일 절 마당에 세울 천막과 귀빈 및 방문객들이 앉을 의자를 준비하는 일이었다. 절의 총무 스님은 내게 착오 없이 일을 진행할 것을 당부했다. 우리는 말 그대로 멋진 개원식을 치르고 싶었다.

몇 군데 알아 본 끝에 나는 행사용품을 대여해 주는 회사 한 곳을 발견했다. 값이 매우 비싼 곳이었다. 퍼스 시 서쪽의 부유한 주택가에 위치한 회사로, 주로 백만장자들의 가든파티에 천막을 대여해 주는 곳이었다. 나는 그곳에 전화를 걸어 내가 무엇을 원하는가를 말하고, 왜 이 행사가 최고의 행사가 되어야 하는가를 누누이 설명했다. 전화를 받은 여성은 충분히 이해했다고 말하고 내 주문을 접수했다.

금요일 오후 늦게 천막과 의자들이 도착했을 때 나는 절 뒤꼍에서 다른 일을 돕고 있었다. 배달된 물건들을 확인하기 위해 앞마당으로 갔을 때는 트럭과 인부들이 짐을 부려 놓고 가 버린 뒤였다. 천막의 상태를 보고 나는 눈을 의심하지 않을 수 없었다. 온통 붉은 얼룩으로 뒤덮여 있었다. 실망이 이만저만이 아니었지만 곧 수습할 수 있는 문제였다. 우리는 호스를 끌어다가 물로 천막을 씻어 내렸다. 그런 다음 방문객용 의자들을 살펴보았다. 의자들도 더럽기 짝이 없었다. 절의 자원 봉사자들이 서둘러 걸레를 가져다가 의자들을 일일이 닦기 시작했다. 마지막으로 나는 귀빈들이 앉을 특별 의자들을 점검했다. 그 의자들은 말 그대로 특별했다. 의자 다리의 길이가 하나도 맞지 않았던 것이다. 의자들은 앉을 수도 없게 심하게 뒤뚱거렸다.

믿을 수가 없었다. 보통 심각한 일이 아니었다. 나는 당장에 전화기로 달려가 대여 회사에 전화를 걸었고, 주말을 보내기 위해 이제 막 퇴근하려는 그 여성을 가까스로 붙잡았다. 나는 상황을 설명하고, 행사 내내 뒤뚱거릴 의자에 결코 주지사를 앉힐 수는 없다고 강조했다. 그러다가 주지사가 땅바닥으로 굴러 떨어지기라도 하면 어떻게 할 것인가? 내 말을 알아들은 그녀는 사과의 말을 하면서 한 시간 안에 의자들을 교환해 주겠다고 약속했다.

이번에는 자리를 지키고 배달 트럭이 오기를 기다렸다. 트럭이 멀리 절 입구로 들어오는 것이 보였다. 법당에서 50미터 정도 떨어진 길 중간쯤 왔을 때 아직도 꽤 빠른 속도로 달리고 있는 트럭에서 한 남자가 뛰어내리더니 부릅뜬 눈을 하고서 주먹을 움켜쥐고 달려왔다. 그는 소리쳤다.

"여기 책임자가 어떤 놈이야? 어떤 놈인지 얼굴 좀 봐야겠어."

나중에 알게 된 사실이지만, 좀 전의 배달이 그들로서는 그날의 마지막 배달이었다. 우리에게 물건을 배달하고 나서 인부들은 옷을 말끔히 갈아입고 주말을 즐기기 위해 술집으로 몰려갔다. 한 주일의 고된 일을 끝내고 신나게 술잔을 기울이고 있을 즈음, 난데없이 매니저가 찾아와 그들에게 다시 일을 맡긴 것이다. 절의 승려들이 의자를 교체해 달라고 강력하게 요구했다는 것이었다.

나는 그 남자에게로 다가가 부드럽게 말했다.

"내가 그 책임자라는 놈입니다. 무엇을 도와드릴까요?"

그는 여전히 오른쪽 주먹을 불끈 쥔 채로 내 얼굴 앞으로 바짝 다가섰다. 그 남자의 코가 내 코와 거의 맞닿을 정도였다. 그의 눈이 분을 참지 못하고 이글거렸다. 한 뼘 정도밖에 떨어져 있지 않았다. 그의 입에서 강한 맥주 냄새가 풍겼다. 나는 두려움을 느끼지도 않았고, 그렇다고 거만하게 행동하지도 않았다. 단지 모든 긴장을 내려놓았다.

나의 친구라는 사람들은 의자를 닦던 동작을 멈추었다. 누구도 나를 돕기 위해 나서지 않았다. 대단히 고마운 친구들!

얼굴을 맞댄 그 대치가 1분여 동안 이어졌다. 나는 그 상황이 무척 재미있었다. 화가 난 그 인부는 내 반응에 몸이 얼어붙었다. 지금까지 그는 똑같이 맞대응하며 공격적으로 나오거나 겁을 집어먹는 사람만을 만나 왔을 것이다. 그의 두뇌는 주먹을 코앞에 들이대도 전혀 긴장하지 않는 사람을 어떻게 상대해야 할지 알지 못했다. 나는 그가 주먹을 날릴 수도, 그렇다고 물러날 수도 없음을 알았다. 나의 두려움 없는 태도가 그를 이러지도 저러지도 못하게 만든 것이다.

그러는 사이 트럭이 와서 멈춰 섰고, 인부들의 감독관이 우리를 향해 걸어왔다. 그는 얼어붙어 있는 그 남자의 어깨에 손을 얹으며 말했다.

"자, 어서 의자들을 내리세."

그 말이 그를 궁지에서 꺼내 주었다.

내가 말했다.

"그럽시다. 나도 돕겠습니다."

우리는 다 함께 의자들을 내렸다.

행복에 집착할 때 그것은 고통에 집착함과 똑같다.

그것들은 결코 분리될 수 없다.

사람들이 추구하는 행복 안에는

본질적인 고통이 있음을 이해해야 한다.

따라서 자신이 행복하다고 느낄 때 조심하라.

너무 기뻐하거나 그것에 마음을 빼앗기지 말라.

고통이 오더라도 실망하지 말라.

그것에 빠져 자신을 잊지 말라.

그것들이 똑같다는 것을 이해하라.

– 아잔 차

4
술 취한 코끼리 길들이기

사랑하는 나의 미친 마음이여, 네가 나에게 무슨 짓을 하든 내 마음의 문은 너에게 열려 있다. 네가 나를 파괴하고 파멸에 이르게 할지도 모르지만, 나는 너에게 어떤 나쁜 마음도 갖고 있지 않다. 네가 무슨 짓을 하든 나는 너를 사랑한다.

화를 내는 것은 영리한 반응이 아니다. 지혜로운 사람은 행복하며, 행복한 사람은 화 내지 않는다. 무엇보다 화를 내는 것은 비이성적인 일이다. 하루는 절의 차를 타고 가다가 붉은 신호등에 걸려 멈춰 서 있는데 바로 옆 차의 운전자가 신호등을 향해 욕설을 퍼붓는 것이었다.

"빌어먹을 신호등 같으니! 난 지금 중요한 약속이 있어서 가고 있단 말야. 벌써 약속 시간이 늦었어. 그런데 앞 차들은 다 통과시켜주고 바로 내 앞에서 정지 신호로 바꾸다니! 이게 한두 번이라야 말이지!"

남자는 마치 신호등이 의도적으로 그렇게 하기라도 한 양 비난을 퍼붓고 있었다. 신호등이 그를 골탕먹이려고 이런 식으로 장난을 치고 있는 것처럼.

'아하! 저기 그 친구가 오는군. 저 친구는 지금 약속 시간에 늦었어. 다른 차들은 통과시켜 주고 저 친구 앞에서 붉은 신호로 바꿔야지! 정지! 좋았어, 잡았다!'

교통 신호등이 악의를 갖고 그렇게 하는 것처럼 보이지만 신호등은 어디까지나 한낱 기계에 불과할 뿐이다. 그것이 전부이다. 교통 신호등으로부터 그 이상 무엇을 기대할 것인가?

그 남자가 집에 도착했을 때도 그의 아내가 그에게 비난을 퍼붓는 것을 쉽게 상상할 수 있다.

"도대체 당신은 어째서 그 모양이에요? 중요한 약속이 있다는 걸 몰라요? 늦지 말아야 한다는 걸 알고 있잖아요. 당신은 정말 구제불능이야. 이게 한두 번이라야 말이지!"

그녀는 마치 그가 일부러 그런 것처럼 나무란다. 남편이 의도적으로 자신에게 상처를 주고 있는 것처럼.

'아하! 집사람과 약속이 있지. 늦게 가야겠어. 다른 사람을 먼저 만나고 가야지. 좋았어, 이참에 골탕 좀 먹여야지!'

남편이 악의적으로 보일지 모르지만 그는 어디까지나 평범한 남편일 뿐이다. 그것이 전부이다. 그에게서 대체 무엇을 기대하는가? 사람들이 화를 내는 대부분의 경우가 이런 상황들과 별로 다르지 않다.

화를 내기 위해서는 먼저 그 화를 스스로 정당화시킬 수 있어야 한다. 그 화가 정당한 것이고 그럴 만한 의미가 있는 것이라고 스스로에게 확신시킬 수 있어야 한다. 이것은 화가 날 때 마음속에서 일종의 재판을 벌이는 것과 같다. 당신의 마음속에서 그 피고인은 재판정의 피고석에 서 있다. 당신이 검사이다. 당신은 그가 유죄라는 것을 알지만 공정을 기하기 위해 재판관인 당신의 양심에게 먼저 그것을 입증해야 한다. 당신은 그가 저지른 잘못들을 낱낱이 열거하기 시작한다. 피고의 행위 뒤에 감춰진 온갖 종류의 악의, 이중성, 잔인성을 주장한다. 그에게 인정을 베풀 가치가 없음을 자신의 양심에게 확신시키기 위해 당신은 그가 과거에 당신에게 저지른 많은 다른 잘못들을 들추어 낸다.

실제 법정에서는 피고 측 역시 발언권을 가진 변호사가 있다. 하지만 마음속 법정에서 당신은 줄곧 자신의 화를 정당화시키기에 바쁘다. 감상적인 변명이나 믿음이 안 가는 해명, 용서를 비는 구차한 간청 따위는 듣고 싶어 하지 않는다. 상대방 변호사에게는 발언권도 주지 않는다. 일방적인 논쟁을 통해 당신은 유죄를 확정한다. 그것으로 충분하다. 양심은 망치로 내리치면서 '유죄!'를 선언한다. 이제 당신은 그에게 화를 내는 것이 정당하다고 느낀다.

오래전, 나는 화가 날 때마다 마음속에서 그 과정을 거쳤다. 그것은 너무도 불공정해 보였다. 그래서 다음번에 누군가에게 화가 났을 때 잠시 멈추고 상대방 변호사에게 말할 기회를 주었다. 그의 행동에 대한 타당한 변명과 이유 있는 해명을 떠올렸다. 그리고 용서의 미덕에 의미를 주었다. 나는 양심이 더 이상 유죄 판결을 내릴 수 없음을 깨달았다. 다른 사람의 행동을 심판하는 것이 불가능해졌다. 화는 정당성을 잃고 더 이상 음식을 공급해 주지 않자 죽어 버렸다.

화를 내는 대부분의 경우는 기대가 무너진 데서 촉발된다. 우리는 때로 어떤 일에 너무 많이 집착하기 때문에 원하는 결과가 찾아오지 않으면 화를 낸다. 모든 원하는 결과는 미래에 대한 기대이며 예측이다. 지금쯤 우리는 미래가 불확실하며 예측 불가능하다는 사실을 깨달았을 것이다. 미래에 대한 기대, 다시 말해 자신이 원하는 결과에 너무 의존하는 것은 많은 문제를 불러온다.

여러 해 전 내가 아는 한 서양인 불교도가 동양에 와서 승려가 되었다. 그는 깊은 산중에 외따로 떨어진 매우 엄격한 절에서 명상 수행을 하기 시작했다. 그 절에서는 해마다 60일간의 안거 수행을 실시했다. 매우 힘들고 규율이 엄해서 의지가 약한 사람은 얼굴을 들이밀 수가 없었다.

새벽 3시가 기상 시간이고, 3시 10분이면 벌써 가부좌를 하고 앉아 명상을 시작해야만 했다. 하루 일과는 오로지 50분 좌선 명상, 10분 걷기 명상, 다시 50분 좌선 명상, 10분 걷기 명상으로 짜여져 있었다. 식사도 명상 홀의 좌선하는 바로 그 자리에서 가부좌를 한 채로 먹도록 되어 있었다. 대화는 일체 금지였다. 밤 10시가 되면 자리에 누워 잠을 잘 수 있었지만 하루 종일 좌선 명상을 한 명상 홀의 그 자리에서만 취침이 가능했다. 새벽 3시에 일어나는 것은 선택 사항이었다. 원하면 더 일찍 일어날 수도 있었다. 하지만 더 늦게 일어나는 건 생각할 수도 없는 일이었다. 유일한 쉬는 시간이라곤 날마다 행해지는 서슬 퍼런 스승과의 면담 시간뿐이었다. 물론 화장실에 가는 짧은 휴식 시간도 있었다.

안거 수행이 시작되고 3일이 지나자 그 서양인 승려는 다리와 허리가 참을 수 없이 쑤셔오기 시작했다. 서양인에게는 몹시 불편한 그런 자세로 그토록 오래 앉아 있는 것에 익숙하지 않았기 때문이다. 게다가 아직 8주가 남아 있었다. 이 기나긴 수행을 견뎌 낼 수 있을지 스스로 의심이 들기 시작했다.

첫 번째 주가 끝나갈 무렵에도 상황은 전혀 나아지지 않고 있었다. 몇 시간이고 그런 자세로 앉아 있는 것은 고문이나 다를 바 없었다. 10일간의 용맹정진에 참가한 적이 있는 사람은 그것이 얼마나 고통스런 일인지 알 것이다. 그런데 그에게는 아직 7주 반이나 남아 있었다.

이 친구는 의지가 강한 사람이었다. 그는 모든 결단력을 동원해 일 초 일 초 견뎌 나갔다. 2주가 지났을 때 그는 한계에 이르렀다. 너무도 고통이 심했다. 서양인인 그의 신체는 이런 종류의 취급에 익숙하지 않았다. 이것은 불교에서 말하는 중도와는 거리가 멀었다. 하지만 주위에 있는 동양인 승려들이 이를 악물고 수행하는 모습을 보고는 질 수 없다는 생각에 그는 또다시 2주를 버텨 냈다. 이 기간 동안 그의 몸은 고통으로 마치 불타는 듯했다. 유일한 위안은 밤 10시를 알리는 종소리였으며, 비로소 고통스런 몸을 눕히고 쉴 수가 있었다. 하지만 잠 속으로 미끄러져 들어가자마자 새벽 3시를 알리는 종이 울리고 또다시 고문의 연속인 하루를 맞이해야만 했다.

30일이 지나자 멀리서 희망의 날이 희미하게 반짝였다. 반환점을 통과한 것이다. 이 친구는 고지가 바로 저기라고 스스로를 격려했다. 하루는 점점 길게만 느껴지고 무릎과 등의 통증도 갈수록 심해졌다. 때로는 울고만 싶어졌다. 하지만 계속해서 밀고 나갔다. 이제 2주일이 남아 있었다. 그리고 또 일주일이 지나갔다.

그 마지막 주에는 시간이 마치 끈끈이에 달라붙은 개미처럼 한없이 느리게 지나갔다. 그때쯤에는 통증을 참는 데 익숙해져 있었지만 그렇다고 더 쉽지는 않았다. 하지만 이제 와서 포기한다면 지금까지 참고 견딘 모든 노력을 허사로 되돌리는 일이었다. 설령 쓰러져 죽는 한이 있어도 끝까지 견디기로 했다. 그리고 때때로 정말 죽을 것만 같았다.

60일째를 알리는 새벽 3시의 종소리에 그는 눈을 떴다. 목적지가 바로 눈앞에 있었다. 마지막 날의 고통은 이루 말할 수가 없었다. 지금까지 고통이 그를 약 올렸다면, 이제는 사정없이 주먹을 날리고 있었다. 불과 몇 시간밖에 남아 있지 않았음에도 불구하고 자신이 끝까지 해낼 수 있을지 의문이 들 정도였다.

그리고 마침내 마지막 50분이 되었다. 마지막 좌선을 시작하면서 이 수행자는 안거 수행이 끝나는 즉시 하고 싶은 온갖 일들을 머릿속으로 상상했다. 뜨거운 물로 목욕하기, 한가롭게 식사하기,

수다 떨기, 빈둥거리며 돌아다니기……. 통증이 그의 계획을 방해하며 딴 데 정신을 팔 수 없게 만들었다. 그 마지막 좌선 시간 동안 그는 여러 차례나 남몰래 눈을 뜨고 시계를 훔쳐보았다. 시간이 그토록 느리게 흘러가는 것이 믿어지지가 않았다. 아마도 시계의 건전지를 교환할 때가 되지 않았을까? 수행 마지막 5분을 남겨 두고 시계의 시침과 분침이 영원히 정지해 버리는 것이나 아닐까? 그 마지막 50분은 50겁처럼 길게 느껴졌지만, 설령 영원이라 해도 언젠가는 끝이 있기 마련이다. 실제로 그러했다. 그토록 감미롭게 안거 수행이 끝났음을 알리는 종소리가 울렸다.

고통을 저 뒷전으로 밀어내고 기쁨이 그의 몸 전체에 물결쳤다. 드디어 해낸 것이다. 이제 그는 자신에게 상을 내려야 한다. 어서 뜨거운 물을 대령하라!

그 순간 스승이 또다시 종을 울려 모두의 주의를 집중시켰다. 스승은 엄숙한 목소리로 모두에게 발표했다.

"이번 안거 수행은 매우 특별했다고 말하지 않을 수 없다. 많은 수행자들이 그 어느 때보다 괄목할 만한 진전을 이루었으며, 몇몇 수행자들은 나와의 면담 시간에 이번 수행 기간을 2주 더 연장해야 한다고 강력하게 제안했다. 나는 그것이 참으로 훌륭한 의견이라고 생각한다. 그래서 수행을 연장하기로 결정했다. 자, 좌선을 계속하라!"

모든 승려가 다시금 다리를 접고 고요한 명상 자세로 앉아 2주간의 연장에 들어갔다. 그 서양인 친구는 몸에서 더 이상 고통조

차 느낄 수가 없었다. 다만 대체 어떤 빌어먹을 승려놈이 그런 말도 안 되는 제안을 했는지 그것이 궁금했다. 그자들을 찾아내어 요절을 낼 생각만이 가득했다. 그 멍청한 승려들을 혼내 줄 전혀 수행자답지 않은 계획들이 머릿속에서 난무했다. 화가 나서 몸의 통증도 잊을 정도였다. 화가 머리끝까지 치밀었다. 살기마저 느꼈다. 전에는 그토록 심한 분노를 느낀 적이 없었다.

그때 종이 다시 울렸다. 그의 삶에서 그토록 빨리 15분이 흐른 것은 그때가 처음이었다.

스승이 말했다.

"안거 수행은 끝났다. 공양간에 맛있는 음식이 준비되어 있으니 가서 맘껏 즐기라. 이제부턴 말을 해도 좋다."

서양인 승려는 혼란에 사로잡혔다. 2주 더 기간을 연장하기로 하지 않았나? 대체 무슨 일이지? 그가 어리둥절해하는 것을 보고 영어를 할 줄 아는 고참 승려가 다가와 미소를 지으며 말했다.

"걱정하지 마시오! 스승님은 해마다 이렇게 하시니까!"

문제는 화를 낼 때 우리가 화를 즐긴다는 것이다. 화에는 중독성이 있고 묘한 쾌감이 있다. 그리고 우리 인간은 쾌감을 주는 것을 쉽게 버리지 못한다. 그러나 화에는 위험도 뒤따르며 그 결과는 쾌감의 정도를 능가한다. 분노의 열매가 무엇인가를 깨닫고 그것의 연관성을 기억한다면 우리는 기꺼이 화내려는 마음을 내려놓을 것이다.

오랜 옛날 천계의 어느 나라에서 일어난 일이다. 왕이 외출한 틈을 타 악마가 왕궁 안으로 걸어 들어왔다. 그 악마는 형언할 수 없이 추한 몰골에 몸에서는 심한 냄새가 나고 말투 역시 기분 나쁘기 이를 데 없었다. 왕궁의 경비원들과 신하들은 공포로 몸이 얼어붙었다. 그 결과 악마는 거침없이 왕궁 내부를 통과해 왕의 접견실로 걸어 들어가 왕좌에 앉을 수가 있었다. 악마가 왕의 자리에 앉아 있는 것을 보고 경비원과 대신들은 그제서야 정신이 번쩍 들었다. 그들은 소리쳤다.

"썩 나가지 못할까! 여긴 네가 있을 곳이 아니야. 당장 그 추한 엉덩이를 치우지 않으면 칼로 요절을 낼 테다!"

분노에 찬 말을 듣자 악마는 금세 키가 몇 센티미터 커지고, 얼굴은 더욱 추해졌으며, 냄새는 더 악취가 났다. 그가 사용하는 언어들조차 훨씬 더 저속해졌다. 칼들이 허공을 찌르고 단검들이 뽑아졌으며 위협이 난무했다. 신하들이 분노에 찬 말과 행동을 할 때마다, 아니, 심지어 마음속으로 화를 내기만 해도 악마는 몇 센티미터씩 몸집이 커지고, 몰골이 더 추해졌으며, 더 악취를 내뿜었다. 사용하는 언어도 더 역겨웠다.

그렇게 꽤 긴 시간 악마와 신하들이 맞서고 있을 때 왕이 돌아왔다. 왕은 자신의 왕좌에 앉아 있는 이 거대한 악마를 보았다. 그토록 거부감을 안겨 주는 추한 모습은 영화에서도 본 적이 없었다. 악마에게서 풍기는 악취는 구더기조차 도망갈 정도였다. 그의 입이 내뱉는 언어들은 토요일 밤 술주정뱅이들로 가득한 시내 술집에서 들리는 어떤 말들보다도 듣기가 역겨웠다.

왕은 지혜로운 사람이었다. 그렇기 때문에 그는 왕이 된 것이었다. 그는 어떻게 해야 하는가를 알았다. 왕은 부드럽게 말했다.

"어서 오시오. 내 궁전에 온 것을 환영합니다. 아직까지 누군가가 마실 것과 먹을 것을 대접하지 않았단 말이오?"

그 한 마디의 친절한 말만으로도 악마는 금방 키가 몇 센티미터 줄어들고, 얼굴은 덜 독해졌으며, 악취도 덜 났다. 사용하는 언어도 덜 공격적이 되었다.

궁정 대신들은 재빨리 상황을 파악했다. 한 대신이 악마에게 차를 마시겠느냐고 친절하게 물었다.

"다르질링 차와 영국 홍차, 얼그레이 차가 있소. 아니면 향기 나는 박하 차가 좋겠소? 건강에는 허브 차가 더 좋을 것이오."

또 다른 신하는 피자집에 전화를 걸어 거구의 악마를 위해 킹사이즈 피자를 주문했고, 또 누군가는 유기농 채소로 샌드위치를 만들었다. 한 병사는 악마에게 발 마사지를 해 주었고, 또 다른 병사는 악마 목의 비늘을 지압해 주었다.

악마는 생각했다.

"음, 좋은데!"

이 모든 친절한 말과 행동과 마음씨에 악마는 몸집이 점점 작아졌으며, 덜 추해지고, 덜 냄새가 났으며, 덜 도전적이 되었다. 피자

배달부가 도착하기도 전에 악마는 어느덧 처음 왕좌에 앉았을 때의 크기로 줄어들었다. 하지만 왕궁 사람들은 멈추지 않고 계속해서 친절을 베풀었다. 악마는 이내 너무 작아져서 거의 눈에 보이지도 않게 되었다. 이윽고 한 번의 친절한 행동이 더 베풀어지자 악마는 완전히 소멸해 버렸다.

우리는 그러한 악마를 '분노를 먹고사는 악마'라고 부른다.

때로는 당신의 배우자가 '분노를 먹고사는 악마'가 될 수도 있다. 배우자에게 화를 내 보라. 그러면 그는 더 나빠질 것이다. 더 독해지고, 더 냄새가 나고, 언어 사용에 있어서도 더 공격적이 된다. 당신이 그에게 화를 낼 때마다, 심지어 생각 속에서 화를 내도 문제는 한 뼘씩 커져 간다. 아마도 이제 당신은 자신의 실수를 볼 수 있을 것이고 어떻게 해야 하는지 알았을 것이다.

고통 역시 '분노를 먹고사는 악마'이다. 우리가 마음속으로 화를 내면서 '고통이여, 어서 물러가라! 이곳은 네가 있을 자리가 아니야!' 하고 소리칠 때마다 고통은 몇 센티미터씩 더 커지고 여러 방식으로 나빠진다. 고통처럼 공격적이고 기분 나쁜 대상을 친절히 대하기는 힘든 일이다. 하지만 우리 삶에는 다른 선택의 여지가 없을 때가 종종 있다. 앞에서 말한 내 치통의 경우처럼 우리가 진심으로 마음을 열고 고통을 환영할 때 그것은 작아지며 문제가 줄어들고 때로는 완전히 사라지기까지 한다.

몇 가지 암의 경우도 우리의 몸, 우리의 왕좌에 추하고 불쾌한 괴물의 모습으로 앉아 있는 '분노를 먹고사는 악마'이다. 그 괴물에게 "이곳에서 썩 나가! 네가 있을 곳이 아냐!" 하고 말하는 것은 당연한 일이다. 하지만 다른 모든 방법이 실패했을 때, 혹은 어쩌면 그 전에라도 우리는 '너를 환영한다' 하고 말할 수 있을지도 모른다. 어떤 암들은 스트레스를 먹고산다. 그렇기 때문에 그 병들은 '분노를 먹고사는 악마'인 것이다. 그런 종류의 암들은 왕궁의 왕이 용기 있게 "암이여, 네가 무엇을 하든 내 마음의 문은 너에게 활짝 열려 있다. 들어오라!" 하고 말할 때 훨씬 순종적인 태도로 반응한다.

우리가 마음에 새겨 두어야 할, 분노가 가져다주는 또 다른 결과가 있다. 분노는 관계를 파괴하고 우리를 주위 사람들로부터 갈라놓는다. 여러 해 동안 사이좋게 지내다가 한 번의 실수로 심한 상처를 입고 화를 내며 영원히 관계를 끝내는 경우가 얼마나 많은가. 우리가 함께한 그 모든 아름다운 순간들—998개의 잘 쌓은 벽돌들—은 세어 보지도 않는다. 오로지 한 번의 끔찍한 실수—두 개의 잘못 쌓은 벽돌—만을 보고 전체를 파괴하는 것이다. 그것은 공정한 일이 아니다. 하지만 외톨이가 되기 원한다면 자주 화를 내라.

내가 아는 젊은 캐나다 부부가 호주에서의 계약직 근무가 끝나가고 있었다. 원래 살던 토론토로 돌아갈 계획을 세우던 중 그들은 캐나다까지 요트를 타고 가는 기상천외한 계획을 세웠다. 그들은 작은 요트를 한 대 사서 또 다른 젊은 부부와 협력해 태평양을 횡단해 캐나다 밴쿠버까지 항해하기로 했다. 그곳에 도착해 요트를 팔면 투자금을 건질 수도 있었고 그 돈으로 전셋집 보증금을 낼 수도 있었다. 경제적으로도 탁월한 선택일 뿐 아니라 두 젊은 부부에게는 일생일대의 모험이 될 것이었다.

캐나다에 무사히 도착한 뒤, 그들은 멋진 여행을 설명하면서 내게 편지 한 통을 보냈다. 특히 그들은 화를 낼 때 우리가 얼마나 어리석을 수 있는가, 그리고 화를 풀어야만 하는 이유를 보여 주는 사건 하나를 들려주었다.

여행 중반쯤 되어 태평양 어딘가에 이르렀을 때 가장 가까운 섬에서도 수백 킬로미터 떨어진 망망대해에서 그들의 요트가 엔진 고장을 일으켰다. 두 남자는 작업복으로 갈아입고 비좁은 엔진실로 내려가 엔진을 수리하기 시작했다. 두 여성은 갑판에 앉아 따뜻한 햇빛을 즐기며 잡지를 넘기고 있었다.

엔진실은 무덥고 몹시 비좁았다. 두 남자에게는 엔진이 마치 의도적으로 고장이 나서 수리를 거부하는 것만 같았다. 커다란 쇠나사는 스패너로 아무리 돌려도 꼼짝하지 않았고, 작지만 매우 중요한 나사 몇 개는 손이 닿지 않는 미끈거리는 구석으로 달아나 버렸다. 구멍에서는 기름이 멈추지 않고 새어나왔다. 절망은 짜증을 불러왔다. 처음에는 엔진에 대해, 그 다음에는 서로에 대해. 짜증은 금방 화로 변했다. 그리고 화는 심한 분노로 폭발되었다. 남자 중 하나가 마침내 한계에 이르렀다. 그는 연장을 내동댕이치며 소리쳤다.

"좋아, 이것으로 끝이야! 난 떠나겠어!"

너무도 화가 난 나머지 그는 자신의 선실로 가서 손을 씻고 옷을 갈아입은 뒤 가방을 챙겼다. 그런 다음 여전히 독기를 내뿜으며 멋진 양복을 입고 손에는 여행 가방을 들고서 갑판 위로 모습을 나타내었다. 그의 모습을 보고 두 여성은 너무 웃느라 요트에서 굴러 떨어질 뻔했다. 그 가련한 남자는 수평선 멀리까지 망망대해를 둘러보았다. 어디로도 갈 곳이 없다는 것을 그제서야 알았다.

그는 자신이 얼마나 어리석었는가를 깨닫고 당황해서 얼굴이 붉어졌다. 그는 얼른 몸을 돌려 선실로 돌아갔다. 그러고는 가방을 풀고 옷을 갈아입은 뒤 작업을 거들기 위해 엔진실로 돌아갔다. 그럴 수밖에 없었다. 아무데도 갈 곳이 없었기 때문이다.

갈 곳이 아무데도 없음을 깨달을 때 우리는 달아나는 대신 문제와 마주한다. 대부분의 문제들은 우리가 다른 방향으로 달아나려고 하기 때문에 그 상황을 제대로 볼 수 없는 것이다. 요트의 엔진은 수리가 되었고 두 남자는 가장 가까운 친구로 남게 되었다. 그들은 나머지 항해 동안 함께 멋진 시간을 보냈다.

세상 사람들은 이제 전보다 훨씬 더 가까이 연결되어 있다. 그렇기 때문에 문제에 대한 해결책을 찾아야만 한다. 달아날 곳은 없다. 더 이상 중요한 갈등들을 외면할 수가 없게 된 것이다.

1970년대 중반, 나는 한 국가의 정부가 중요한 위기 상황에서 어떻게 해결책을 찾아내는가를 개인적으로 목격할 수가 있었다. 민주주의의 존재 자체를 위협하는 위기 상황이었다. 1975년, 남부 베트남과 라오스와 캄보디아가 불과 며칠 간격을 두고 공산주의자들의 손에 넘어갔다. 당시 서양 열강들은 도미노 이론에 의거해 태국이 그 다음 무너질 차례라고 내다보았다. 그 시절 나는 태국 북동부에서 풋중 생활을 하고 있었다. 내가 주로 거주하던 절은 태국의 수도 방콕보다 하노이(2천 년 역사를 가진 베트남 북부의 도시)가 두 배나 가까운 거리였다. 우리는 대사관에 등록하라는 지시를 받았고, 소개 작전이 세워졌다. 대부분의 서양 국가들은 태국이 조만간 공산 국가가 되리라는 걸 믿어 의심치 않았다.

그 당시 아잔 차는 매우 유명한 수행자여서 태국의 많은 고위 장성들과 정부 관리들이 조언과 가르침을 듣기 위해 그의 절로 먼 길을 오곤 했다. 나는 이미 태국어에 능통했으며 라오스 어도 약간 더듬거릴 줄 알았다. 덕분에 상황의 심각성을 내부인의 눈으로 이해할 수 있었다. 군부와 정부는 국경 밖의 붉은 군대보다도 나라 안의 공산주의 활동가들과 동조자들을 더 염려했다.

수많은 총명한 태국 대학생들이 공산주의 게릴라들을 지원하기 위해 태국 북동부의 정글로 몰려왔다. 무기는 태국 국경 밖에서 공급되었고 훈련도 그곳에서 행해졌다. 붉은 물이 든 그 지역 주민들이 그들에게 음식과 그 밖의 필수품들을 자발적으로 제공했다. 이렇듯 그들은 지역적인 기반을 갖고 있었으며 분명 기분 나쁜 위협 세력이었다.

태국 군부와 정부는 세 가지 전략으로 해결책을 세웠다.

첫 번째는 '자제'였다.

공산주의자들의 활동 기지가 어느 곳에 위치해 있는지 모든 병사가 알고 있음에도 불구하고 군부는 그들을 공격하지 않았다. 1979년과 1980년 사이, 홀로 명상할 만한 산과 밀림을 찾아다니며 방랑 수행자의 삶을 살아가고 있을 당시 나는 태국군 정찰병들과 곧잘 마주치곤 했다. 그들은 내게 조언을 주곤 했다. 그들은 산 하나를 가리키며 그 쪽으로는 가지 말라고 이르곤 했다. 공산주의자들의 기지가 그곳에 있다는 것이었다. 그런 다음 다른 쪽 산을 가리키며 그곳에는 공산주의자들이 없으며 명상하기에 좋은 장소라고 일러 주었다. 나는 그들의 조언을 새겨들어야만 했다. 그해에 공산주의자들은 밀림 속에서 명상하는 몇 명의 방랑 수행자들을 납치해 목숨을 빼앗았다. 심하게 고문을 한 다음에 그렇게 했다고 나는 들었다.

두 번째는 '용서'였다.

이 위험한 시기 동안 적절할 때마다 수차례에 걸쳐 무조건적인 사면이 실시되었다. 공산주의 반란군 중 하나가 그때까지의 주장을 버리고 전향하기를 원하면 그는 단순히 무기를 버리고 자신의 고향이나 대학으로 돌아가기만 하면 되었다. 아마 감시 정도는 받았겠지만 어떤 처벌도 내려지지 않았다. 나는 꼬우웡 지역의 한 마을에 간 적이 있는데, 두어 달 전에 마을 밖에서 공산주의자들이 매복해 있다가 태국 군인들이 가득 탄 지프차 한 대를 공격해 모두를 몰살시켰다. 마을의 젊은이들은 적극적으로 전투에 참가하지는 않았지만 거의가 공산군에게 동조하는 편이었다. 그럼에도 정부군은 그들을 자유롭게 두었다.

세 번째는 '근본적인 문제 해결'이었다.

이 기간 동안 나는 그 게릴라 지역에서 새 도로가 건설되고 낡은 길들이 재포장되는 것을 수없이 목격했다. 이제 시골 사람들은 자신들의 수확물을 도시에 내다 팔기가 훨씬 수월해졌다. 그리고 태국 왕이 직접 나서서 수백 개의 작은 저수지들과 관개수로들을 건설하고 그 비용을 댔다. 그 결과 북동부 지역의 가난한 농부들은 해마다 쌀농사를 이모작할 수가 있게 되었다. 외딴 마을까지 전기가 들어가고, 더불어 학교와 진료소가 세워졌다. 태국의 가장 빈곤한 지역이 수도 방콕에 있는 정부의 보살핌을 받았으며 그 마을 사람들은 상대적으로 형편이 피었다.

한번은 밀림 속에서 마주친 태국 정부군 순찰병이 내게 말했다.

"우리는 공산주의자들에게 총을 겨눌 이유가 없습니다. 그들 역시 우리의 형제인 태국인들입니다. 그들이 산에서 내려오거나 필수품을 구하기 위해 마을로 가다가 나와 마주치면 우리는 서로 아는 사이이기 때문에 나는 그들에게 새로 산 손목시계를 보여 주거나 신형 라디오에서 흘러나오는 음악을 들려줍니다. 그러면 그들은 사회주의자의 길을 포기합니다."

그것은 그 자신의 경험일 뿐 아니라 동료 병사들의 경험이기도 했다. 태국의 공산주의자들은 정부에 대해 너무도 화가 나서 반란을 일으키게 된 것이며 젊은 목숨을 버릴 준비가 되어 있었다. 하지만 정부 측의 인내와 자제 덕분에 그들의 분노가 더 악화되는 것을 막을 수가 있었다. 사면을 통한 용서는 그들이 안전하고 명예롭게 사회로 돌아올 수 있게 해 주었다. 그리고 개발을 통한 문제 해결은 가난한 시골 사람들에게 풍요로운 삶을 안겨 주었다. 시골 사람들은 더 이상 공산주의자들을 지지할 필요성을 느끼지 못했다. 기존의 정부로도 만족할 수 있었던 것이다. 그리고 공산주의자들 자신도 밀림으로 뒤덮인 산골짜기에서 험난한 생활을 하면서 자신들이 무엇을 하고 있는지 회의가 들기 시작했다.

그들은 하나둘씩 총을 버리고 그들의 가정으로, 마을로, 또는 그들의 대학으로 돌아갔다. 1980년대 초에는 이미 반란군의 모습을 찾아볼 수 없게 되었으며, 공산주의자들의 지도자인 정글 부대의 지휘관들도 투쟁을 포기했다. 한번은 〈방콕 포스트〉 지의 특집 기사에 한때 나라의 안녕을 위협했던 공산주의자들이 머물다가 이제는 버려진 밀림 속 동굴들로 태국 관광단을 이끌고 다니는 발빠른 사업가에 대한 기사가 실린 적도 있다.

그 반란군 지도자들은 그 후 어떻게 되었을까? 그들에 대해서도 똑같은 무조건적인 사면이 이루어졌을까? 똑같지 않았다. 물론 그들은 처벌받지도 추방되지도 않았다. 오히려 그들에게는 태국 정부의 주요 요직이 제공되었다. 그들의 지도력, 힘든 환경을 견디는 능력, 국민을 생각하는 마음을 높이 산 것이다. 이 얼마나 멋진 일인가! 그토록 용기 있고 헌신적인 젊은이들을 쓸모없이 희생시킬 이유가 무엇인가?

이것은 실화이며, 나는 이 이야기를 그 당시 태국 북동부의 시골 사람들과 병사들로부터 직접 들었다. 내 눈으로 직접 목격한 것이기도 하다. 슬프게도 이러한 기사는 어떤 매체에도 보도되지 않았다. 이 책을 쓰고 있는 지금도 전직 공산주의 반란군 지도자였던 두 사람이 태국 정부의 장관으로 봉사하고 있다.

누군가가 우리를 상처 입혔을 때 우리 자신이 직접 그들을 처벌해야만 하는 것은 아니다. 만일 우리가 기독교인이거나 회교도이거나 유태교도라면 분명 우리는 신이 그들을 충분히 벌할 것이라고 믿지 않겠는가? 만일 우리가 불교도이거나 힌두교도이거나 시크교도라면 우리는 카르마의 법칙이 그 가해자에게 공정한 벌을 내릴 것이라고 믿지 않겠는가? 그리고 만일 당신이 현대의 신흥종교라고 할 수 있는 심리요법의 추종자라면 당신의 가해자가 죄책감에 시달리며 수년간 비싼 심리치료를 받아야 하리라는 걸 알 것이다. 따라서 왜 우리 자신이 꼭 '그들을 따끔히 혼내 주는' 장본인이 되어야만 하는가? 조금만 지혜롭게 생각해 보면 우리가 굳이 처벌자가 되어야만 하는 것은 아님을 알 수가 있다. 화난 마음을 내려놓고 용서로써 마음을 식힐 때 우리는 여전히 우리의 의무를 다하고 있는 것이다.

나의 동료인 두 명의 수행자가 논쟁을 하고 있었다. 한 명은 미군 해병대 출신으로 베트남전에 참전해 최전선에서 보병으로 싸우다가 심한 부상을 입었다. 또 다른 한 명은 30대 중반에 은퇴할 정도로 엄청난 돈을 번 매우 성공적인 사업가 출신이었다. 둘 다 똑똑하고, 강하고, 대단히 거친 성격의 소유자들이었다.

수행자는 논쟁을 해서는 안 되지만 두 사람은 그 사실을 잊고 있었다. 수행자는 주먹다짐을 해서는 안 되지만 두 사람은 거의 주먹을 날리기 직전이었다. 수행자는 그래서는 안 되지만 두 사람은 얼굴을 들이대고 으르렁거리면서 분노를 폭발시켰다. 심한 욕설이 오가던 중간에 갑자기 해병대 출신의 수행자가 무릎을 꿇고 사업가 출신의 수행자에게 큰절을 올렸다. 그런 다음 어리둥절해하는 상대방에게 말했다.

"미안합니다. 용서해 주십시오."

그것은 가슴에서 우러나온 드문 동작이었다. 사전에 계획된 것이 아니라 자연발생적이고 그 순간의 깨달음에 따른 것이었다. 전혀 머뭇거리지 않는 즉각적인 행동으로 그것을 알 수 있었다.

사업가 출신 수행자의 눈에서는 눈물이 흘렀다. 몇 분 뒤 두 사람이 다정한 도반이 되어 거닐고 있는 모습을 볼 수 있었다. 수행자는 무릇 그러해야만 한다.

용서는 절에서나 효과가 있는 것이라고 당신은 말하고 싶을 것이다. 현실 세계에서 용서를 베풀다가는 이용만 당할 것이라고. 사람들이 우리를 짓밟고 걸어다닐 것이고 우리를 약자로 여길 것이라고. 나도 동의한다. 용서는 효과가 있는 경우가 매우 드물다. "한

쪽 뺨을 맞았을 때 다른 쪽 뺨을 대는 사람은 치과를 한 번이 아
니라 두 번 가야 한다!"는 말처럼.

앞의 이야기에서 태국 정부는 무조건적인 사면을 통해 용서를
베푸는 것에 그치지 않고 그 이상의 일을 했다. 가난이라는 근본
문제를 찾아 기술적으로 그것을 해결해 나갔다. 그렇게 했기 때문
에 사면이 효과를 발휘한 것이다.

나는 그러한 용서를 '긍정적인 용서'라고 부른다. '긍정적'이라는
것은 우리가 원하는 좋은 면들을 긍정적으로 강화시켜 주는 것을
의미한다. '용서'는 문제의 일부분인 부정적인 면들을 내려놓는 것
을 의미한다. 그리고 그것에 머물지 않고 앞으로 나아가는 것이다.
이를테면 정원에서 잡초에게만 물을 주는 것은 문제를 키우는 것
과 같다. 어떤 것에도 물을 주지 않는 것은 용서만을 실천하는 것
과 같다. 하지만 잡초가 아니라 꽃에게 물을 주는 것은 '긍정적인
용서'를 상징한다.

10년 전쯤 퍼스에서 토요 법회를 마치고 났을 때 한 여인이 내
게 다가와 대화를 청했다. 내가 기억하기에 그녀는 꽤 오랫동안 정
기적으로 우리 절의 주말 법회에 참석했다. 하지만 그녀가 내게 말
을 건 것은 그때가 처음이었다. 그녀는 나에게 깊은 감사를 드리고
싶다고 말했다. 나뿐만 아니라 절에서 가르치는 모든 수행자들에
게도. 그녀는 그 이유를 설명하면서 자신이 7년 전부터 우리 절에
다니기 시작했다고 했다. 그 당시 그녀는 불교나 명상에 전혀 관심
이 없었다고 고백했다. 그녀가 법회에 참석한 주된 이유는 집에서

빠져나올 구실을 찾기 위함이었다.

그녀의 남편은 매우 폭력적인 사람으로, 그녀는 끔찍한 가정 폭력의 피해자였다. 그 시절에는 그러한 피해자를 돕는 사회 시스템이 마련되어 있지도 않았다. 격렬한 감정의 소용돌이 속에서 그녀는 집에서 영원히 걸어 나올 만큼 상황을 분명하게 볼 수도 없었다. 그래서 그녀는 두 시간 절에 있으면 두 시간 얻어맞지 않을 수 있다는 생각에 절에 온 것이었다.

우리의 절에 와서 들은 법문들이 그녀의 삶을 바꿔 놓았다. 그녀는 수행자들이 긍정적인 용서를 설명하는 것을 듣고 그것을 자신의 남편에게 시도해 보기로 결심했다. 그가 폭력을 휘두를 때마다 그녀는 그를 용서했으며 그것을 마음에서 내려놓았다. 어떻게 그렇게 할 수 있었는지는 그녀만이 안다. 그리고 아무리 사소한 것일지라도, 이를테면 그가 친절한 말이나 행동을 하면 그를 껴안거나 키스를 퍼부음으로써 그 친절이 그녀에게 얼마나 큰 의미인가를 알게 했다. 그녀는 어떤 조그마한 것도 당연하게 받아들이지 않았다.

그녀는 한숨을 내쉬면서 7년이라는 긴 세월이 걸렸다고 말했다. 어느덧 그녀의 눈은 물기로 젖어 있었고 내 눈도 마찬가지였다. 그녀는 말했다.

"7년의 세월이 흐른 지금 남편은 몰라보게 달라졌어요. 그는 완전히 다른 사람이 되었어요. 이제 우리는 서로를 소중히 여기고 사랑하는 관계가 되었으며, 두 명의 사랑스런 아이까지 두었어요."

그녀의 얼굴이 성자의 얼굴처럼 빛이 났다. 나는 그녀 앞에 엎드려 큰절을 올리고 싶은 마음이었다. 그녀가 말했다.

"저 의자 보이세요? 이번 주에 남편이 나를 위해 깜짝 선물로 저 명상용 나무의자를 만들어 주었어요. 전에는 의자로 나를 내리치기만 했던 사람이 말예요."

그녀와 함께 웃으며 나는 목이 메었다.

나는 그 여인에게 찬사를 보낸다. 그녀는 스스로의 힘으로 행복을 얻었으며, 그녀의 밝게 빛나는 얼굴빛으로 볼 때 그 행복은 크나큰 것이었다. 그리고 그녀는 폭력을 휘두르는 괴물을 자상한 남자로 바꾸어 놓았다. 또 다른 존재에게 말할 수 없이 큰 도움을 베푼 것이다. 이것은 긍정적인 용서의 극단적인 예가 될 것이다. 성자의 길을 걷기로 한 사람에게만 추천할 수 있는. 그럼에도 불구하고 이 이야기는 용서가 칭찬과 결합할 때 어떤 결과를 얻을 수 있는가를 잘 보여 준다.

붓다에게도 적들이 있었다. 그들은 붓다를 질투해 공격할 기회를 엿보고 있었다. 하루는 붓다가 음식을 탁발하기 위해 좁은 길을 걷고 있을 때, 그들이 날라기리라는 이름의 덩치 큰 코끼리에게 독한 술을 먹여 그 길로 몰아넣었다. 술 취한 미친 코끼리가 길 아래쪽으로 달려오는 것을 보고 사람들은 붓다와 그의 수도승 일행에게 큰 소리로 어서 피하라고 일렀다. 붓다와 충실한 제자 아난다를 제외하고 모든 수도승이 놀라서 황급히 달아났다.

아난다는 용감하게 앞으로 나아가 코끼리를 몸으로 막아 섰다. 자신의 목숨을 바쳐서라도 사랑하는 스승을 보호하기 위해서였다. 붓다는 부드럽게 아난다를 옆으로 물러서게 하고 혼자서 그 거구의 술 취한 코끼리를 맞이했다.

두말할 필요 없이 붓다는 신비한 초능력의 소유자였다. 나는 그가 그 거대한 코끼리의 몸통을 번쩍 들어 머리 위에서 서너 바퀴 돌린 뒤 수백 킬로미터 떨어진 갠지스 강으로 휙 집어던질 수 있었을 것이라고 믿는다. 그라면 충분히 그렇게 할 수 있었을 것이다. 하지만 그것은 붓다의 방식이 아니었다. 그렇게 하는 대신 그는 자비의 마음을 사용했다.

아마도 붓다는 마음속으로 이렇게 말했을 것이다.

"사랑하는 날라기리여, 네가 나에게 무슨 짓을 하든 내 마음의 문은 언제나 너에게 열려 있다. 네가 몸통으로 나를 짓이길 수도 있고, 육중한 다리로 나를 깔아뭉갤 수도 있다. 하지만 나는 너에게 어떤 나쁜 마음도 갖고 있지 않다. 나는 아무 조건 없이 너를 사랑한다."

붓다는 자신과 그 위험한 코끼리 사이의 공간에 부드럽게 자비의 마음을 열어 보였다. 그 자비심이 너무도 크고 진실했기 때문에 그 힘에 압도되어 불과 몇 초 만에 코끼리의 난폭함이 누그러졌다. 날라기리는 온순하게 엎드려 그 자비의 화신에게 절을 했다. 붓다는 코끼리의 몸통을 부드럽게 토닥이며 말했다.

"그래, 날라기리여. 그래, 내가 다 안다."

때로 당신의 마음속 좁은 길로 술 취한 코끼리가 나타날 때가 있다. 그 코끼리는 난폭하게 울어대며 당신의 인간관계를 파괴하려 들며, 분노하고, 질투하고, 증오의 입김을 내뿜으면서 자신이 쌓아 올린 모든 아름다운 벽돌 벽을 부숴 버리려 할 것이다. 그런 상황이 찾아왔을 때 이 날라기리의 이야기를 기억하라. 마음속 그 분노에 찬 코끼리를 강제로 제압하려 하지 말고, 그 대신 자비의 마음을 사용하라.

"사랑하는 나의 미친 마음이여, 네가 나에게 무슨 짓을 하든 내 마음의 문은 너에게 활짝 열려 있다. 안으로 들어오라. 네가 나를 파괴하고 파멸에 이르게 할지도 모르지만, 나는 너에게 어떠한 나쁜 마음도 갖고 있지 않다. 나의 마음이여, 네가 무슨 짓을 하든 나는 너를 사랑한다."

당신의 미친 마음과 싸우는 대신 그 마음을 평화롭게 대하라. 그 자비의 힘은 너무도 크기 때문에 놀라울 정도로 짧은 시간에 마음은 분노를 누그러뜨리고 온순하게 그대 앞에 서게 될 것이다. 그러면 그때 당신은 부드럽게 그 마음을 토닥이며 말한다.

"그래, 내 마음이여. 그래, 내가 다 안다."

우리 모두의 마음 그 자체에는

아무것도 잘못된 것이 없다.

그것은 본질적으로 순수하며

그 자체만으로 이미 평화롭다.

마음이 평화롭지 못하게 되는 것은

기분이나 감정을 따라가기 때문이다.

실제의 마음에는 그런 것들이 없는데

마음이 평화롭지 못하고 동요하게 되는 것은

기분이 마음을 속이기 때문이다.

만약 마음이 그러한 것들을 따르지 않는다면

우리는 결코 동요되지 않을 것이다.

    – 아잔 차

5
한 트럭의 소똥

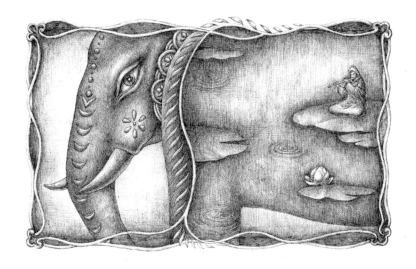

명상 수행을 오래 한 수행자들은 많다. 하지만 평탄한 삶을 살고, 퍼 나를 소똥이
많지 않은 수행자들은 위대한 스승이 될 수 없다. 크나큰 시련을 겪으면서 묵묵히
소똥을 퍼 날라 풍요로운 내면의 정원을 가꾼 이들이 위대한 스승이 된다.

우리 모두는 칭찬을 듣고 싶어 하지만 불행히도 대부분의 경우 잘못에 대한 지적만 들을 뿐이다. 어찌 보면 그것은 공정한 일이다. 왜냐하면 우리 자신도 다른 사람에 대해 주로 잘못된 것만 이야기하기 때문이다. 칭찬에 대해서는 매우 인색하다. 당신 자신의 말하는 습관을 잘 지켜보라.

칭찬해 주고 긍정적으로 키워 주지 않으면 좋은 것이라 해도 오래 가지 않아 시들어 버리고 소멸해 버린다. 하지만 약간의 칭찬만으로도 큰 격려가 된다. 인간 모두는 칭찬 듣기를 원한다. 단지 칭찬을 듣기 위해서는 어떻게 해야 하는지 모를 뿐이다.

잡지에서 한 심리치료 그룹이 음식 장애에 시달리는 어린이들을 대상으로 칭찬 요법을 사용한 예를 읽은 적이 있다. 이 아이들은 음식을 먹으면 거의 즉각적으로 토해 내는 거식증 환자들이었다.

이 치료 그룹에서는 한 아이가 음식을 삼킨 뒤 단 1분이라도 토하지 않고 있으면 참가자 전원이 파티를 열었다. 부모들은 종이 모자를 쓰고 의자 위에 올라가 소리를 지르며 박수를 치고, 간호사들은 춤을 추며 색종이 테이프를 던졌다. 그리고 누군가는 아이들이 가장 좋아하는 음악을 연주했다. 음식을 삼킨 아이를 한가운데 세워 놓고 갑자기 흥겨운 파티가 벌어졌다. 그 결과 아이들은 갈수록 점점 더 긴 시간 동안 음식을 삼키고 있게 되었다. 기쁘고 즐거운 마음이 아이들의 신경계를 조율한 것이다. 음식 때문에 어려서부터 시달려 온 그 아이들은 그만큼 칭찬받기를 원했던 것이다. 우리 자신도 마찬가지이다.

'아첨은 아무 짝에도 쓸모가 없다.'라고 주장하는 사람이 있긴 하지만 내가 보기에 그것은 틀린 말이다. 아첨은 모든 면에서 쓸모가 있다.

호주에서 절을 시작한 첫해에 나는 '집 짓는 법'을 배우지 않으면 안 되었다. 첫 번째 중요한 건물은 여섯 칸의 화장실과 여섯 칸의 샤워 부스였다. 따라서 수도 배관에 관한 모든 것을 터득해야만 했다. 나는 근처 설비 가게로 가서 판매대 위에 설계 도면을 펼쳐 놓고 말했다.

"좀 도와주세요!"

내가 큰 고객이기 때문인지 그곳 직원 프레드는 무슨 부품들이 필요하며 왜 그것들이 필요한지, 그리고 그것들을 어떻게 연결하는지 자세히 설명해 주었다. 그는 초보자인 나를 위해 긴 설명을 해야만 했음에도 싫은 내색 한 번 하지 않았다. 마침내 많은 인내심과 상식, 그리고 무엇보다 프레드의 친절한 조언 덕분에 수도 배관 공사가 끝이 났다. 구청 보건과 직원이 와서 꼼꼼히 검사한 뒤 합격증을 교부했다. 나는 너무 기뻐 전율을 느꼈다.

며칠 뒤 공사에 쓴 자재비 청구서가 날아왔다. 나는 절의 총무를 맡은 스님에게서 수표를 받아 특별히 판매 직원 프레드에게 보내는 감사 편지와 함께 발송했다. 우리 절이 시작될 수 있도록 도움을 준 그에게 감사의 마음을 전하기 위해서였다.

그 당시는 퍼스 시에 여러 개의 지점을 갖고 있는 그 설비 회사가 경리부서를 따로 갖고 있다는 사실을 나는 알지 못했다. 경리부서의 한 직원이 내 편지를 뜯어 읽고는 칭찬의 편지를 받았다는 사실에 놀라 즉각적으로 경리부서 책임자에게 알렸다. 경리과에서 수표와 함께 편지를 받을 때는 대개 불평하는 편지뿐이었다. 경리부서 책임자 역시 내 편지에 놀라 회사 사장에게 곧바로 보고했다. 편지를 읽고 기분이 너무나 좋아진 사장은 여러 지점 중 하나에서 판매 직원으로 일하는 프레드에게 전화를 걸었다. 그러고는 자신의 마호가니 책상 위에 놓인 내 편지에 대해 말했다.

"프레드, 우리 회사에서 기대하는 것이 바로 이런 것이야. 고객을 감동시키는 일 말이야."

"네, 사장님."

"아주 잘했어, 프레드."

"네, 사장님."

"우리 회사에 자네와 같은 직원이 많았으면 좋겠어."

"네, 사장님."

"지금 자네의 월급이 얼만가? 아마도 우리가 좀 더 올려줄 수도 있을 텐데."

"네, 사장님!"

"훌륭해, 프레드!"

"감사합니다, 사장님!"

우연히 나는 또 다른 공사에 쓸 부품 하나를 교환하기 위해 한 두 시간 뒤 그 설비 가게에 들렀다. 내 앞에는 정화조 탱크처럼 어깨가 떡 벌어진 두 명의 덩치 큰 호주인 배관공이 차례를 기다리고 있었다. 하지만 프레드가 나를 발견했다.

"브라흐마 스님! 이쪽으로 오세요."

프레드는 활짝 미소를 지으며 나를 특별 귀빈으로 대접했다. 그날 나는 고객들은 들어갈 수 없는 뒤쪽 창고 안까지 들어가 필요한 부품을 고르는 특권을 누리기까지 했다. 프레드의 동료 판매 직원이 내게 조금 전 사장으로부터 걸려 온 전화에 대해 귀띔해 주었다. 나는 내가 원하는 부품을 발견했다. 그것은 처음 내가 산 부품보다 더 크고 값도 훨씬 비쌌다.

내가 물었다.

"얼마를 더 내야 하죠? 차액이 얼만가요?"

입이 귀에 걸릴 만큼 미소를 지으며 프레드가 대답했다.

"브라흐마 스님, 당신에게는 차액이 없습니다."

보라, 칭찬은 금전적인 이익까지 가져다주지 않는가!

칭찬은 돈을 절약하게 하고, 우리의 관계를 풍요롭게 만들어 주며, 행복을 가져다준다. 우리는 그것을 주위에 더 많이 전파시킬 필요가 있다. 칭찬을 해 주기가 가장 어려운 사람은 바로 자기 자신이다. 자신을 칭찬하는 사람은 자만심이 강한 사람이라고 나는 어려서부터 배웠다. 그것은 그렇지 않다. 그는 마음이 큰 사람이다.

내가 학생이던 시절, 나의 첫 번째 명상 지도교사가 내게 몇 가지 실질적인 조언을 해 주었다. 그는 아침에 일어났을 때 맨 먼저 무엇을 하느냐고 묻는 것부터 시작했다.

나는 말했다.

"화장실에 갑니다."

그가 물었다.

"화장실에 거울이 있지?"

"물론입니다."

그가 말했다.

"좋아, 이제부터 매일 아침 이를 닦기 전에 거울을 들여다보면서 그대 자신에게 미소를 짓게."

내가 볼멘소리로 말했다.

"선생님, 저는 고등학생이에요. 때로 밤 늦게까지 공부해야 하고 아침에 일어나면 피곤할 때가 많아요. 어떤 날은 미소는 고사하고 거울 속에서 자신의 얼굴을 보는 것만으로도 무섭다고요."

그는 껄껄 웃고 나서 내 눈을 들여다보며 말했다.

"자연스럽게 미소 짓기가 어려우면 두 검지손가락을 입술 양쪽 끝에 넣고서 위쪽으로 잡아당겨 봐. 이렇게 말야."

그러면서 그는 내게 시범을 보였다. 그가 어찌나 우스꽝스러워 보이는지 나는 참지 못하고 낄낄거렸다. 그는 내게 한번 해 보라고 말했다. 어쩔 수 없이 나도 해 보았다.

다음날 아침, 나는 침대에서 무거운 몸을 일으켜 비틀거리며 화장실로 향했다. 그리고 거울 속에 있는 나 자신을 바라보았다. 보기에 썩 좋은 모습이 아니었다. 자연스러운 미소는 내게 친숙하지 않았다. 나는 두 검지손가락을 입술 양쪽 끝에 넣고 위로 잡아당겼다. 그때 바보 같은 남학생 하나가 거울 속에서 우스꽝스런 얼굴을 하고 있는 것을 보았다. 나도 모르게 웃음이 나왔다. 일단 자연스런 미소가 떠오르자 거울 속의 그 학생이 나를 보며 웃고 있는 모습이 보였다. 그래서 더 미소가 지어졌다. 거울 속 그 남학생도 더 미소를 지었다. 몇 초도 안 가 우리는 서로를 보며 웃음을 터뜨렸다.

나는 그 연습을 2년 동안 거의 매일 아침 했다. 매일 아침, 침대에서 나올 때의 내 기분이 어떠하든, 기분이 좋든 나쁘든, 나는 곧 거울 속의 나를 향해 웃고 있었다. 물론 대개는 두 손가락의 도움을 받아서였지만, 오늘날 사람들은 내가 자주 미소 짓는다고 말한다. 아마도 내 입술 주위의 근육이 이제는 미소 짓는 형태로 굳어진 듯하다.

우리는 하루 중 어느 때라도 이 두 손가락 비법을 시도할 수 있다. 특히 우리가 아프거나 지쳤거나 절망에 빠졌을 때 효과적이다. 웃음이 우리의 혈액 속에 엔돌핀을 증가시켜 준다는 사실이 의학적으로 입증되었다. 웃음은 면역 체계를 강화시켜 주며 행복을 느끼게 한다. 그것은 우리로 하여금 우리의 벽돌 벽에서 두 개의 잘못된 벽돌만이 아니라 998개의 훌륭한 벽돌들을 볼 수 있게 도와준다.

우울증이 수십 억 달러의 사업을 낳는다고 들은 적이 있다. 그것이야말로 실로 우울한 일이다. 다른 사람의 고통을 이용해 부를 축적하는 것은 옳은 일 같지가 않다. 내가 속한 불교 전통에서는 승려는 돈을 소유해서는 안 되며, 법문이나 상담이나 다른 어떤 봉사에 대해서도 보수를 요구해선 안 된다.

한 미국인 여성이 명상법을 배우기 위해 명상 지도로 이름 높은 수행자에게 전화를 걸었다. 그녀는 전화선 끝에서 느린 말투로 말했다.

"당신이 명상을 가르친다고 들었는데요."

그는 공손하게 대답했다.

"네, 부인. 그렇습니다."

그녀는 단도직입적으로 물었다.

"시간당 얼마를 받으시나요?"

"돈은 받지 않습니다, 부인."

"그렇다면 당신은 실력자가 아니군요."

그녀는 그렇게 말하며 전화를 끊었다.

몇 해 전 나도 폴란드계 호주인 여성으로부터 비슷한 전화를 받은 적이 있다. 그녀가 물었다.

"오늘 저녁 절에서 법문이 있나요?"

나는 대답했다.

"네, 부인. 저녁 8시에 시작합니다."

그녀가 다시 물었다.

"얼마를 내야 하죠?"

"전혀요, 부인. 무료입니다."

그러자 잠시 말이 없었다.

잠시 후 그녀가 강한 어조로 말했다.

"내 말을 이해 못하시는 것 같은데, 법문을 들으려면 얼마를 내야 하느냐구요."

나는 최선을 다해 달래듯이 말했다.

"돈은 전혀 내실 필요가 없습니다, 부인. 무료입니다."

그녀가 전화선 저편에서 내게 소리쳤다.

"내 말이 안 들려요? 몇 달러 몇 센트냐고요. 얼마를 갖고 가야

입장이 가능하냐고요!"

"부인, 정말이지 돈은 한 푼도 가져 오실 필요가 없습니다. 그냥 걸어들어 오셔서 앉아 계시다가 언제든 떠나고 싶을 때 떠나시면 됩니다. 아무도 부인에게 이름이나 주소를 묻지 않을 것이고, 전단지를 나누어 주지도 않을 것이고, 문 앞에서 기부금을 요구하지도 않을 겁니다. 완전히 무료입니다."

이제는 한참 동안 말이 없었다.

이윽고 그녀는 진심으로 궁금한 목소리로 물었다.

"그렇다면 당신들은 그 일을 해서 얻는 게 무엇인가요?"

내가 대답했다.

"행복입니다, 부인. 행복이지요."

요즘에는 누군가 가르침의 대가로 얼마를 받느냐고 물으면 나는 결코 '무료'라고 말하지 않는다. 그 대신 '값을 매길 수 없다'고 말한다.

우울증에 도움을 주는, 가장 값을 매길 수 없는 가르침 중 하나는 가장 단순한 것이기도 하다. 하지만 얼핏 단순해 보이는 가르침들은 잘못 이해되기가 쉽다. 우울증으로부터 해방되었을 때에야 비로소 우리는 다음의 이야기를 진정으로 이해한다고 말할 수 있을 것이다.

교도소에 새로 들어온 재소자가 있었다. 그는 몹시 두려워했고 절망에 빠져 있었다. 차가운 돌로 된 감방 벽은 온기를 죄다 빨아들였으며, 단단한 쇠창살은 모든 자비심에 냉소를 보냈다. 수많은 철문들이 닫히면서 내는 삐걱거리는 충돌음은 한 가닥 남은 희망을 저 멀리 차단시켰다. 긴 형량이 선고되는 순간 그의 가슴은 무겁게 내려앉았다. 그날 밤, 깊이 좌절한 채 감방에 누워 있던 그는 우연히 간이침대 머리맡 벽에 다음 문장이 새겨져 있는 것을 발견했다.

'이것 또한 지나가리라.'

앞선 재소자에게 힘이 되어 준 것처럼 그 글귀가 그로 하여금 모든 절망을 이기게 해 주었다. 아무리 힘들더라도 그는 돌벽에 새겨진 그 글귀를 보며 기억했다.

'이것 또한 지나가리라.'

석방되는 날 그는 그 말이 진리임을 알았다. 형기는 끝났고 감옥 생활 역시 지나갔다. 다시 삶을 시작하면서 그는 그 글귀를 침대 옆 메모지에다, 그리고 자동차 안과 일터에다 적어놓고 틈날 때마다 그것의 의미를 마음에 새겼다. 상황이 아무리 나쁠 때에도 그는 결코 절망하지 않았다. 단순히 다음의 사실을 기억했다.

'이것 또한 지나가리라.'

그리고 상황을 헤치고 앞으로 나아갔다. 나쁜 시기는 그다지 길게 느껴지지 않았다. 좋은 시기가 다가오면 그는 그것을 즐기되 결코 방심하지 않았다. 또다시 그는 기억했다.

'이것 또한 지나가리라.'

그렇게 삶의 여러 일들을 수행해 나가면서 어떤 것도 당연하게 받아들이지 않았다. 좋은 시기는 언제나 이상하리만치 길게 느껴졌다. 암에 걸렸을 때조차도 그는 기억했다.

'이것 또한 지나가리라.'

그것이 그에게 희망을 주었다. 희망은 병을 물리칠 수 있는 힘과 긍정적인 생각을 주었다. 어느 날 의사가 그에게 말했다.

"암은 지나갔습니다."

생의 마지막 날, 임종의 자리에서 그는 사랑하는 이들에게 속삭였다.

'이것 또한 지나가리라.'

그러고는 편안히 눈을 감았다. 그의 말은 가족과 친구들에게 주는 그의 마지막 사랑의 선물이었다. 그 말을 통해 그들은 '슬픔 역시 지나가리라'는 것을 배웠다.

절망은 우리 모두가 통과해야만 하는 감옥이다. '이것 또한 지나가리라.' 이것이 우리로 하여금 상황을 견뎌 내게 도와준다. 그것은 또한 절망의 가장 큰 원인인, 행복한 시기를 너무도 자주 당연한 것으로 받아들이는 자세를 버리게 해 준다.

내가 학교 교사로 재직할 때의 일이다. 내가 맡은 반 30명의 학생 중에 학년말 시험에서 최하위를 한 학생이 있었다. 그 학생에게 관심이 끌린 나는 그가 시험 결과 때문에 몹시 좌절한 것을 눈치챌 수 있었다. 그래서 그를 따로 불러 말했다.

"누군가는 이 반의 30명 중에서 30등을 해야만 한다. 올해는 네가 그 영웅적인 희생자 역할을 맡게 되었고, 따라서 다른 학생들은 반에서 꼴찌를 하는 불명예로 고통받을 필요가 없게 되었다. 이 모두가 너의 너그러운 마음씨, 자비심 덕분이다. 넌 상을 받을 자격이 충분하다."

내가 말도 안 되는 이야기를 지껄이고 있다는 걸 우리 둘 다 알고 있었지만, 그 학생은 씩 웃었다. 그 아이는 더 이상 그 사건을 세상의 종말처럼 받아들이지 않게 되었다.

그는 이듬해에는 훨씬 성적이 좋아져서, 이번에는 다른 누군가가 영웅적인 희생자가 될 차례였다.

이렇듯 반에서 최하위의 성적을 받는 것과 같은 불유쾌한 일들이 삶에는 일어난다. 그 일들은 모두에게 일어난다. 행복한 사람과 절망에 빠진 사람과의 유일한 차이는 그들이 재난에 어떻게 반응하는가이다.

당신이 해변에서 친구와 함께 멋진 오후를 보냈다고 상상해 보자. 집으로 돌아왔을 때 당신은 한 트럭 분량의 소똥이 당신 집 현

관문 바로 앞에 쏟아 부어져 있는 것을 발견한다. 이 한 트럭 분량의 소똥에 대해 알아야 할 세 가지 것이 있다.

첫째, 당신은 그 소똥을 주문하지 않았다. 그것은 당신의 잘못이 아니다.

둘째, 당신은 어떻게 해야 할지 모른다. 누가 소똥을 그곳에 잔뜩 가져다 놓았는지 아무도 목격하지 않았다. 따라서 당신은 그것을 치우라고 누구에게 요구할 수도 없다.

셋째, 그 소똥은 불결하고 불쾌하며, 고약한 냄새가 당신의 집 전체를 채운다. 거의 견딜 수 없을 정도이다.

이 비유에서, 당신 집 앞의 한 트럭 분량의 소똥은 삶에서 우리에게 쏟아 부어지는 불쾌한 경험들을 상징한다. 한 트럭 분량의 소똥과 마찬가지로 삶에서 일어나는 비극적인 일들에 대해 알아야 할 세 가지 것이 있다.

첫째, 우리는 그것을 주문하지 않았다. 우리는 말한다. "왜 하필 나인가?"

둘째, 우리는 어떻게 해야 할지 모른다. 아무도, 우리의 가장 친한 친구들조차도 그것을 가져갈 수 없다. 설령 그들이 그렇게 하려고 시도할지 몰라도.

셋째, 그것은 대단히 두려운 일이며 우리의 행복을 파괴한다. 그리고 그것의 고통이 우리의 삶 전체를 채운다. 거의 견딜 수 없을 정도이다.

한 트럭 분량의 소똥에 갇히게 되었을 때 반응하는 두 가지 방식이 있다. 첫 번째 방식은 소똥을 늘 가지고 다니는 것이다. 우리는 약간의 소똥을 주머니 안에 넣고, 약간의 소똥은 가방에, 그리고 약간은 셔츠 안에 넣는다. 심지어 약간은 바지 속에 넣기까지 한다. 우리가 소똥을 늘 가지고 다닐 때 많은 친구를 잃는다는 사실을 우리는 발견한다. 가장 친한 친구들조차 그다지 우리와 가까이 있으려고 하지 않는다. 소똥 냄새가 풍기기 때문이다.

'소똥을 가지고 다니는 것'은 부정적인 마음, 다시 말해 분노와 좌절 등에 빠지는 것의 은유이다. 그것은 불행한 환경에 처했을 때 드러내 보일 수 있는 자연스럽고 이해할 만한 반응이다. 하지만 우리는 그 결과로 많은 친구들을 잃는다. 왜냐하면 우리가 너무 심한 좌절에 빠져 있을 때 친구들이 우리와 함께 있는 것을 좋아하지 않는다는 것 역시 자연스럽고 이해할 만한 일이기 때문이다. 게다가 소똥 더미는 줄어들지 않으며, 오히려 발효가 될수록 더 나쁜 냄새가 난다.

다행히도 두 번째 방식이 있다.

우리 앞에 한 트럭 분량의 소똥이 쏟아 부어질 때, 우리는 한숨을 내쉬고는 이내 작업을 시작한다. 외바퀴손수레, 쇠스랑, 갈퀴 등이 동원된다. 소똥을 손수레에 퍼 담고 그것을 집 뒤로 끌고 가 정원에 파묻는다. 이것은 지치고 힘든 일이지만, 우리는 안다. 다른 선택의 여지가 없음을. 때로는 아무리 힘들여 일해도 하루에 반 수레밖에 소똥을 옮기지 못할 때도 있다. 하지만 우리는 불평하면서 절망 속으로 걸어 들어가기보다는 문제에 대해 무엇인가를 하고 있는 것이다.

날마다 조금씩 우리는 소똥을 퍼 나른다. 소똥 더미는 날마다 줄어든다. 때로는 여러 해가 걸린다. 하지만 언젠가는 그 아침이 오고야 만다. 우리 집 앞의 소똥이 모두 사라진 것을 우리 자신이 보게 되는 아침이. 나아가 집의 다른 장소에서 기적이 일어난다. 아름다운 꽃들이 풍성한 색채로 정원을 온통 뒤덮으면서 만발한다. 꽃들의 향기가 길 아래쪽까지 날아간다. 따라서 이웃들과 지나가는 행인들조차도 기쁨 속에 미소 짓는다. 그런가 하면 정원 구석에 있는 과실수들은 열매들이 주렁주렁 매달려 가지가 거의 땅에 닿을 정도가 되었다. 그 열매들은 달디달다. 그런 맛을 가진 열매들은 어디서도 살 수 없다. 수확한 열매가 너무 많기 때문에 우리는 그것을 이웃과 나눌 수 있다. 지나가는 사람들도 그 기적의 맛좋은 열매를 얻을 수 있다.

'소똥을 퍼 나르는 것'은 그 비극을 삶을 위한 거름으로 환영해 맞아들이는 것의 비유이다. 그것은 우리가 혼자 해야만 하는 일이다. 여기서는 아무도 우리를 도울 수 없다. 하지만 그것을 우리 가슴의 정원으로 날마다 퍼 나름으로써 고통의 더미는 점점 줄어든다. 그것은 여러 해가 걸릴지도 모른다. 하지만 그 아침은 오고야만다. 우리가 더 이상 우리의 삶 속에서 고통을 발견할 수 없는 아침이. 그리고 우리 가슴속에서 하나의 기적이 일어난다. 친절의 꽃들이 만발한다. 그리고 그 향기가 우리의 길 아래쪽으로, 이웃에게로, 친구와 심지어 우연히 지나가는 사람에게로 날아간다. 그런가 하면 삶의 본질에 대한 통찰력의 열매가 가득 매달린, 구석에 서 있는 지혜의 나무가 우리를 향해 구부러진다. 우리는 그 맛 좋은 열매들을 전혀 아무런 계획 없이도 지나가는 행인과도 무료로 나눈다.

우리가 비극적인 고통을 겪고 그것이 가져다준 교훈을 배웠을 때, 그리고 그것으로 우리의 정원을 가꾸었을 때, 그때 우리는 깊은 비극 속에 있는 다른 사람을 우리의 팔로 껴안을 수 있다. 그리고 부드럽게 말할 수 있다.

"그래요, 나도 다 압니다."

그들은 우리가 진심으로 이해한다는 것을 깨닫는다. 자비가 시작된다. 우리는 그들에게 외바퀴손수레와 쇠스랑과 갈퀴를, 그리고 끝없는 격려를 보여 준다. 만일 우리가 아직 우리 자신의 정원을 가꾸지 않았다면 이것은 불가능한 일이다.

명상 수행을 오래 하고 내면이 평화로우며 안정되고 역경 속에서도 차분함을 유지하는 수행자들을 나는 많이 봐 왔다. 하지만 불과 몇 사람만이 위대한 스승이 되었다. 나는 종종 그 이유가 궁금했다.

이제 나는 안다. 비교적 평탄한 삶을 살아왔으며, 퍼 나를 소똥이 많지 않았던 수행자들은 위대한 스승이 될 수 없었다. 위대한 스승이 된 사람들은 실로 크나큰 시련을 겪으면서 묵묵히 소똥들을 퍼 날랐으며, 풍요로운 내면의 정원을 가꾼 이들이었다. 내가 아는 거의 모든 수행자들이 지혜와 내적인 고요와 자비의 마음을 지니고 있었다. 하지만 더 많은 소똥을 가졌던 이들은 세상과 나눌 것을 더 많이 가지고 있었다. 나에게 있어 모든 스승들의 최고봉인 나의 스승 아잔 차는 그의 생애 초기에 그의 집 문 앞에 수십 대의 트럭들이 와서 수십 대 트럭분의 소똥을 쏟아 부었음에 틀림없다.

이 이야기의 교훈은 이것이다. 만일 당신이 세상에 봉사하기를 원한다면, 만일 자비의 길을 따르고자 원한다면, 다음번에 당신 삶에 비극이 일어날 때 이렇게 말해야 할 것이다.

"우와! 내 정원에 뿌릴 거름이 더 많이 생겼군!"

내가 해야만 하는 일들 중 하나는 사람들의 문제를 들어주는 일이다. 금전적인 면으로 따지면 수행자들은 언제나 쉽게 다가갈 수 있다. 왜냐하면 상담료를 요구하지 않기 때문이다. 사람들이 빠져서 허우적거리는 복잡하게 뒤엉킨 문제들을 들을 때면 그들에 대한 연민의 감정이 들면서 나 또한 우울한 마음이 드는 걸 어쩔 수 없다. 어떤 사람이 구덩이에서 빠져나오도록 돕기 위해서는 그들의 손을 잡기 위해 나 자신도 때로 그 구덩이 속으로 들어가야만 한다. 하지만 나는 사다리를 가져오는 것을 잊지 않는다. 상담이 끝나면 언제나 마음이 밝아진다. 그 상담이 내 마음속에 찌꺼기를 남기지 않기 때문이다. 나는 그렇게 훈련받았다.

나의 스승 아잔 차께서는 수행자는 쓰레기통과 같아야 한다고 말씀하셨다. 수행자들, 특히 고참 수행자들은 절에 앉아서 시시때때로 사람들의 온갖 문제를 귀 기울여 들어야 하고, 그들의 모든 쓰레기를 받아들여야만 한다. 부부간의 문제, 사춘기 자녀와의 갈등, 인간관계의 문제, 재정적인 문제 등 우리는 실로 많은 이야기를 듣는다. 나는 이유를 알지 못한다. 독신 수행자가 부부간의 문제에 대해 무엇을 알겠는가? 우리는 그 모든 하찮은 일들로부터 멀어지기 위해 세상을 떠난 것이다. 하지만 우리는 자비심을 갖고 앉아서 그 문제를 들어주고, 우리 내면의 평화를 나누고, 그 모든 쓰레기들을 받아들여야 한다.

아잔 차 스승이 주신 또 다른 본질적인 충고가 있다. 그는 우리에게 쓰레기통이 되더라도 밑바닥에 구멍이 뚫린 쓰레기통과 같이 되라고 말씀하셨다. 우리는 모든 쓰레기들을 받아들일 수밖에 없지만, 그렇다고 그 어떤 것도 자기 안에 간직할 필요는 없다. 좋은 친구나 상담자는 바닥이 없는 쓰레기통과 같다. 따라서 너무 가득 차서 또 다른 사람의 문제를 들을 수 없게 되는 경우가 결코 없다.

절망 속에서 종종 우리는 생각한다.

"공정하지 않아! 왜 하필 나야?"

그렇다, 만일 삶이 더 공정하다면 세상의 문제가 한결 가벼워질 것이다.

교도소에서 내 명상 수업에 참가한 적이 있는 한 중년 남자가 있었다. 하루는 강의가 끝난 뒤 그가 나에게 면담을 요청했다. 그는 지난 몇 달 동안 열심히 내 명상 지도를 받았었기 때문에 나는 그를 잘 알게 되었다.

그가 말했다.

"브라흐마 스님, 당신에게 할 말이 있습니다. 나는 지금 저지르지도 않은 죄 때문에 누명을 쓰고 이 감옥에 갇혀 있습니다. 나는 무죄입니다. 많은 범죄자들이 이런 식으로 자신을 옹호하며 거짓말을 한다는 걸 나도 알고 있지만, 나는 지금 당신에게 진실을 말하는 것입니다. 브라흐마 스님, 나는 당신에게만큼은 거짓말을 하고 싶지 않습니다."

나는 남자의 말을 믿었다. 그의 얼굴 표정과 말하는 분위기로 미루어 나는 그가 진실을 말하고 있음을 확신할 수 있었다. 나는 이 얼마나 공정하지 못한 일인가 하고 분개했다. 그리고 어떻게 하면 이 말도 안 되는 불공정을 바로잡을 수 있을까 생각했다. 하지만 그가 내 생각을 가로막았다. 장난기 어린 미소를 지으며 그는 말했다.

"반면에 나는 다른 많은 범죄를 저질렀지만 발각되지 않았습니다. 따라서 이것이 매우 공정한 일이라고 나는 받아들입니다."

그 말에 나는 배꼽을 잡고 웃었다. 이 늙은 악당은 내가 아는 어떤 수행자보다 카르마의 법칙을 더 잘 이해하고 있었던 것이다. 우리는 얼마나 자주 '죄'를 저지르며, 타인에게 상처를 주는 심술궂은 행동을 하는가? 그러면서도 그것 때문에 고통받지는 않는다. 그럴 때 우리는 이렇게 말한 적이 있는가?

"이건 공정하지 않아! 왜 내가 발각되지 않지?"

하지만 뚜렷한 이유 없이 고통받게 될 때 우리는 마구 불평을 한다.

"이건 공정하지 않아! 왜 하필 나지?"

그 재소자처럼 어쩌면 그것은 공정한 일인지도 모른다. 발각되지 않은 다른 많은 '죄'들이 있기 때문에 삶은 결국 공정한 것인지도 모른다.

대부분의 서양인들은 카르마의 법칙을 잘못 이해하고 있다. 그들은 그것을 운명론으로 오해한다. 기억도 나지 않는 과거 생에서 저지른 어떤 알 수 없는 죄 때문에 이 생에서 고통받을 수밖에 없는 운명이라는 것이다. 다음의 이야기가 보여 주듯이, 그것은 사실이 아니다.

두 여인이 각자 케이크를 굽고 있었다.

첫 번째 여인은 매우 열악한 재료를 가지고 있었다. 오래된 흰 밀가루는 초록색 곰팡이가 잔뜩 끼어 먼저 그것을 걸러 내야만 할 정도였다. 콜레스테롤 덩어리인 버터는 거의 악취가 나서 코를

싸매게 했다. 흰 설탕에서는 갈색 덩어리들을 제거해야만 했다. 누군가 부주의하게 커피 묻은 스푼을 집어넣었기 때문이다. 그리고 과일이라곤 석기시대 고분에서 발굴한 듯한, 딱딱하게 말라비틀어진 건포도가 전부였다. 그녀의 부엌도 불편하기 짝이 없는 구식이었다.

두 번째 여인은 최상의 재료를 가지고 있었다. 유기농으로 재배한 무공해 밀가루는 유전자 변형 식품이 아니라는 검인이 찍혀 있었다. 또한 콜레스테롤이 제거된 마가린과 천연 설탕, 자신의 텃밭에서 직접 기른 과즙 풍부한 열매가 있었다. 부엌 역시 최첨단 시설을 갖춘 고품격 주방이었다.

이 두 여인 중 어느 쪽이 더 맛있는 케이크를 구웠겠는가? 자주 있는 일이지만, 최고의 재료를 가졌다고 해서 더 좋은 케이크가 구워지는 것은 아니다. 케이크를 만드는 데는 단지 재료 이상의 무엇이 필요한 것이다. 때로는 열악한 재료를 가진 사람이 케이크를 만들 때 훨씬 더 많은 노력과 주의, 애정을 쏟기 때문에 그의 케이크가 어느 누구의 것보다 맛있다. 중요한 것은 재료를 가지고 우리가 무엇을 하는가이다.

나에게는 삶에서 매우 열악한 재료를 물려받은 몇 명의 친구들이 있다. 그들은 가난한 집안에서 태어나 어렸을 때부터 학대를 받으며 자랐고, 학업 성적도 우수하지 않았다. 운동을 할 수 없을 만큼 신체적인 장애를 가진 이도 있다. 하지만 그들은 자신들이 가진 극히 적은 장점을 잘 살려 더없이 특별한 케이크를 만들어 냈다.

나는 누구보다도 그들을 존경하고 찬사를 보낸다. 당신 주위에도 그런 사람이 있을 것이다.

나의 또 다른 친구들은 가장 훌륭한 재료들을 갖고 태어난 이들이다. 집안은 부유하고 사랑으로 넘치며, 학교에서는 우등상을 받았고, 각종 운동에도 뛰어났으며, 외모도 출중해 인기 만점이었다. 그런데도 그들은 술과 마약으로 젊음을 낭비했다. 당신 주위에도 그런 사람이 있을 것이다.

카르마의 절반은 우리가 가진 재료이다. 그 나머지 절반, 가장 중요한 부분은 우리가 그 재료를 가지고 이 삶에서 무엇을 하는가이다. 우리가 가진 나날의 재료들을 가지고 할 수 있는 일이 반드시 있기 마련이다. 설령 그것이 단지 자리에 앉아 마지막 차 한 잔을 즐기는 일일지라도.

다음의 이야기는 내가 교사로 재직할 때 동료 교사가 나에게 들려준 자신의 실제 경험담이다. 그는 제2차 세계대전 당시 영국군으로 복무했다.

미얀마의 정글 지대에서 소대원들과 함께 정찰 임무를 수행하고 있을 때였다. 그는 나이가 어렸고, 고향에서 멀리 떠나와 있었으며, 몹시 겁에 질려 있었다. 그때 정찰병이 돌아와 소대장에게 최악의 소식을 전했다. 그들 몇 명 안 되는 소대원들이 어마어마한 숫자의 일본군과 맞닥뜨리게 된 것이다. 숫자적으로도 열세였을 뿐 아니라 완전히 포위된 상태였다. 그 어린 영국군 병사는 죽을 마음의 준비를 했다.

그는 소대장이 대원들에게 전투 준비를 명령하리라고 예상했다. 그것이 최우선적으로 해야만 할 일이었다. 어쩌면 누군가는 살아남을지도 모른다. 설령 살아남지 못할지라도 적군을 몇 명이라도 무찌르고 죽을 것이다. 그것이 병사들에 닥친 운명이었다.

하지만 그 소대장은 달랐다. 그는 자신의 대원들에게 자리에 앉아 따뜻한 차를 끓일 것을 명령했다. 어쨌든 그들은 차를 좋아하는 영국인들이 아닌가!

어린 병사는 지휘관이 제정신이 아니라고 생각했다. 적군에게 완전히 포위되어 빠져나갈 구멍도 없고 죽기 일보 직전인 상태에서 누가 차를 마실 생각을 하겠는가? 하지만 군대에서는, 특히 전시 상황에서는 상관의 명령에 무조건 복종해야만 한다. 그들 모두는 각자 생애 마지막이 될 차 한 잔을 끓였다. 그들이 차를 다 마시기도 전에 정찰병이 다시 돌아와 소대장에게 귓속말로 무엇인가를 속삭였다. 소대장은 대원들에게 주목할 것을 명령하고 다음의 소식을 전했다.

"적군이 이동을 했다. 이제 퇴각로가 열렸다. 신속하고 소리 없이 장비를 챙겨라. 자, 출발!"

그들 모두는 무사히 그곳을 빠져나왔으며, 그 결과 여러 해 뒤에 그는 내게 자신의 경험담을 들려줄 수가 있었다. 그러면서 그는 자신의 삶이 그 소대장의 지혜에 큰 빚을 지고 있다고 말했다. 단지 미얀마의 전쟁터에서만이 아니라 그 이후로도 수없이 그 덕을 보았다는 것이었다. 삶에서 그는 여러 차례 숫자적으로 압도적인 적군에 포위된 적이 있었다. 빠져나갈 틈도 없고 죽기 일보 직전이었다. 그가 말하는 '적군'이란 심각한 질병, 절망적인 시련, 비극적인 사건이었으며 그 상황의 한가운데 있을 때는 전혀 탈출할 구멍이 없어 보였다. 미얀마에서의 경험이 없었다면 그는 문제와 맞서 싸우려고 노력했을 것이고, 의심할 여지없이 상황은 더 악화되었을 것이다. 하지만 그렇게 하는 대신 죽음이나 치명적인 어려움이 사방에서 그를 에워쌌을 때 그는 단순히 자리에 앉아 차 한 잔을 끓였다.

세상은 매순간 변화하고 있다. 삶은 하나의 흐름이다. 그는 차를 마시며 자신의 힘을 축적했고, 포위망을 뚫듯이 자신이 무엇인가를 할 수 있는 적당한 시기가 오기를 기다렸다. 그리고 그 시기는 언제나 찾아왔다.

차를 즐겨 마시지 않는 사람이라면 다음의 말을 기억하라.

"아무것도 할 수 없을 때는 아무것도 하지 말라."

너무도 당연한 말처럼 들리겠지만, 이것이 당신의 삶을 위험에서 구원해 줄지도 모른다.

내가 여러 해 동안 알고 지낸 한 지혜로운 수행자가 오랜 도반과 함께 호주의 야생지대로 도보 여행을 떠났다. 어느 무더운 오후, 두 사람은 눈부시게 펼쳐진 외딴 해변에 도착했다. 단지 재미로 수영을 하는 것은 수행자의 계율에 어긋나는 행위였다. 하지만 파란 바다가 너무도 유혹적이었으며 장시간 걸었기 때문에 열기를 식힐 필요가 있었다. 그는 앞뒤 가릴 것 없이 얼른 옷을 벗고 물속으로 뛰어들었다.

승려가 되기 전 젊은 시절에 그는 수영 실력이 뛰어났었다. 하지만 오랜 기간 수도 생활을 하면서 마지막으로 수영을 해 본 지가 너무도 오래전이었다. 고작 1, 2분 파도를 가르며 헤엄쳤을 뿐인데 갑자기 강력한 조류가 밀려와 그를 바다 쪽으로 휩쓸고 가기 시작했다. 나중에 안 사실이지만, 그곳은 강한 물살 때문에 매우 위험한 해변으로 소문난 곳이었다.

처음에 그는 물살에 저항해 헤엄을 치려고 노력했다. 하지만 맞서 싸우기에는 물살의 힘이 너무 세다는 것을 깨달았다. 그동안 승려로서 수행해 온 것이 도움이 되었다. 그는 마음을 내려놓고 긴장을 푼 뒤 물살과 함께 흘러갔다.

그런 상황에서 긴장을 내려놓는 일은 큰 용기가 필요한 행동이었다. 해안이 점점 멀어져가는 것이 보였기 때문이다. 육지로부터 수백 미터 떨어진 곳까지 흘러갔을 때에야 물살이 멈추었다. 그때 비로소 그는 조류로부터 벗어나 헤엄을 치기 시작했고, 마침내 뭍으로 되돌아올 수 있었다.

육지를 향해 헤엄쳐 돌아오면서 그는 젖 먹던 힘까지 다 써야만 했다고 내게 말했다. 해변에 이르렀을 때는 완전히 탈진한 상태였다. 만일 자신이 물살에 대항해 싸웠더라면 결코 이길 수 없었을 것이라고 그는 믿고 있었다. 대항해 싸웠더라도 똑같은 지점까지 밀려갔을 것이고, 그렇게 되면 기운을 완전히 다 써버려 해변으로 돌아올 수 없었을 것이다. 마음을 내려놓고 물살과 함께 흘러가지 않았다면 틀림없이 익사하고 말았을 것이다.

이런 일화들은 "아무것도 할 수 없을 때는 아무것도 하지 말라." 는 금언이 결코 비현실적인 이론이 아님을 보여 준다. 오히려 그것은 삶을 구원해 주는 지혜이다. 물살이 당신보다 더 강할 때는 물살과 함께 흘러갈 때이다. 당신이 무엇인가 할 수 있을 때, 그때가 바로 온 에너지를 쏟아 부을 때이다.

여기 한 편의 오래된 불교 우화가 있다. 생과 사의 기로에 섰을 때 우리가 어떻게 행동해야 하는가를 말해 주는 우화이다.

한 남자가 밀림에서 두 마리 코끼리에게 쫓겨 달아나고 있었다. 코끼리는 인간보다 훨씬 더 빨리 달리며, 게다가 인간을 공격까지 한다. 그 두 마리 코끼리는 화가 나 있었으며, 따라서 그 남자는 곤경에 처해 있었다. 코끼리들이 그를 거의 덮치려는 찰나, 남자는 길옆에 있는 우물 하나를 발견했다. 절망 속에서 그는 우물 속으로 몸을 던졌다.

우물 속으로 뛰어드는 순간 그는 자신이 큰 실수를 했음을 알았다. 우물은 말라붙어 있었으며, 밑바닥에는 커다란 검은색 뱀이 또아리를 틀고 있었다.

본능적으로 그는 우물 벽으로 손을 뻗어 그곳에 자란 나무의 뿌리를 붙잡았다. 뿌리가 다행히 그의 추락을 막아 주었다. 정신을 수습하고 아래를 내려다보니 검은 뱀이 몸을 길게 펴고 일어서서 그의 다리를 물려고 하고 있었다. 하지만 그의 다리가 아슬아슬하게 높았다. 위쪽에서는 두 코끼리가 기다란 코로 그를 낚아채기 위해 우물 안으로 몸을 기울이고 있었다. 하지만 다행히 뿌리를 잡고 있는 그의 손이 한 뼘 정도 낮았다. 자신이 처한 이 긴박한 위기 상황을 생각하고 있을 때, 흰 생쥐와 검은 생쥐 두 마리가 작은 구멍에서 기어나와 그가 붙들고 있는 나무뿌리를 갉아먹기 시작하는 것이었다.

코끼리들이 우물 안으로 몸을 기울여 긴 코로 그를 낚아채려 시도할 때마다 코끼리의 코에 부딪쳐 그 작은 나무는 심하게 흔들렸다. 그 나뭇가지에는 벌집 하나가 매달려 있었다. 나무가 흔들릴 때마다 꿀이 우물 안으로 방울져 떨어지기 시작했다. 남자는 혀를 내밀어 꿀 몇 방울을 받아먹었다.

"음! 맛이 아주 좋은데!"

그는 그렇게 혼잣말을 하며 미소 지었다.

오래전부터 전해 내려오는 이 이야기는 여기서 끝이 난다. 바로 그렇기 때문에 그것은 진실성이 있다. 길게 이어지는 텔레비전 드라마들과는 달리 삶에는 명확한 결론이 없다. 삶은 영원히 완성을 향해 가는 과정 속에 있을 뿐이다.

게다가 우리는 종종 삶 속에서 두 마리 코끼리—탄생과 죽음—와 커다란 검은색 뱀 사이에, 죽음과 그것보다 더 나쁜 상황 사이에 놓일 때가 있다. 낮과 밤—희고 검은 두 마리의 생쥐—이 우리가 불안정하게 움켜잡고 있는 삶의 나무뿌리를 갉아먹는다. 그런 절박한 상황 속에서도 언제나 어디선가 약간의 꿀이 방울져 떨어진다. 만일 지혜롭다면 우리는 혀를 내밀어 그 약간의 꿀맛을 즐길 것이다. 그렇게 하지 못할 이유가 무엇인가? 아무것도 할 수 없을 때는 아무것도 하지 말고, 삶의 꿀 몇 방울을 즐기라.

앞에서 말한 대로, 그 이야기는 본래 그것으로 끝이 난다. 하지만 주제를 분명하게 하기 위해 나는 청중에게 진짜 결말을 말해준다. 이것이 그 다음에 일어난 일이다.

남자가 꿀을 맛보고 있는 사이 생쥐들은 나무뿌리를 점점 더 갉아먹어 가늘게 만들었으며, 검은색 뱀은 그의 발을 향해 점점 더 가까이 머리를 뻗었고, 코끼리들은 그의 손에 거의 코가 닿을 정도로 몸을 기울였다. 그러다가 코끼리들이 너무 많이 몸을 기울였다. 순간 코끼리들은 우물 속으로 굴러 떨어졌으며, 남자를 지나쳐 아래쪽에 있는 뱀과 충돌해 뱀을 즉사시키고 코끼리도 목숨을 잃었다.

이것은 충분히 일어날 수 있는 일이다! 그리고 삶에는 항상 예기치 않았던 일이 일어나기 마련이다. 그것이 우리의 삶이다. 따라서 꿀을 맛볼 순간들을 놓치지 말라. 가장 절박한 순간이라 할지라도 미래는 아무도 알 수 없다. 다음 순간에 무슨 일이 일어날지 누구도 확신할 수 없다.

코끼리들과 뱀 둘 다 죽었을 때, 그때가 바로 그 남자가 무엇인가를 할 시간이었다. 그는 꿀을 맛보는 것을 중단하고 온 힘을 다

해 우물 밖으로 기어나왔으며, 안전하게 밀림을 빠져나왔다. 삶은 언제까지나 아무것도 하지 않고 꿀이나 맛보는 것은 아니기 때문이다.

당신의 삶에서 가장 중요한 일은 무엇인가?

하루 중 당신이 가장 먼저 해야 할 일,

혹은 지금 꼭 해야만 하는 일은 무엇인가?

지식을 쌓는 것, 중요한 일을 결정하는 것,

바쁘게 일하는 것……. 이것들 중에서

가장 먼저 할 것은 연민을 지니는 것이 아닐까?

고통받는 존재를 보면 선한 자의 마음은 떨린다.

떨리기 때문에 연민(karuna)이라고 한다.

고통받는 이를 보면 자기가 직접 당한 것처럼

마음에 닿아서 아픈 것이다.

    - 붓다락키타

6
울고 있는 소

그 태국인 승려는 순수한 가슴으로 행동했기에 코브라의 머리를 토닥거려 주고 시
장의 배를 어루만질 수 있었다. 그리고 둘 다 좋아했다. 당신도 그렇게 해 보라고
권하고 싶지는 않다. 성자와 같은 마음으로 다른 존재를 보살필 수 있기 전에는.

시드니 출신의 한 청년이 있었다. 그는 단 하루 동안 나의 스승 아잔 차를 만나러 태국으로 왔다. 그는 그 만남을 통해 자신의 삶에서 가장 중요한 조언을 들었다고 훗날 내게 말했다. 1980년대 초, 불교에 관심을 가진 서양의 젊은이들 중 아잔 차의 이름을 들어본 적 없는 이는 드물었다. 그 청년은 오직 그 위대한 승려를 만나 몇 가지 질문을 던지겠다는 일념만으로 호주에서 태국까지 긴 여행길에 오르기로 마음먹었다.

길고 긴 여행이었다. 시드니에서 비행기를 타고 8시간 걸려 방콕에 도착한 그는 다시 야간열차를 타고 10시간 거리에 있는 우본(태국 북동부에 위치한 소도시)으로 갔다. 그곳에서 택시 운전사와 가격 협상을 한 뒤 아잔 차 스승이 계신 절 왓농파퐁으로 향했다. 몸은 지쳤지만 들뜬 마음으로 그는 마침내 아잔 차 스승의 오두막에 도착했다.

아잔 차 스승은 당시 매우 유명했다. 그날 그는 평소처럼 군중에 둘러싸여 자신의 오두막 아래 앉아 있었다. 수많은 수행자들과 일반 신도들, 가난한 농부들과 부유한 상인들, 남루한 차림의 시골 여인들과 값비싼 장신구를 몸에 두른 방콕에서 온 귀부인들이 모두 한 자리에 앉아 있었다. 아잔 차의 오두막 아래서는 신분의 차별이 없었다.

그 청년은 군중의 맨 끄트머리에 자리를 잡고 앉았다. 두 시간이 흘렀지만 사람들이 너무 많아 아잔 차는 그의 존재조차 알아차리지 못하고 있었다. 실망한 나머지 청년은 자리에서 일어나 그곳을 떠났다. 마당을 가로질러 절 입구를 향해 걸어가던 그는 종탑 옆에서 몇 명의 수행자들이 낙엽을 쓸고 있는 것을 보았다. 그를 태우고 온 택시와 절 입구에서 만나기로 했는데, 아직 약속 시간까지는 한 시간이나 남아 있었다. 그래서 그는 좋은 공덕이라도 쌓을 요량으로 빗자루를 집어들었다.

약 반시간 뒤, 열심히 빗자루질을 하고 있는데 누군가의 손이 어깨에 얹혀졌다. 그는 뒤를 돌아보고는 깜짝 놀랐다. 기적처럼 아잔 차가 그의 앞에 미소를 지으며 서 있었다. 아잔 차는 그 외국인 청년을 보았지만 말을 건넬 기회가 없었다. 그 위대한 수도승은 또 다른 일정을 위해 절을 나서던 참에 시드니에서 온 그 젊은이를 보고는 선물 하나를 주기 위해 걸음을 멈춘 것이다. 아잔 차는 태국어로 무엇인가를 말하고는 약속 장소로 떠나갔다.

통역을 맡은 승려가 그에게 말했다.

"아잔 차 스승께서는 당신에게, 빗자루질을 할 때는 온 존재를 바쳐 빗자루질을 하라고 말씀하셨습니다."

통역자도 서둘러 아잔 차 뒤를 따라갔다.

다시 호주로 돌아오는 긴 여행 동안, 젊은이는 그 간단한 가르침에 대해 생각했다. 물론 그는 아잔 차가 빗자루질을 하는 방법 이상의 가르침을 자신에게 주었음을 깨달았다. 그 의미가 차츰 분명해졌다.

"네가 무슨 일을 하든, 그 일에 너의 온 존재를 바쳐라."

호주로 돌아와 몇 년을 지내는 동안, 그는 이 위대한 '삶의 조언'이 그 장거리 여행에 수십 배나 값하는 가치를 지녔음을 알게 되었다. 이제 그것은 그의 생활신조가 되었으며, 그의 삶에 행복과 성공을 가져다주었다. 일할 때 그는 그 일에 자신의 온 존재를 바쳤다. 휴식할 때 그는 그 휴식에 온 존재를 바쳤다. 사람들과 대화할 때는 그 대화에 온 존재를 기울였다. 그것은 성공을 위한 공식이 되었다. 나아가 아무것도 하지 않을 때, 그는 온 존재를 바쳐 아무것도 하지 않았다.

프랑스의 사상가이자 수학자인 파스칼은 말했다.

"인간의 모든 문제는 조용히 앉아 있는 법을 모르는 데서 온다."

나는 그 말에 이렇게 덧붙이고 싶다.

"그리고 언제 조용히 앉아 있어야 하는지 모르는 데서도 온다."

1967년 이스라엘은 이집트, 시리아, 요르단과 전쟁을 했다. 6일 전쟁이라고 알려지게 된 이 전쟁 기간에 한 기자가 해롤드 맥밀란 영국 수상에게 중동 문제에 대해 어떻게 생각하는지 물었다.

그 원로 정치인은 망설임 없이 대답했다.

"중동에는 문제가 없습니다."

기자가 놀라서 물었다.

"중동에는 문제가 없다니 무슨 뜻입니까? 그곳에서 격렬한 전투가 벌어지고 있는 것을 모른단 말입니까? 우리가 대화를 나누는 이 시간에도 하늘에서는 폭탄이 떨어지고, 탱크들이 서로를 날려버리고, 병사들이 총알 세례를 받는 것을 모르십니까? 많은 사람들이 죽고 부상을 당하고 있습니다. 그런데도 중동에는 아무 문제가 없다니, 무슨 뜻인가요?"

그 경험 많은 정치인은 인내심을 가지고 설명했다.

"어떤 것이 문제라면, 거기에는 반드시 해결책이 있기 마련입니다. 하지만 중동에는 해결책이 없습니다. 따라서 그것은 문제라고 할 수가 없습니다."

우리는 삶에서 해결책이 없는, 따라서 문제라고 할 수도 없는 일들을 걱정하느라 얼마나 많은 시간을 허비하는가?

해결책이 있는 문제라면 당연히 결정을 내려야만 한다. 그렇다면 우리는 중요한 결정들을 어떻게 내리는가? 대다수는 다른 누군가가 우리를 위해 힘든 결정을 내려 주기를 기대한다. 그런 식으로 하면 우리는 일이 잘못될 때 다른 사람 탓으로 돌릴 수 있는 것이다. 내 친구들 중 몇몇은 내가 자신들을 대신해 그들의 중요한 결정을 내려 주기를 기대하지만, 나는 결코 그렇게 하지 않는다. 나는 다만 그들 스스로 지혜로운 결정을 내릴 수 있다는 것을 보여 줄 뿐이다.

갈림길에 이르러 어느 방향으로 가야 할지 확신할 수 없을 때가 있다. 그때 당신은 잠시 걸음을 멈추고 길가에 서서 버스가 오기를 기다려야 한다. 머지않아 당신이 기대하지 않았던 시간에 버스가 도착할 것이다. 버스 앞 유리창에는 크고 굵은 글씨로 행선지를 알려주는 표지판이 붙어 있다. 그 목적지가 당신과 맞으면 당신은 그 버스에 올라탄다. 그렇지 않으면 기다린다. 언제나 또 다른 버스가 뒤이어 도착할 테니까.

다시 말해, 어떤 결정을 내려야만 하는데 그 결정에 대해 확신이 서지 않을 때 잠시 길가에 멈춰 서서 기다릴 필요가 있다. 머지않아 우리가 기대하지 않았던 순간에 하나의 해결책이 다가올 것이다. 모든 해결책은 그 자체의 목적지를 가지고 있다. 그 목적지가 우리와 맞으면 우리는 그 해결책을 선택한다. 그렇지 않으면 기다린다. 거기 언제나 다른 해결책이 뒤따라오고 있기 때문이다.

이것이 바로 내가 결정을 내리는 방식이다. 나는 모든 정보를 모은 뒤 해결책을 기다린다. 충분한 인내심을 갖고 기다리기만 하면 좋은 해결책은 반드시 온다. 그것은 언제나 예기치 않았던 순간에,

내가 그것에 대해 잊고 있었을 때 찾아온다.

중요한 결정을 내려야만 할 때 당신은 내가 말한 이 방법을 선택할 수도 있다. 하지만 꼭 그 방식을 따라야만 하는 것은 아니다. 그것은 어디까지나 당신 자신의 결정이다. 따라서 그것이 아무런 효과가 없다 해도 나를 비난해서는 안 된다.

한 대학생이 우리 절의 어느 수행자를 만나러 왔다. 다음날 중요한 시험을 앞두고 있었던 그녀는 그 수행자에게 그녀의 행운을 비는 염불기도를 해 주기를 청했다. 수행자는 그 염불이 그녀에게 자신감을 북돋아 주리라 믿으면서 마음씨 좋게 그녀의 요청을 받아들였다.

물론 염불기도는 무료였다. 그녀는 아무런 보시도 할 필요가 없었다. 우리는 그 여성을 두 번 다시 볼 수 없었다. 하지만 그녀의 친구들로부터 들은 얘기로는, 그녀가 돌아다니면서 우리 절의 승려들이 수준이 낮으며 염불조차 제대로 할 줄 모른다고 말한다는 것이었다. 그녀는 그 중요한 시험에서 낙방한 것이다.

그녀의 친구들은 그녀가 시험에서 낙방한 것은 공부를 거의 하지 않았기 때문이라고 말했다. 그녀는 한마디로 놀기 좋아하는 부류였다. 그녀는 '덜 중요한' 대학 생활의 학문적인 부분은 승려들이 염불기도로 책임져 주기를 기대했던 것이다.

우리의 삶에서 무엇인가 잘못되어 갈 때 다른 누군가를 비난하는 것은 자기만족을 가져다줄지 모른다. 하지만 다른 사람을 비난한다고 해서 문제가 해결되지는 않는다.

"엉덩이가 가려운 사람이 머리를 긁고 있다. 긁어도 긁어도 가려움이 사라지지 않네."

아잔 차 스승께서 하신 말씀이다. 자신의 삶의 문제를 놓고 다른 사람을 탓하는 것은 엉덩이가 가려운데 계속해서 머리를 긁어대는 것과 같다.

한번은 퍼스에서 열린 교육 관련 세미나에서 오프닝 연설을 해달라는 요청을 받은 적이 있다. 무엇보다 나를 초청한 이유가 궁금했다. 행사 본부에 도착하자 세미나 주최자라는 이름표를 가슴에 단 여성이 다가와 반갑게 나를 맞았다.

그녀가 물었다.

"저를 기억하시겠어요?"

그것은 대답하기 가장 곤란한 질문 중 하나이다. 나는 얼굴을 두껍게 하고서 말했다.

"기억나지 않는데요."

그녀는 미소를 지으며 7년 전 일을 말해 주었다. 당시 그녀가 교장으로 있던 학교에서 내가 강연을 한 적이 있다는 것이었다.

그녀는 그 학교에서 내가 들려준 이야기가 그녀의 삶을 바꿔놓았다고 했다. 그 길로 그녀는 교장직을 사임했다. 그 후 그녀는 학교 교육에 적응하지 못하고 떨어져 나간 아이들을 위한 교육 프로

그램을 만드느라 지칠 줄 모르고 일했다. 거리의 아이들, 미성년 접대부들, 마약 중독자들에게 그들의 상황에 맞는 교육 프로그램으로 새로운 기회를 주기 위해서였다. 그녀의 고백으로는, 내가 들려준 이야기가 그녀의 교육 철학이 되었다는 것이었다. 그 이야기는 내가 학생 때 읽은 톨스토이 단편선집에 실린 것이다.

오래 전, 어느 왕이 삶의 철학을 찾고자 했다. 그 자신과 나라를 통치하는 데 근본이 되어 줄 지혜가 필요했던 것이다. 당시의 종교나 철학만으로는 만족할 수 없었다. 그래서 그는 삶의 경험 속에서 자신의 철학을 추구해 나갔다.

마침내 그는 오직 세 가지 근본적인 질문에 대한 해답을 발견하기만 하면 된다는 것을 깨달았다. 그 해답만 있으면 그가 필요로 하는 모든 지혜로운 기준을 갖게 될 것이다. 그 세 가지 질문은 이것이었다.

1. 세상에서 가장 중요한 시간은 언제인가?
2. 세상에서 가장 중요한 사람은 누구인가?
3. 세상에서 가장 중요한 일은 무엇인가?

이야기의 대부분을 차지하는 오랜 추구 끝에 왕은 산속에 사는 어느 은자를 방문했다. 그리고 그 은자에게서 마침내 세 가지 질문에 대한 해답을 얻었다.

그 해답이 무엇일 것이라고 생각하는가? 다시 한 번 질문들을 읽어보기 바란다. 이 글을 계속 읽어 나가기 전에 잠시 멈추고 생각해 보라.

우리 모두는 첫 번째 질문에 대한 해답을 알고 있지만, 너무도 자주 그것을 잊어버린다. 우리가 유일하게 갖고 있는 시간은 오직 이 순간뿐이다. 따라서 만일 어머니나 아버지에게 당신이 얼마나 그들을 사랑하고 감사히 여기는지 말하고 싶다면 지금 하라. 내일로 미루지 말라. 5분 뒤에 하려고 하지 말라. 지금 하라. 5분 뒤면 너무 늦다. 배우자에게 미안하다고 말해야 할 필요가 있다면 당신이 그렇게 할 수 없는 온갖 이유들을 늘어놓지 말라. 지금 하라. 기회는 두 번 다시 오지 않을지도 모른다. 이 순간을 붙잡으라.

두 번째 질문에 대한 해답은 매우 심오하다. 정확한 답을 맞추는 사람도 드물다. 학생 시절 그 해답을 처음 읽었을 때, 그것이 며칠 동안 내 머릿속에서 맴돌았다. 그것은 내가 상상했던 것보다 훨씬 더 깊이 그 질문을 들여다보게 해 주었다. 해답은 이것이다. 세상에서 가장 중요한 사람은 '지금 당신 앞에 있는 사람'이다.

대학 교수님들에게 이 세 가지 질문을 던졌던 기억이 난다. 하지만 그들은 내 질문을 제대로 듣지도 않았다. 겉으로는 듣고 있었지만 속으로는 내가 어서 가주기를 원했다. 그들은 더 중요한 할 일들이 있었던 것이다. 적어도 나는 그렇게 느꼈다. 기분이 별로 좋지 않았다. 또 한번은 어느 유명한 교수님에게 용기를 내어 다가가 개인적인 질문을 한 적이 있었다. 그런데 놀랍게도 그는 내게 완전한 주의를 기울이는 것이었다. 다른 교수들이 그와 대화를 나누기 위해 기다리고 있었다. 나는 장발머리를 한 일개 학생에 불과했지만, 그는 내 자신을 중요한 인물로 느끼게 만들었다. 그 차이는 엄청난 것이었다. 소통이라는 것은, 그리고 사랑이라는 것은, 지금 당신 앞에 있는 사람이 누구이든 그를 세상에서 가장 중요한 사람으로 여길 때 가능하다. 그렇게 되면 그 사람도 그것을 느낀다. 그 사람도 그것을 알고, 그것에 반응한다.

결혼한 부부들은 종종 배우자가 자신들의 얘기에 진심으로 귀를 기울이지 않는다고 불평한다. 그것이 의미하는 바는 배우자가 그들을 더 이상 중요한 사람으로 여기지 않는다는 것이다. 세상의 모든 사람이 인간관계를 맺을 때 왕의 두 번째 질문에 대한 해답을 기억하고 그것을 실천에 옮긴다면, 그리하여 아무리 피곤하고 바쁠지라도 배우자와 함께 있을 때 그가 또는 그녀가 세상에서 가장 중요한 사람인 것처럼 느끼게 만든다면, 모든 이혼 전문 변호사들은 굶어죽기 전에 다른 일자리를 찾아야 할 것이다.

고객이 될 수 있는 사람과 마주 앉은 사업적인 관계에서도 마찬가지다. 그 순간만큼은 세상에서 가장 중요한 사람처럼 그를 대한다면 사업도 나아질 것이고 보수도 따라서 올라갈 것이다.

이야기 속의 왕은 은자를 만나러 가는 길에 어린 소년의 충고에 진지하게 귀를 기울임으로써 암살을 면할 수 있었다. 강력한 권력을 가진 왕이 일개 어린아이와 마주하고 있음에도 불구하고 그 소년은 세상에서 가장 중요한 사람이 되었고, 그 결과 왕의 목숨을 구해 주었다. 바쁜 하루를 보내고 났는데 사람들이 찾아와 자신들의 문제를 늘어놓으면, 나는 왕의 두 번째 질문에 대한 해답을 기억하고 그들을 가장 중요한 방문객으로 여긴다. 그것은 이기심을 버릴 때만이 가능하다. 자비의 마음은 에너지를 불어넣어주며 언제나 효과를 발휘한다.

교육 관련 세미나 주최자인 그 여성은 도움을 주기 위해 불우한 아이들과 최초로 면담을 할 때 '지금 당신 앞에 있는 사람이 세상에서 가장 중요한 사람'임을 실천했다. 그 아이들 대부분이 자신이 중요한 사람이라고 느낀 것은 그때가 처음이었다. 특히 영향력 있는 어른으로부터는 더욱 그러했다. 나아가 그 아이들을 중요한 사람으로 여김으로써 그녀는 아이들의 얘기를 아무 판단 없이 온전히 들어줄 수가 있었다. 아이들의 얘기에 귀를 기울이고 그들의 상황에 맞게 교육 프로그램을 만들 수가 있었다. 아이들은 자신들이 존중받는다고 느꼈고, 교육은 대단히 성공적이었다. 그날 그 세미나에서 나의 연설은 오프닝 연설이 아니었다. 내 다음 순서로 한 아이가 연설을 했다. 그 아이는 집안 문제와 마약, 범죄에 연루된 자신의 이야기를 들려준 뒤 그 교육 프로그램이 자신의 삶에 어떻게 희망을 가져다주었는가를 이야기했다. 조만간 대학에 입학할 예정이라고 아이는 말했다. 아이의 연설 막바지에 이르러 나는 눈물이 글썽거렸다. 그 아이의 연설이 바로 진정한 오프닝 연설이었다.

삶에서 당신은 대부분의 시간을 당신 자신과 마주하고 있다. 그렇다면 세상에서 가장 중요한 사람은 바로 자기 자신이다. 자기 자신에게 가장 큰 의미를 부여할 수 있는 시간은 충분하다. 아침에 눈을 떴을 때 당신이 자각하는 최초의 사람은 누구인가? 바로 당신 자신이다. 자기 자신에게 이렇게 말한 적이 있는가?

"좋은 아침이야. 멋진 하루를 보내기 바라."

나는 날마다 그렇게 한다.

그리고 잠들기 직전 당신이 자각하는 마지막 사람은 누구인가? 또다시 당신 자신이다! 나는 날마다 나 자신에게 잘 자라고 말한다. 하루 중 많은 개인적인 시간에 나는 나 자신에게 가장 큰 의미를 부여한다. 그것은 효과를 발휘한다.

왕의 세 번째 질문인 '세상에서 가장 중요한 일은 무엇인가?'에 대한 해답은 '보살핌과 배려'이다. 보살핌과 배려는 단순히 타인을 위하는 마음뿐 아니라 깨어 있는 마음까지 가져다준다. 보살핌과 배려의 진정한 의미를 몇 가지 일화를 들어 설명하기 전에, 여기에 다시 한 번 왕의 세 가지 질문을 해답과 함께 적어둔다.

1. 세상에서 가장 중요한 시간은? 지금 이 순간.
2. 세상에서 가장 중요한 사람은? 지금 당신과 함께 있는 사람.
3. 세상에서 가장 중요한 일은? 보살핌과 배려.

가벼운 범죄를 저지른 사람들이 수감된 교도소에서 명상을 가르칠 무렵이었다. 하루는 조금 일찍 도착했더니 전에 한 번도 본

적이 없는 재소자가 나와 대화를 하기 위해 기다리고 있었다. 팔에는 어지러운 문신이 가득하고 수염이 덥수룩한 거구의 사내였다. 얼굴에 난 흉터들은 그가 얼마나 많은 폭력적인 싸움에 연루되었나를 말해 주고 있었다. 너무도 험상궂은 얼굴의 소유자였기 때문에 나는 그가 왜 명상을 배우려고 하는지 의아했다. 명상을 할 타입이 전혀 아니었다.

물론 내 예상은 빗나갔다. 그는 얼마 전 자신에게 너무도 충격적인 일이 일어났다고 말했다. 그가 이야기를 시작할 때 그의 말투에서 강한 울스터(아일랜드 공화국 북부 지방) 억양이 느껴졌다.

약간의 배경 설명을 위해 그는 자신이 벨파스트(북아일랜드 수도)의 우범 지역에서 성장했다고 말했다. 그가 처음으로 칼로 사람을 찌른 것은 일곱 살 때의 일이었다. 학교 불량배가 그에게 점심 값으로 가져간 돈을 내놓으라고 요구했다. 그는 단호하게 거부했다. 고학년인 불량소년은 긴 칼을 꺼내며 다시 한 번 돈을 요구했다. 그는 그 불량배가 허세를 부리는 것이라고 생각했다. 그는 다시금 거부했다. 그 불량배는 세 번씩 요구하는 타입이 아니었으며, 순식간에 칼로 일곱 살짜리 아이의 팔을 찌르고는 걸어가 버렸다.

그는 공포에 질려 학교 운동장을 빠져나와 근처에 있는 자신의 집으로 달려갔다. 팔에서는 붉은 피가 뚝뚝 흘러내렸다. 실직자였던 그의 아버지는 그의 팔에 난 상처를 한 번 흘낏 쳐다보고는 치료해 줄 생각조차 하지 않고 아들을 주방으로 데려갔다. 아버지는 서랍을 열더니 그곳에서 커다란 부엌칼을 꺼내 아들에게 주면서 다시 학교로 가서 그 불량배를 찌르라고 지시했다.

그는 그런 환경에서 성장했다. 덩치가 작고 약했다면 벌써 오래 전에 살해당했을 것이다.

그 교도소는 단기 형량을 받은 죄수들이나 장기 형량을 받았지만 출소를 앞두고 있는 재소자들을 위한 수감 시설이었다. 사회로 나갔을 때 적응할 수 있도록 교도소 측은 재소자들에게 농산물 판매를 가르치고 있었다. 나아가 교도소에 딸린 농장에서 생산한 농작물들을 퍼스 시 주변의 교도소들에게 싼 값으로 공급하고 있었다. 호주의 농장에서는 밀과 채소뿐만 아니라 소, 양, 돼지들을 키운다. 그 교도소 농장도 마찬가지였다. 하지만 다른 곳들과는 달리 그곳은 농장 자체의 도살장까지 갖추고 있었다.

모든 재소자들은 예외 없이 교도소 농장에서 한 가지씩 일을 해야만 했다. 내가 전에 듣기로는, 재소자들이 가장 선호하는 일은 도살장에서 일하는 것이었다. 그런 일들은 폭력 범죄를 저지른 자들 사이에서 특히 인기가 높았다. 그리고 그중에서 가장 경쟁이 심하고 앞다투어 원하는 일이 바로 직접 도살을 하는 자리였다. 거구의 몸집에 험상궂은 얼굴을 한 그 아일랜드 인이 바로 그 자리를 차지했다.

그는 나에게 도살장 풍경을 묘사했다. 건물 안으로 들어가는 유일한 통로인 초강력 강철 가드레일이 두 줄로 세워져 있는데, 입구는 넓지만 안으로 들어갈수록 점점 좁아져서 한 번에 가축 한 마리가 겨우 통과할 정도의 폭밖에 되지 않았다. 그 좁은 통로 옆 단상에서 그는 전기총을 들고 서 있었다. 개와 기다란 막대기들이 동원되어 소, 돼지, 양들을 그 강철 가드레일을 따라 앞으로 나아가게 몰았다.

가축들은 늘 비명을 질러대고 달아나려 애를 썼다. 가축들도 죽음의 냄새를 맡고, 죽음의 소리를 듣고, 죽음을 느꼈던 것이다. 그가 서 있는 단상 옆으로 다가오면 가축은 몸부림을 치고 발버둥치면서 커다란 목소리로 흐느꼈다. 그가 들고 있는 전기총은 단 한 방의 고전류로 덩치 큰 황소를 죽일 수 있었지만 가축이 너무도 격렬하게 발버둥치기 때문에 정확히 총을 갖다 대는 것이 불가능했다. 따라서 첫 번째 샷은 기절, 두 번째 샷은 사살이었다. 한 마리가 죽어 나가면 그 다음 가축이 들어왔고, 그 일이 날이면 날마다 이어졌다.

며칠 전 일어난, 자신을 송두리째 뒤흔들어 놓은 사건에 대한 이야기에 가까이 다가갈수록 그 아일랜드 인은 점점 흥분하기 시작했다. 그는 심지어 욕설을 퍼붓기까지 했다. 그때부터 그는 이야기하는 내내 내뱉듯이 이 말을 반복했다.

"빌어먹을! 이건 틀림없는 사실이란 말이오."

그는 내가 자신의 말을 믿지 않을까 봐 안절부절못하고 있었다.

그날 그들은 퍼스 시의 교도소들에 공급할 쇠고기가 필요했고, 그래서 분주하게 소들을 도살하고 있었다.

첫 번째 샷은 기절, 두 번째 샷은 사살.

여느 날과 마찬가지로 그가 늘 하던 대로 도살을 진행하고 있는

데 소 한 마리가 다가왔다. 그 소는 지금까지 봐 온 어떤 소들과도 다른 분위기를 지닌 소였다. 그 소는 조용했다. 흐느낌소리조차 내지 않았다. 소는 시선을 아래로 향하고서 자발적으로 단상 옆 위치로 천천히 걸어왔다. 몸부림치거나 발버둥치거나 달아나려고 시도하지도 않았다.

막다른 지점에 다가오자 소는 고개를 들어 한없이 고요한 눈으로 자신을 죽일 도살자를 응시했다. 그 아일랜드 인은 그런 비슷한 경험을 한 적이 한 번도 없었다.

그는 너무 혼란스러워 아무 생각도 할 수가 없었다. 전기총을 들어 올릴 수도 없었고, 소의 시선에서 눈길을 돌릴 수도 없었다. 소는 그렇게 자신을 죽일 도살자인 그의 영혼 깊숙한 곳을 말없이 들여다보고 있었다.

남자는 자신도 모르게 시간이 사라진 공간 속으로 미끄러져 들어갔다. 그것이 얼마나 긴 시간이었는지는 알 수 없었다. 소가 그와 눈을 맞추고 있는 동안 그는 더욱 충격적인 어떤 것을 알아차렸다. 소는 눈이 매우 크다. 그는 소의 왼쪽 눈을 바라보다가 아래쪽 눈꺼풀 위에서 서서히 물이 고이기 시작하는 것을 발견했다. 그물의 양이 점점 많아지더니 눈꺼풀 너머로 흘러넘치기 시작했다. 눈물은 소의 뺨을 타고 천천히 흘러내려 반짝이는 눈물 줄기를 이루었다.

그의 가슴에서 오랫동안 닫혀 있던 문이 열리고 있었다. 자신의 눈을 의심하면서 바라보고 있는데, 소의 오른쪽 눈 아래쪽 눈꺼풀에서도 더 많은 물이 고이더니 서서히 불어나 눈꺼풀 너머로 넘쳐 흘렀다. 그 순간 그는 마음이 무너져 내렸다. 소는 소리 없이 울고 있었다.

그는 전기총을 내던진 뒤 교도소 관리들에게 간절하게 애원했다. 자신에게 어떤 처벌을 내려도 달게 받겠으니 그 소만큼은 죽이지 말아달라고!

그는 이제 채식주의자가 되었다고 이야기를 마쳤다.

이 이야기는 실화이다. 그 교도소 농장의 다른 재소자들이 내게 몇 번이나 그 사실을 확인해 주었다. 소리 없이 눈물을 흘린 그 소가 세상에서 둘째 가라면 서러워할 폭력적인 사람에게 보살핌과 배려의 의미를 가르쳐 준 것이다.

나는 이 소의 이야기를 웨스턴오스트레일리아 남서부의 시골 마을에 사는 노인들에게 들려주었다. 그러자 노인 중 한 사람이 내게 비슷한 이야기를 해 주었다. 지난 세기 초, 그가 젊었을 때 일어난 일이다.

그의 친구 딸이 네다섯 살 무렵의 일이다. 어느 날 아침 아이는 엄마에게 우유를 한 접시 달라고 말했다. 바쁜 엄마는 딸아이가 우유를 마시려고 하는 것이 기뻐 왜 컵이 아니라 접시에다 우유를 달라고 하는지 깊이 생각하지 않고 우유를 부어 주었다.

이튿날 같은 시각에 어린 소녀는 또다시 엄마에게 우유 한 접시를 부탁했다. 엄마는 기꺼이 들어주었다. 아이들은 음식을 가지고 놀이를 즐긴다. 엄마는 딸이 건강식품을 좋아하는 것만으로도 기뻤다.

그 다음 며칠 동안에도 같은 시각에 같은 일이 일어났다. 엄마는 딸아이가 접시에 담긴 우유를 마시는 것을 실제로 본 적이 없었다. 그래서 아이가 우유를 어떻게 하는지 궁금해지기 시작했다. 그녀는 어린 딸을 몰래 따라가 보기로 마음먹었다.

그 시절에는 거의 모든 주택이 지면에서 약간 떨어져서 지어졌다. 집 밖으로 나간 어린 소녀는 집 건물 옆에 무릎을 꿇고 앉아 우유가 든 접시를 바닥에 내려놓았다. 그러고는 집 밑의 어두운 공간을 향해 부드럽게 누군가를 불렀다. 조금 있자 커다란 몸집의 검은색 타이거 뱀(호주에서 발견된 독 있는 뱀)이 기어 나왔다. 뱀은 접시에 담긴 우유를 마시기 시작했고, 어린 소녀는 불과 몇 발자국 떨어진 곳에서 미소를 지으며 지켜보고 있었다.

엄마는 아무것도 할 수가 없었다. 아이가 뱀과 너무 가까이 있었던 것이다. 그녀는 공포에 질려 뱀이 우유를 다 마시고 집 밑으로 되돌아 갈 때까지 마냥 지켜볼 수밖에 없었다. 그날 저녁 그녀는 직장에서 돌아온 남편에게 자초지종을 말했다. 남편은 아내에게 다음날도 딸아이가 원하는 대로 접시에다 우유를 주라고 일렀다. 그에게는 계획이 있었다.

이튿날 같은 시각 어린 소녀는 엄마에게 우유 한 접시를 달라고 말했다. 아이는 평소대로 우유 접시를 가져다가 집 건물 옆에 내려놓고 친구를 불렀다. 커다란 타이거 뱀이 어둠 속에서 모습을 나타내는 순간 가까운 곳에서 귀를 찢는 총성이 울렸다. 총알이 뱀을 관통해 소녀가 보는 앞에서 뱀의 머리를 산산조각 내었다. 소녀의 아버지가 근처 덤불 뒤에서 일어나면서 총을 내려놓았다.

그때부터 어린 소녀는 음식을 거부했다. 노인의 얘기로는 소녀는 몸과 영혼이 쪼그라들기 시작했다. 부모는 아무리 해도 딸아이의 입에 음식을 넣을 수가 없었다. 결국 소녀는 근처 병원으로 이송되었지만 병원에서도 어쩔 수 없긴 마찬가지였다. 소녀는 끝내 숨을 거두었다. 소녀의 눈앞에서 그녀의 친구를 총으로 날려 버리는 순간, 아버지는 자신의 어린 딸까지 쏘아 버린 것이나 다름없었다.

나는 이야기를 들려준 노인에게 그 타이거 뱀이 사살되지 않았으면 언젠가는 그 아이를 해쳤을 것이라고 생각하느냐고 물었다. 그 늙은 참전용사가 말했다.

"말도 안 되는 소리 하지 마시오!"

나도 그의 말에 동의한다.

나는 태국에서 수행자로 8년 넘게 생활했다. 그 무렵 대부분의 시간을 숲 속 절에서 뱀들과 함께 지냈다.

1974년 그곳에 도착했을 때 사람들은 내게 태국에는 100종류가 넘는 뱀들이 살고 있다고 귀띔해 주었다. 그중 99종류는 물리면 곧바로 죽는 독 가진 뱀들이고, 나머지 한 종류는 독은 없지만 당신의 몸을 휘감아 목숨을 앗아갈 것이다.

그 기간 동안 나는 거의 날마다 뱀을 보았다. 한번은 내 오두막에서 길이가 2미터에 이르는 뱀을 밟은 적이 있다. 우리 둘 다 놀라서 펄쩍 뛰었는데 다행히 서로 반대 방향으로 뛰었다. 이른 아침에는 막대기라고 생각하면서 뱀에다 오줌을 눈 적도 있었다. 물론 나는 금방 뱀에게 사과했다. 아마도 뱀은 그것이 따뜻한 성수로 축복을 받은 것이라 여겼을지도 모르지만. 그리고 한번은 법당에서 예불을 올리고 있는데 뱀이 한 수행자의 등으로 기어 올라갔다. 뱀이 어깨까지 도달했을 때에야 그 수행자는 고개를 돌려 뒤돌아보았다. 그리고 뱀도 때 맞춰 고개를 돌리고 그를 쳐다보았다. 나도 놀라서 염불을 멈추었다. 그 우스꽝스러운 몇 초 동안 수행자와 뱀은 눈동자를 굴리며 서로를 바라보았다. 이윽고 수행자는 조심스럽게 승복 옷자락을 털었고, 뱀은 미끄러지듯 가버렸다. 우리는 염불을 재개했다.

숲 속 수행자인 우리는 모든 생명체들, 특히 뱀에 대해 자비의 마음을 키우도록 훈련받았다. 우리는 뱀들을 잘 보살폈다. 그래서 그 시절에는 어떤 수행자도 뱀에 물린 적이 없다.

태국에서 사는 동안 나는 초대형 뱀을 두 마리나 목격한 적이 있다. 첫 번째 뱀은 길이가 적어도 7미터는 되고 굵기가 내 넓적다리만한 비단 구렁이였다. 그 정도 크기의 어떤 것을 보면 누구라도 눈을 의심하게 된다. 하지만 그 뱀은 꿈이 아니었다. 나는 몇 해 뒤 그 뱀을 다시 보았으며, 그 절의 다른 수행자들도 보았다. 지금은 그 뱀이 죽었다고 전해 들었다. 또 다른 초대형 뱀은 킹코브라였다. 태국의 열대 우림 지역에서 지내면서 전기에 감전된 듯 머리가 쭈뼛 서고 설명할 수 없을 정도로 감각이 예민해진 적이 세 번 있었는데, 그때도 바로 그런 경우였다. 밀림 속에 난 길을 걷다가 모퉁이를 도는 순간 거대한 검은색 뱀이 1.5미터 폭의 길을 가로막고 있었다. 너무 길어 머리와 꼬리는 보이지 않았다. 둘 다 덤불 속에 가려져 있었다. 뱀은 서서히 움직이고 있었다. 그 움직임을 지켜보면서 나는 오솔길의 폭을 기준으로 뱀의 몸길이를 계산했다. 꼬리가 보일 때까지 길 폭의 7배였다. 10미터가 넘는 뱀이었다. 내 두 눈으로 분명히 그 뱀을 목격했다. 마을 사람들에게 이야기했더니, 그것이 코브라 중에서도 가장 큰 킹코브라라고 가르쳐주었다.

아잔 차 스승의 제자 중에 지금은 그 자신이 유명한 스승이 된 태국인 승려가 다른 수행자들과 함께 태국 북부 밀림 지대에서 명상을 하고 있었다. 그때 어떤 동물이 접근하는 소리가 들려 다들 눈을 떴다. 그들은 킹코브라 한 마리가 그들을 향해 다가오는 것을 보았다. 태국 일부 지역에서는 킹코브라를 '한 걸음 뱀'이라는 이름으로 부른다. 그 뱀에게 물리면 한 걸음도 못 가서 죽기 때문이다. 그 킹코브라는 고참 승려에게 접근해 머리를 승려의 앉은키 높이만큼 들어 올리고서 우산 모양의 목을 열고 "쉭! 쉭!" 하고 혀를 날름거렸다.

당신이라면 어떻게 하겠는가? 달아나는 것은 시간 낭비이다. 초대형 뱀들은 당신보다 훨씬 빠르니까.

그 태국인 승려는 미소를 지으며 천천히 오른손을 들어 킹코브라의 넙적한 머리꼭지를 부드럽게 토닥였다. 그러면서 태국어로 말했다.

"나를 만나러 와줘서 고마워."

그는 남다른 자비심을 지닌 특별한 수행자였다. 킹코브라는 쉭쉭거리는 소리를 멈추고 목을 접은 뒤 머리를 바닥으로 내려뜨렸다. 그런 다음 다른 수행자를 향해 다가갔다.

"쉭! 쉭!"

그 다른 수행자는 나중에 고백하기를 킹코브라의 머리를 두들기고 싶은 생각이 전혀 없었다고 했다. 그 대신 온몸이 얼어붙었다. 두려움이 그를 사로잡았다. 그는 킹코브라가 어서 빨리 다른 수행자에게로 가 주기만을 조용히 빌었다.

코브라의 머리를 토닥거려 준 그 태국인 승려가 호주에 있는 우리 절에 와서 여러 달 지낸 적이 있다. 당시 우리는 큰 법당을 짓는 중이었고, 다른 부속 건물들은 시정부로부터 건축 허가가 떨어지길 기다리고 있었다. 그때 그 지역 시장이 우리가 무엇을 하고 있는지 보기 위해 직접 찾아왔다. 시장은 두말할 필요 없이 그 지역에서 가장 영향력이 큰 사람이었다. 그는 그 지역에서 성장했으며 성공적인 농축업자였다. 그는 또한 우리의 이웃이기도 했다.

그는 시장이라는 직위에 걸맞게 멋진 양복을 입고 왔다. 단추를 잠그지 않은 웃옷 사이로 호주 대륙 크기만한 커다란 배가 튀어나와 있었다. 셔츠의 단추가 벌어지고 바지 윗단까지 불룩할 정도였다. 그런데 그 태국인 승려는 영어를 전혀 할 줄 몰랐다. 시장의 불룩한 배를 본 승려는 미처 말릴 겨를도 없이 시장에게 몸을 기울여 배를 두드리기 시작했다.

나는 너무도 놀라 속으로 비명을 질렀다.

'안 돼! 지체 높은 시장님의 배를 그런 식으로 두드려서는 안 돼! 이제 우리의 절 짓는 계획은 물 건너갔군. 이젠 끝장이야! 절이고 뭐고 다 틀려 버렸어!'

그런데 놀라운 일이 일어났다. 태국인 승려가 부드러운 미소를 지으며 시장의 커다란 배를 계속해서 두드리고 어루만질수록 시장은 낄낄거리며 웃기 시작했다. 불과 몇 초 만에 지체 높은 시장은 웃음을 참지 못하고 어린애처럼 킥킥거렸다. 그는 이 비범한 태국인 승려가 자신의 배를 두드리고 어루만지는 것을 너무도 좋아하는 것이 역력했다.

두말할 것도 없이, 우리의 절 짓는 계획은 전부 건축 승인을 받았다. 그리고 그 시장은 우리의 가장 가까운 친구이자 후원자가 되었다.

보살핌과 배려의 중요한 점은 그 마음이 어디에서 나오는가 하는 것이다. 그 태국인 승려는 더없이 순수한 가슴으로 행동했기 때문에 킹코브라의 머리를 토닥거려 주고 시장의 배를 어루만질 수 있었다. 그리고 둘 다 그것을 좋아했다. 나는 당신도 그렇게 해 보라고 권하고 싶지는 않다. 적어도 성자와 같은 마음으로 다른 존재를 보살필 수 있게 되기 전에는.

이 책에 등장하게 될 마지막 뱀 이야기는 오래된 불교 경전 『자타카』(『본생담』, 붓다의 전생 이야기를 모은 책)에서 가져온 것이다. 이 이야기는 '타인을 보살피고 배려한다'는 것이 반드시 온순하고 관대하고 수동적인 것만이 아님을 보여 준다.

한 성질 나쁜 뱀이 마을 밖 숲 속에 살고 있었다. 이 뱀은 사악하고, 심술궂고, 속이 좁았다. 그래서 단순히 재미로 사람들을 물곤 했다. 문득 이 뱀은 궁금해지기 시작했다. 나쁜 뱀으로서의 오랜 경력을 쌓았을 때 사후에 뱀에게 무슨 일이 일어날 것인가. 쉭쉭거리면서 일생을 보내는 동안 이 뱀은 온갖 종교와 그것에 속아 넘어가는 순진한 뱀들에게 경멸의 혀를 날름거리곤 했었다. 그런데 이제 의문이 들기 시작한 것이다.

그 뱀이 사는 굴에서 얼마 떨어지지 않은 산꼭대기에 성자 뱀이 살고 있었다. 모든 성스런 사람들이 주로 언덕이나 산 정상에서 살듯이 성스런 뱀들도 마찬가지다. 그것은 하나의 전통이다. 성자가 낮은 늪지대에서 산다는 얘기는 들어본 적이 없다.

어느 날 사악한 뱀은 성자 뱀을 방문하기로 결심했다. 악한 뱀은 다른 뱀들이 자신을 알아보지 못하도록 비옷과 검은 선글라스와 모자를 썼다. 그러고는 성자 뱀이 살고 있는 절을 향해 언덕을 기어오르기 시작했다. 절에 도착했을 때는 설법이 한참 진행 중이었다. 성자 뱀은 바위 위에 똬리를 틀고 앉아 있고, 그 주위에서 수백 마리의 뱀들이 넋을 잃고 그의 법문에 귀 기울이고 있었다. 사악한 뱀은 군중의 가장자리, 출구에서 가까운 곳으로 미끄러져 가서 자신도 귀를 세웠다.

더 열심히 들을수록 더 분명하게 이해가 갔다. 사악한 뱀은 성자 뱀의 설법에 서서히 공감하게 되었고, 깊은 감화를 받았으며, 마침내 개종하기에 이르렀다. 설법이 끝난 뒤 사악한 뱀은 성자 뱀 앞에 엎드려 눈물을 흘리며 자신이 일생 동안 지어 온 숱한 죄를 고백했다. 그리고 그 시간 이후부터는 완전히 다른 뱀이 될 것을 약속했다. 다시는 사람을 물지 않겠다고 성자 뱀 앞에서 맹세했다. 앞으로는 친절한 뱀이 될 것이다. 타인을 보살피는 뱀이 될 것이다. 다른 뱀들에게 선하게 사는 법을 가르칠 것이다. 심지어 그곳을 떠나면서 보시함에 보시를 하기까지 했다. 물론 모두가 지켜보고 있을 때.

뱀들은 자기들만의 언어로 서로 대화를 할 수 있지만 인간에게는 그것이 전부 똑같은 "쉭! 쉭!" 소리로 들리는 것뿐이다. 사악한 뱀은, 아니 한때 사악했던 뱀은 사람들에게 이제 자신이 평화주의자가 되었다는 사실을 알릴 길이 없었다. 마을 사람들은 여전히 그 뱀을 피하면서도, 뱀이 가슴께에 너무도 눈에 띄게 부착하고 있는 국제동물보호협회 배지를 궁금하게 여기기 시작했다. 그러던 어느 날 한 마을 청년이 MP3 음악에 정신이 팔려 사악한 뱀 바로 앞을 춤추며 지나갔다. 사악한 뱀은 그를 물지 않고 종교적인 부드러운 미소를 지었다. 그때부터 마을 사람들은 그 뱀이 더 이상 위험한 존재가 아니라는 사실을 깨달았다. 뱀이 굴 밖에서 가부좌 형태로 똬리를 틀고 앉아 명상을 하고 있을 때면 사람들은 바로 코앞으로 지나 다녔다. 몇몇 짓궂은 아이들은 일부러 와서 괴롭히기까지 했다. 아이들은 안전거리 밖에서 약을 올렸다.

"야, 이 지렁이만도 못한 놈아! 어디 한 번 목을 부풀려 보시지. 덩치만 커다란 벌레 같으니. 이 겁쟁이 계집애 같은 놈아, 넌 모든 뱀의 체면을 구기는 놈이야!"

자신이 비록 지렁이와 비슷한 형태이긴 해도, 뱀은 자신을 지렁이 같은 놈이라거나 덩치만 큰 벌레라고 부르는 것이 몹시 신경 거슬렸다. 하지만 자신을 방어할 방법이 없었다. 다시는 사람을 물지 않겠다고 서약하지 않았던가.

뱀이 무저항인 태도를 보이자 아이들은 더욱 대담해져서 돌이나 흙덩이를 던지기 시작했다. 돌멩이가 뱀에 명중하면 아이들은 신이 나서 웃어댔다. 뱀은 마음만 먹으면 눈 깜짝할 사이에 아이들 중 하나를 덮칠 수 있었다. 하지만 성자 뱀 앞에서의 서약 때문에 자제했다. 아이들은 더 가까이 다가와서 막대기로 뱀의 등짝을 때리기 시작했다. 너무 아파 견딜 수가 없었다.

뱀은 깨달았다. 현실 세계에서는 자신을 보호하려면 인정사정 보지 말아야 한다는 것을.

결국 종교라는 것은 헛소리에 불과했다. 그래서 뱀은 상처투성이 몸을 이끌고 산꼭대기로 그 사기꾼 뱀을 만나러 갔다. 자신의 서약을 취소하기 위해서였다.

잔뜩 두들겨 맞아서 피를 흘리며 기어오고 있는 뱀을 보고 성자 뱀이 물었다.

"무슨 일이 있었는가?"

사악한 뱀은 화가 나서 내뱉었다.

"이 모두가 당신 탓이오!"

성자 뱀이 되물었다.

"모두 내 탓이라니, 무슨 뜻인가?"

"당신은 내게 물지 말라고 말했소. 그런데 그 결과 내게 무슨 일이 일어났는가 보시오! 종교는 사원에서나 의미가 있지, 현실 세계에서는 아무……."

성자 뱀이 말을 가로막으며 말했다.

"어리석은 뱀이여, 실로 바보로구나! 내가 물지 말라고 한 것은 사실이다. 하지만 쉭쉭거리지도 말라고 하진 않았지 않은가!"

때로 삶 속에서는 성자라 할지라도 쉭쉭거려야 할 때가 있다. 하지만 결코 물 필요까지는 없다.

친절을 아름다운 새에 비유한다면 지혜는 그 새의 날개와 같다. 지혜가 없는 친절은 결코 날아오를 수 없다.

어느 보이스카우트 소년이 그날의 선행으로, 한 할머니가 복잡한 횡단보도를 건너가는 걸 도와 드렸다. 문제는 그 할머니가 그 길을 건너는 걸 원치 않았다는 것이다. 할머니는 너무 당황해 소년에게 그 사실을 말하지 못한 것뿐이다.

이 이야기는 불행하게도 우리의 세상에서 자비라는 이름으로 행해지는 많은 일들을 잘 설명해 준다. 우리는 너무 자주 상대방이 필요로 하는 것을 알고 있다고 가정한다.

태어날 때부터 청력 장애를 가진 한 청년이 부모와 함께 정기 검진을 받기 위해 병원을 찾아갔다. 의사는 흥분한 목소리로 청년의 부모에게 방금 전 의학 전문지에서 읽었다고 하면서 새로운 치료법이 개발되었다고 말했다. 선천적인 청각 장애자 중 10퍼센트는 간단하고 비용이 얼마 들지 않는 수술로 청력이 회복될 수 있다는 것이었다. 의사는 부모에게 그 수술을 받아 볼 의향이 있는지 물었다. 부모는 당장에 제안을 받아들였다.

수술 결과 그 청년은 청력이 완전하게 회복될 수 있는 행운의 10퍼센트에 속했다. 하지만 그는 무척 당황했으며, 부모와 의사에게 화가 났다. 그는 그 정기 검진 때 그들이 무슨 대화를 나누는지 들을 수 없었던 것이다. 아무도 그에게 소리를 듣기를 원하는지 물어보지 않았다. 이제 그는 끝없는 소리의 고문을 견뎌 내야만 했다. 그것은 실로 고통스런 일이었다. 그에게는 그 소리들이 아무런 의미가 없었다. 그는 애당초 소리를 듣기를 원하지 않았던 것이다.

부모와 의사, 그리고 이 이야기를 읽기 전에는 나 자신도 인간은 누구나 소리를 듣기 원한다고 가정했다. 우리는 어떻게 해야 할지 가장 잘 아는 것이다. 그런 가정을 바탕으로 한 자비심은 어리석을 뿐 아니라 위험하기까지 하다. 그것이 이 세상에 너무도 많은 고통을 야기한다.

부모들의 문제는, 그들은 언제나 자신의 자녀들에게 필요한 것이 무엇인지 가장 잘 안다고 생각한다는 것이다. 종종 그들의 예측은 빗나간다. 때로는 예측이 맞는 부모도 있다. 거의 천 년 전에 아들의 탄생에 부쳐 다음의 시를 지은 중국의 소동파(1036-1102)처럼.

아이가 태어나면 부모는
그 아이가 현명한 사람이 되기를 원하네.
현명함으로 일생을 그르친 나는
이 아이가 어리석고 무지하기를 바라네.
그러면 장차 정부 관리가 되어
평온한 삶을 누리게 되리니.

늘 깨어 있도록 노력하라.

모든 일이 자연스럽게 흘러가게 놓아 두라.

그러면 마음은 어떤 환경에서도 고요해질 것이다.

숲 속의 맑은 연못처럼.

온갖 놀랍고 희귀한 동물들이 물을 마시러

그 연못으로 올 것이며

그대는 모든 존재의 본성을 뚜렷이 볼 것이다.

기이하고 경이로운 것들이

수없이 오고 가는 것을 볼 것이다.

하지만 그대는 고요할 것이다.

— 아잔 차

7
세상에서 가장 큰 것

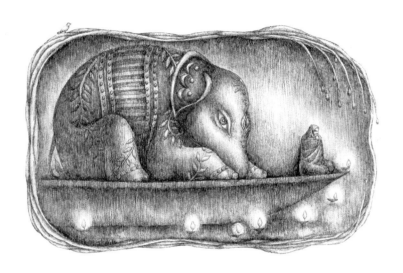

자신의 믿음으로 주위 사람과 심각한 문제를 일으키는 종교적인 광신자 때문에 그
가 믿는 종교를 비난하는 것은 옳지 않다. 그 초심자가 아직 그 종교를 잘 배우지
못한 것일 뿐이다. 우리 각자는 종교 안에서 사랑의 거장이 되어야만 한다.

대학생이던 시절, 한 해의 여름방학 대부분을 스코틀랜드 고산지
대에서 야영을 하며 보냈다. 산이 주는 고요와 평화, 아름다움에
서 내 마음은 기쁨을 찾았다. 기억에 남는 어느 오후, 나는 좁다란
길을 따라 바닷가 절벽을 한가롭게 거닐고 있었다. 길은 북쪽 끄트
머리 후미진 고산지대를 따라 구불거리며 이어져 있었다. 따뜻하
고 밝은 태양이 내 주위의 독특한 풍광들을 아름답게 비추고 있었
다. 황야는 봄을 맞이해 새로 돋아난 부드러운 풀들로 끝 간 데 없
이 펼쳐져 있고, 소용돌이치는 바다 위로는 조각 작품처럼 깎아지
른 절벽들이 거대한 대성당을 연상시키며 서 있었다.

　바다는 늦은 오후의 짙푸른 물빛을 하고서 햇살을 받아 요정들
처럼 반짝였다. 작고 푸른 갈색 바위섬들이 멀리 수평선 너머 안개
속에서 파도에 일렁이고 있었다. 갈매기들과 제비갈매기들도 마냥

행복감에 젖어 원을 그리며 미끄러지듯 날고 있었다. 구름 한 점 없는 눈부신 날, 지구상에서 가장 아름다운 풍경에 속하는 그곳에서 자연은 자신이 가진 최상의 것을 보여 주고 있었다.

무거운 배낭에도 불구하고 나는 가벼운 마음으로 발걸음을 옮겼다. 기쁨이 내 안을 채웠고, 청춘기의 걱정거리들로부터도 해방이 되었으며, 자연이 주는 영감을 받아 한껏 기분이 고조되어 있었다. 그때 저만치 앞쪽에 작은 차 한 대가 절벽 가까이 세워져 있는 것이 눈에 띄었다. 나는 그 차의 운전자 역시 그날의 아름다움에 이끌려 잠시 차를 세우고 그곳에서 신들의 정기를 들이마시고 있는 것이라고 상상했다. 가까이 다가가 뒤쪽 유리문을 통해 차 안을 들여다본 나는 실망을 금할 수 없었다. 차 안에 홀로 앉은 중년의 남자는 신문을 읽고 있었다.

신문이 너무 커서 그의 주위 세상을 전부 가리고 있었다. 바다와 절벽과 바위섬들과 초원을 바라보는 대신, 그가 볼 수 있는 것은 전쟁과 정치인들 얼굴, 스캔들과 스포츠가 전부였다. 그 신문은 폭이 넓었지만 두께는 아주 얇았다. 검은 잉크로 칙칙하게 인쇄된 그 신문용지의 불과 2,3밀리미터 반대편에는 자연의 순수한 무지갯빛 환희가 펼쳐지고 있었다.

나는 배낭에서 가위를 꺼내 그가 들고 있는 신문에 작은 구멍 하나를 뚫어 주고 싶었다. 그가 읽고 있는 경제 기사 뒤쪽에 있는 것을 볼 수 있도록. 하지만 그는 온몸에 털이 수북하게 난 스코틀랜드인이었고, 나는 영양 상태가 부실한 학생에 불과했다. 나는 그가 계속 세상의 소식을 읽도록 내버려 두고 세상 속으로 춤추며 걸어 들어갔다.

우리의 마음 역시 신문 지면을 채우고 있는 것들과 다르지 않은 온갖 잡다한 것들에 점령당해 있다. 관계들 사이의 다툼, 가정과 직장에서의 정치적인 행동, 큰 불화를 일으키는 개인적인 스캔들, 육체적인 쾌락을 위한 섹스라는 이름의 스포츠 등이 그것이다. 만일 우리가 때때로 그 '마음속 신문'을 내려놓는 법을 모른다면, 만일 그것에 늘 사로잡혀 있고 그것 외에는 다른 것을 알지 못한다면, 우리는 최상의 자연이 주는 때 묻지 않은 기쁨과 평화를 결코 경험하지 못할 것이다.

내가 아는 몇몇 사람들은 밖에 나가서 식사하는 것을 즐긴다. 그리고 가끔씩은 매우 비싼 레스토랑에 가서 고급 음식을 시켜 놓고 거금을 치른다. 하지만 그들은 음식 맛을 음미하는 대신 함께 간 사람과 쉴새없이 잡담을 나누느라 그 특별한 경험을 허비해 버린다. 위대한 오케스트라가 음악을 연주하는 연주회장에서 누가 떠들겠는가? 잡담은 그 아름다운 음악을 감상하는 것을 방해할 것이고, 아마도 당신은 연주회장 밖으로 쫓겨날지도 모른다. 감동적인 영화를 보고 있을 때에도 우리는 방해 받는 걸 원치 않는다. 그렇다면 왜 멋진 식당에서 훌륭한 음식을 맛보면서 무의미한 잡담에 열중하는가?

만일 그 식당이 삼류라면 형편없는 음식 맛을 잊기 위해서 대화를 시작하는 것은 좋은 생각이다. 하지만 음식이 정말로 맛있고 게다가 매우 비싸다면, 충분히 본전을 뽑을 수 있도록 함께 간 사람을 조용히 시키는 것이 현명한 자의 식사법이다.

혼자 말없이 식사를 할 때조차도 우리는 종종 그 순간을 음미하는 데 실패한다. 그 대신 음식을 한 입 우물거리는 동안 우리의 주의력은 다음번에 어떤 음식을 집을까 하는 쪽으로 쏠려 있다. 어떤 이들은 심지어 자신 앞에 음식을 잔뜩 가져다 놓기까지 한다. 한 움큼은 입 안에 들어가 있고, 또 한 움큼은 스푼 위에, 나머지 한 움큼은 접시 위에서 기다리고 있다. 마음은 다음에 입 안에 넣을 음식에 집중해 있다.

음식 맛을 느끼고 삶을 후회 없이 살기 위해서는 종종 침묵 속에서 한 번에 한 순간씩 음미할 수 있어야만 한다. 그때 비로소 우리는 '삶'이라고 불리는 이 별 다섯 개짜리 레스토랑에서 본전을 뽑을 수가 있다.

불교 수행자로서 나는 종종 생방송 라디오 토크쇼에 초대받는다. 하지만 최근의 어느 심야 방송 프로는 신중하게 초대에 응했어야만 했다. 스튜디오 안에 들어선 뒤에야 나는 그 토크쇼가 '성인용'이며, 이름이 널리 알려진 전문 성상담가와 함께 청취자들의 질문에 실시간으로 응답을 해 주어야 한다는 것을 알았다.

일단 내 이름을 발음하는 문제 때문에 나를 '미스터 몽크'라고 부르는 것에 우리는 합의를 보았다. 그런 다음 나는 아주 잘해 나갔다. 독신 수행자로서 육체관계의 세부 사항에 대해서는 아는 바가 없었지만, 전화를 건 사람들이 말하는 근본 문제가 무엇인지는 쉽게 인식할 수 있었다. 얼마 안 가서 걸려오는 모든 전화가 나에게로 집중되었으며, 나는 두 시간에 걸친 토크쇼를 거의 혼자 진행하다시피 했다. 하지만 출연료로 고액의 수표를 받은 사람은 내가 아니라 그 전문 성상담가 쪽이었다. 돈을 받을 수 없는 수행자 신분이기 때문에 내가 받은 것이라곤 막대 초콜릿 하나가 전부였다. 불교의 지혜가 다시 그 근본 문제를 해결했다. 수표는 먹을 수 없지만 초콜릿 바는 아주 맛있었다.

또 다른 라디오 상담 프로에서 한 청취자가 내게 질문했다.

"저는 결혼을 했는데 다른 여자와 관계를 맺고 있습니다. 아내는 이 사실을 전혀 모릅니다. 아무 문제가 없을까요?"

당신이라면 무엇이라고 답변하겠는가? 나는 말했다.

"아무 문제 없다면 당신은 이 프로에 전화를 하지 않았겠지요."

많은 이들이 자신의 행위가 잘못된 것임을 알면서도 그런 질문을 하는 것은 '전문가'가 나서서 그들에게 아무 문제가 없다고 말해 주기를 바라는 기대 심리 때문이다. 마음 깊은 곳에서는 대부분의 사람들이 무엇이 옳고 그른지 알고 있다. 다만 몇몇 사람들은 그 마음의 목소리에 주의 깊게 귀를 기울이지 않을 뿐이다.

어느 날 저녁, 우리 절에 전화벨이 울렸다. 전화를 건 사람이 화난 목소리로 말했다.

"아잔 브라흐마를 바꾸시오."

때마침 전화를 받은 헌신적인 동양인 여성 신도가 친절하게 대답했다.

"죄송합니다만 스님은 지금 방에서 잠시 쉬고 계십니다. 30분 후에 다시 전화 주시죠."

"으으! 30분 후면 이미 저세상 사람일 걸!"

전화 건 남자는 사납게 으르렁대며 전화를 끊었다.

20분 뒤 내가 방에서 나올 때까지 나이 지긋한 그 동양인 부인은 하얗게 질린 얼굴로 몸을 떨며 그 자리에 앉아 있었다. 다른 이들이 그녀 주위에 모여 무엇이 잘못되었는가를 재차 물었지만, 그녀는 너무 충격이 큰 나머지 떨기만 할 뿐 입을 열지 못했다. 내가 잘 달래자 그녀는 얼떨결에 말했다.

"어떤 남자가 당신을 죽이러 오고 있어요!"

한 호주인 청년이 있었는데, 그가 에이즈에 걸린 것이 판명된 직후부터 나는 그의 상담자 역할을 해 오고 있었다. 그의 영혼이 병을 극복할 수 있도록 명상법을 가르치고 여러 지혜의 길들을 소개해 주었다. 불과 하루 전날 나는 그를 만나러 갔다. 그는 죽음을 눈앞에 두고 있었다. 언제든 그의 친구로부터 내게 전화가 걸려올 상황이었다. 따라서 나는 그 전화 내용이 의미하는 바를 금방 알아차렸다. 30분 후면 저세상으로 가리라는 것은 내가 아니라 에이즈에 걸린 그 청년을 두고 한 말이었다.

나는 곧바로 그의 집으로 달려갔으며, 그가 숨을 거두기 직전 그의 곁에 도착할 수 있었다. 그리고 다행히 그 동양인 부인이 공포에 질려 숨을 거두기 전에 그녀가 잘못 이해한 부분을 설명해 줄 수 있었다. 이처럼 상대방이 말하는 내용과 우리가 듣는 내용은 얼마나 자주 다른가!

여러 해 전, 태국 승려들이 연루된 몇 건의 성 스캔들 사건이 세상의 신문을 떠들썩하게 만들었다. 수행자는 규율상 금욕 생활을 엄격히 지켜야 할 의무가 있다. 내가 속한 불교 전통에서는 금욕과 연관된 모든 의혹을 불식시키기 위해 남자 수행자들은 여성들과 어떠한 형태의 신체 접촉도 금하고 있으며, 여자 수행자들도 남성들과 신체 접촉이 금지되어 있다. 세상에 공표된 그 스캔들에서 몇몇 승려들이 그 규율을 지키지 않은 것으로 드러났다. 그들은 말 그대로 '바람피우는 승려들'이었다. 그리고 신문과 방송들은 독자들이 규율을 잘 지키는 따분한 승려들보다는 '바람피우는 승려들'에 더 많은 관심을 갖는다는 걸 알고 연일 그 사건을 떠들어댔다.

스캔들 사건이 터졌을 무렵, 나는 그때가 나 자신의 육체관계를 고백할 좋은 기회라고 판단했다. 그래서 어느 토요일 오후, 퍼스의 절에서 열린 법회 시간에 3백 명 남짓한 참석자들과 나의 오랜 후원자들이 모인 자리에서 용기를 내어 진실을 말하기 시작했다.

"여러분에게 고백할 것이 있습니다. 이 말을 꺼내기가 쉽지 않았습니다. 여러 해 전……."

나는 잠시 망설이다가 다시 용기를 내었다.

"여러 해 전 저는 제 인생에서 가장 행복한 시간들을 보냈습니다……."

나는 다시금 말을 멈춰야만 했다.

"저는 제 삶에서 가장 행복한 시간들을 보냈습니다. 다른 남자의 아내인 한 여인의 애정 어린 두 팔에 안겨서……."

마침내 힘든 고백을 한 것이다.

"우리는 서로 껴안고, 어루만지고, 입을 맞추었습니다."

거기까지 말한 뒤, 나는 고개를 떨구고 한참 동안 바닥에 깔린 카펫을 응시했다. 전혀 예상하지 못했던 고백에 사람들은 깊은 충격을 받고 저마다 한숨을 내쉬었다. 손으로는 벌어진 입을 가리고서. 몇 사람은 짧게 외마디 소리를 내지르기도 했다.

"세상에, 그럴 리가 없어! 아잔 브라흐마가 절대로 그럴 리가 없어!"

그동안 나를 지지해 오던 많은 사람들이 문을 향해 걸어가 다시는 돌아오지 않는 것이 머릿속에 그려졌다. 세속 사람들조차도 다른 남자의 아내와 놀아나지 않는다. 그것은 간통이다. 나는 고개를 들어 대담하게 청중을 바라보며 미소 지었다.

단 한 사람이라도 자리를 박차고 일어나 걸어 나가기 전에 나는 설명했다.

"그 여인은 다름 아닌 나의 어머니입니다. 내가 갓난아기일 때의 일입니다."

청중들이 일제히 웃음을 터뜨리며 안도했다. 그 왁자지껄한 웃음소리 위로 나는 마이크에 대고 외쳤다.

"그건 진실입니다! 어머니는 다른 남자, 즉 나의 아버지의 아내입니다. 우리는 껴안고, 어루만지고, 입을 맞추었습니다. 내 인생에서 가장 행복한 시간들이었습니다."

청중들이 눈물을 훔치며 웃음을 멈추었을 때, 나는 그들 모두가 나를 잘못 판단할 뻔했음을 지적했다. 비록 그들이 내 자신의 입에서 직접 들었고 또 그 의미가 더없이 분명해 보였을지라도 그들은 금방 잘못된 결론으로 뛰어들었다. 다행히, 아니 미리 계획된 발언이었기 때문에, 나는 그들의 실수를 지적할 수 있었다.

나는 그들에게 물었다.

"얼마나 자주 우리는 증거가 너무도 확실하다는 이유만으로 결론에 뛰어듭니까? 그리고 불행히도 그것이 잘못 내린 결론인 경우가 얼마나 많은가요?"

절대적으로 판단하는 것, "이것이 진실이고, 나머지 것들은 진실이 아니야." 하고 주장하는 것은 지혜가 아니다.

정치인들은 얼굴 부위 중 코와 턱 사이에 있는 공간을 특히 잘 벌리는 것으로 명성이 높다. 그것이 수세기 동안 이어져 온 전통임을 불교 경전 『자타카』에 나오는 다음의 이야기가 그것을 잘 말해 준다.

몇 세기 전, 한 왕이 있었다. 그는 어떤 신하에 대해 매우 화가 났다. 궁정 회의에 안건이 있을 때면 매번 이 대신이 끼어들어 자기 주장을 펴기 시작하는데, 독백에 가까운 그 주장이 끝날 줄을 몰랐다. 누구도, 심지어 왕조차도 한마디 끼어들 수가 없었다. 게다가 그 신하가 말하는 내용은 탁구공 속 내용물에 대한 것만큼도 흥미가 없는 것이었다.

어느 날, 또 한 차례 그런 비생산적인 회의가 끝난 뒤 왕은 궁중의 정치인들에 대한 환멸을 씻어내고 머리를 식힐 겸 혼자서 정원으로 걸어 나갔다. 일반인들의 출입이 허용된 정원 한쪽에서 한 무리의 아이들이 신이 나서 웃고 떠드는 것이 눈에 띄었다. 아이들은 땅바닥에 앉은 중년의 장애인 남자를 에워싸고 있었다. 가만히 지켜보니 아이들이 그 남자에게 동전 몇 개를 주면서 몇 걸음 떨어진 곳에 있는 잎사귀 많은 작은 나무를 가리키는 것이었다. 그러면서 아이들은 '닭'이라고 주문했다. 남자는 작은 조약돌들이 든 주머니와 고무줄 새총을 꺼내 그 나무를 향해 조약돌을 쏘기 시작했다.

남자는 빠른 속도로 연달아 조약돌들을 날려 그 작은 나무의 잎사귀들을 한 번에 하나씩 떨어뜨렸다. 눈 깜짝할 정도로 짧은 시간에 단 한 번의 빗나감도 없는 정확성으로 그 나무를 수탉 모양으로 만들었다. 아이들이 그에게 좀더 많은 동전을 주고 커다란 관목을 가리키면서 코끼리를 주문했다. 장애인 사수는 순식간에 고무줄 새총으로 그 관목을 조각해 코끼리의 형태로 만들었다. 아이들이 박수를 치고 있을 때 왕은 하나의 영감을 얻었다.

왕은 장애인 남자를 왕궁 안으로 데리고 들어가, 만일 성가신 작은 문제 하나를 해결하는 데 도움을 준다면 눈이 휘둥그레질 재산을 주겠노라고 제안했다. 그러면서 왕은 그 남자의 귀에 대고 무엇인가를 속삭였다. 남자가 동의의 표시로 고개를 끄덕이자 왕의 얼굴에는 몇 달 만에 처음으로 미소가 지어졌다.

다음날 아침, 평소대로 궁정 회의가 시작되었다. 벽 한쪽에 새로운 커튼이 쳐져 있는 것에 대해서는 누구도 그다지 신경 쓰지 않았다. 그날 대신들은 또 다른 세금 증액 문제를 놓고 토의할 예정이었다. 아니나 다를까, 왕이 안건을 내놓자마자 그 광기 어린 입을 가진 신하가 또다시 장광설을 늘어놓기 시작했다. 그런데 입을 벌려 말하던 그는 작고 부드러운 어떤 것이 그의 목구멍 안쪽을 때리면서 뱃속으로 넘어가는 것을 느꼈다. 그는 계속해서 주장을 펴나갔다. 몇 초 뒤, 또다시 작고 말랑말랑한 무엇인가가 그의 입 안으로 들어왔다. 그는 문장 중간에 그것을 꿀꺽 삼킨 뒤 연설을 계속했다. 연설하는 동안 그는 주기적으로 무엇인가를 삼켜야만 했지만, 그런 정도의 성가신 일 갖고는 말을 멈출 사람이 아니었다. 그렇게 반시간 넘게 결연한 의지로 연설을 하면서 몇 초마다 한 번씩 무엇인가를 목구멍 너머로 삼킨 그는 서서히 속이 느글거리기 시작했다. 하지만 타의 추종을 불허하는 고집을 가진 그는 절대로 웅변을 멈추려고 하지 않았다. 다시 몇 분이 흐르자 그의 얼굴은 병든 사람처럼 시퍼렇게 변하고 뱃속은 금방이라도 토할 것처럼 울렁거렸다. 마침내 그는 장광설을 멈출 수밖에 없었다. 한 손으로 는 부글거리는 배를 움켜쥐고 다른 한 손으로는 역겨운 무엇인가 가 올라오는 것을 막기 위해 입을 틀어막은 채 그는 허둥지둥 가 까운 화장실로 달려갔다.

왕은 몹시 즐거워하면서 커튼 쪽으로 다가가 커튼을 한쪽으로 젖혔다. 그곳에 고무줄 새총과 탄알 주머니를 든 장애인 남자의 모 습이 나타났다. 이제는 거의 텅 비다시피 한 커다란 탄약 주머니를 바라보며 왕은 배꼽을 잡고 웃어댔다. 사수가 사용한 탄약은 다름 아닌 닭똥이었다. 사수는 그 닭똥을 구슬처럼 동그랗게 뭉쳐 가련 한 신하의 목구멍 안으로 단 한 번의 어긋남도 없이 정확히 날려 보낸 것이다!

그 신하는 몇 주 동안이나 궁정 회의에 모습을 나타내지 않았 다. 그가 없는 동안 놀라울 정도로 많은 안건들이 신속하고 효율 적으로 처리되었다. 다시 회의석상에 돌아왔을 때 그는 거의 한 마 디도 하지 않았다. 그리고 말을 할 경우에도 언제나 오른손으로 입 을 막고서 말했다.

아마도 오늘날의 국회나 의회에는 그런 명사수가 더욱 절실히 필요할 것이다.

인간이 늙으면 시력이 흐려지고, 청력도 약해지며, 머리카락과 치아도 빠져 달아난다. 다리는 허약해지고, 손도 수시로 떨린다. 하지만 해부학상으로 해가 갈수록 점점 강해지는 신체 기관이 한 군데 있는데, 다름 아닌 우리의 말 많은 입이다. 그렇기 때문에 다변가들은 생애 후반기에 이르러 더욱 정치인 기질을 드러내는 것인지도 모른다.

우리의 치열한 시장 경제 체제에서 아직도 '말하는 것'이 무료라는 것은 놀랄 만한 일이다. 아마도 돈이 궁한 어느 나라의 정부가 사람들이 사용하는 언어도 상품이라 간주하고 말에 세금을 매길 날이 멀지 않을 것이다. 생각해 보면 그것은 그다지 나쁜 아이디어가 아니다. 침묵이 다시금 금으로 여겨질 테니까. 그렇게 되면 십대 청소년들은 더 이상 전화기에 매달려 있지 않을 것이고, 술 마시는 사람도 훨씬 줄어들 것이다. 젊은 부부들은 말다툼의 비용을 감당할 길이 없으니까 이혼율이 눈에 띄게 줄어들 것이다. 세상의 수다쟁이들로부터 거둬들인 세금으로 지난 몇 년 동안 그들 때문에 귀에 이상이 생긴 사람들을 위해 무료 보청기를 공급하기 위한 재원이 확보되는 것도 멋진 일이다. 그리고 열심히 일하는 사람들에게 무거운 세금을 물리는 사회가 아니라 열심히 떠드는 사람들에게로 그 부담이 옮겨 갈 것이다. 물론 이 멋진 세금 징수 계획의 가장 큰 공헌자는 국회의원들 자신이 될 것이다. 그들이 국회에서 더 많은 논쟁을 벌일수록 병원과 학교를 짓는 데 필요한 더 많은 돈이 거두어질 테니까. 이 얼마나 기발한 생각인가! 마지막으로, 그 세금 징수가 부당하고 비현실적이라고 주장을 펼 사람이 누가 있겠는가. 긴 논리를 전개하려면 그만큼 많은 세금을 내야 하는데.

다음의 이야기는 태국에서 일어난 실제 사건으로, 위대한 스승 아잔 차의 초월적인 지혜를 잘 말해 준다.

어느 날 근처 마을의 이장이 동네 사람들과 함께 다급한 걸음걸이로 아잔 차 스승을 찾아왔다. 스승은 그때 손님들을 만나는 오두막에 앉아 있었다. 지난밤 마을의 한 여성 몸에 매우 폭력적이고 사악한 귀신이 들어왔다는 것이었다. 마을 사람들 힘으로는 어찌할 수가 없었고, 그래서 그들은 그녀를 위대한 수도승 앞으로 데려왔다. 그들이 아잔 차와 얘기를 나누고 있는 동안 귀신 들린 여인이 내지르는 고함소리가 바로 옆에서 들려왔다.

아잔 차는 즉각적으로 두 제자를 시켜 장작불을 피우고 솥에다 물을 끓이게 했다. 그리고 다른 두 제자에게는 오두막 근처에 커다란 구덩이를 파도록 지시했다. 제자들은 이유를 알지 못했지만 스승의 지시를 따르는 수밖에 없었다.

네 명의 신체 건장한 마을 남자들, 북동부 지방의 억센 농부들인 그들조차도 몸부림치는 여인을 붙잡고 있기가 힘들었다. 그들이 그녀를 질질 끌다시피 해서 신성한 사원으로 데려오는 동안 그녀는 입에 담기도 힘든 온갖 외설스런 욕설을 내질렀다.

그녀를 본 아잔 차는 제자들에게 소리쳤다.

"땅을 더 빨리 파라! 어서 뜨거운 물을 가져오라! 커다란 구덩이와 많은 양의 끓는 물이 필요하다."

아잔 차의 오두막 아래 모인 승려들과 농부들 중 누구도 그가 무엇을 하려고 하는지 감을 잡는 이가 없었다.

사람들이 울부짖는 여인을 아잔 차의 오두막 아래로 데려왔을 때 그녀는 말 그대로 입에 거품을 물고 있었다. 핏빛으로 충혈된 두 눈은 광기로 사납게 찢어져 있었다. 얼굴이 기괴하게 일그러진 채로 그녀는 아잔 차를 향해 온갖 상스럽고 외설스런 욕설을 퍼부었다. 그러자 더 많은 남자들이 달려들어 욕을 내뱉는 여인을 꿇어 앉혔다.

"아직도 구덩이를 다 파지 않았는가? 서둘러라! 물은 다 끓었는가? 빨리 가져오라!"

발악하는 여인에 대고 아잔 차가 소리쳤다.

"저 여자를 그 구덩이에 던져 넣어야 한다. 그리고 그 위에다 뜨거운 물을 퍼부어라. 그런 다음 흙으로 파묻으라. 그것만이 이 사악한 귀신을 제거하는 유일한 길이다. 더 빨리 파라! 뜨거운 물을 더 가져오라!"

여러 세월 동안의 경험을 통해 우리는 아잔 차 스승이 무슨 짓을 할지 아무도 확신할 수 없다는 것을 배웠다. 그는 정상적인 승려의 관점에서 보면 예측 불허의 인간이었다. 마을 사람들은 그가 정말로 귀신 들린 여인을 구멍 속에 내던지고 끓는 물로 데친 뒤 땅 속에 파묻을 것이라고 믿었다. 그리고 그가 그렇게 하도록 내맡기는 수밖에 없었다. 그 여인 자신도 그렇게 생각했음에 틀림없다. 왜냐하면 그녀의 발악이 눈에 띄게 잦아들었기 때문이다. 구덩이가 다 완성되고 물이 다 끓기 전에, 그녀는 아잔 차 앞에 지친 얼굴로 고요히 앉아 있었다. 품위 있는 모습으로 아잔 차의 축복을 받은 그녀는 마을 사람들의 부드러운 부축을 받으며 집으로 돌아갔다. 기적과 같은 일이었다.

아잔 차는 알고 있었다. 귀신이 들렸든 아니면 단순히 미쳤든, 우리 각자의 내면에는 '자기 보호 본능'이라 불리는 강력한 어떤 힘이 존재한다는 것을. 그는 기술적으로, 그리고 매우 극적으로 그녀 안에 있는 그 단추를 누른 것이다. 그리하여 고통과 죽음의 공포가 그녀를 사로잡고 있는 귀신을 내쫓게 만들었다.

그것이 바로 지혜이다. 직관적이고, 계획함 없이 행해지고, 누구도 모방할 수 없는.

내 대학 동창생 중 하나가 딸아이를 초등학교에 입학시켰다. 일곱 살짜리 아이들로 가득한 반에서 담임교사가 물었다.

"세상에서 가장 큰 것이 무엇이지?"

한 어린 소녀가 대답했다.

"우리 아빠요."

최근에 동물원에 다녀온 한 남자아이가 대답했다.

"코끼리요."

내 친구의 어린 딸이 말했다.

"내 눈이 세상에서 가장 커요."

그 순간 교실 안의 아이들은 모두 입을 다물고 그 말을 이해하느라 어리둥절했다. 아이의 교사 역시 똑같이 당황해서 물었다.

"그것이 무슨 뜻이지?"

어린 철학자는 입을 열었다.

"내 눈은 저 애의 아빠도 볼 수 있고, 코끼리도 볼 수 있어요. 그리고 내 눈은 산도 볼 수 있고, 다른 많은 것들도 볼 수 있어요. 이 모든 것들이 내 눈에 들어갈 수 있으니까, 내 눈이 세상에서 가장 큰 것임에 틀림없어요."

지혜는 배움이 아니라, 결코 가르칠 수 없는 것을 분명하게 보는 것이다.

내 친구의 어린 딸을 존중하는 마음에서 나는 아이의 통찰력을 한 걸음 더 연장시키고 싶다. 세상에서 가장 큰 것은 당신의 눈이 아니라 당신의 마음이다.

마음은 눈이 볼 수 있는 모든 것을 볼 수 있을 뿐 아니라 상상력을 통해 떠오르는 더 많은 것들을 볼 수 있다. 또한 마음은 눈이 결코 볼 수 없는 소리까지도 알며, 실제로 존재하거나 꿈으로만 존재하는 것까지도 느끼고 경험할 수 있다. 마음은 나아가 오감의 외부에 존재하는 것들도 알 수 있다. 인간이 알 수 있는 모든 것은 마음 안에 들어가기 때문에 마음은 세상에서 가장 큰 것임에 틀림없다.

마음은 모든 것을 담는다.

많은 과학자들과 그들의 지지자들은 마음이 단순히 뇌의 부산물이라고 단언한다. 그래서 내 강연 끝 질의응답 시간에 나는 종종 이런 질문을 받곤 한다.

"마음은 존재하는가? 만일 존재한다면 어디에 존재하는가? 마음은 몸속에 있는가, 몸 밖에 있는가? 아니면 마음은 어디에나 있을 수 있고 모든 곳에 존재하는가? 마음은 어디에 있는가?"

이 질문에 대답하기 위해 나는 한 가지 간단한 증명을 해 보인다. 나는 청중에게 묻는다.

"만일 여러분 중에 행복한 사람이 있으면 오른손을 들어 주세요. 그리고 조금이라도 불행하다고 느끼는 분은 왼손을 들어 주세요."

대부분의 사람들은 오른손을 들어올린다. 두세 명은 정말로 행복하기 때문이고, 나머지 사람들은 자존심 때문에 그렇게 하는 것이다.

내가 계속해서 말한다.

"이제 행복한 사람은 자신의 오른손 검지로 그 행복을 가리켜 보이십시오. 그리고 불행한 사람은 왼손 검지로 그 불행을 가리켜 보이십시오. 제가 볼 수 있도록 그것을 가리켜 보이기 바랍니다."

청중들은 뚜렷한 방향 없이 위아래로 손가락을 오락가락한다. 그러다가 옆 사람들도 비슷한 혼란에 빠져 있는 것을 발견한다. 그제야 의미를 알아차리고 웃음을 터뜨린다.

행복은 실재한다. 불행도 실재한다. 이것들이 존재한다는 데는 의심할 여지가 없다. 하지만 당신은 이러한 실체들이 당신의 몸 안 어디에 위치하고 있는지, 몸 밖 어디에 있는지, 아니면 대체 어디에 있는지 가리켜 보일 수 없다.

이것은 행복과 불행이 오로지 마음에만 속한 영역의 일부이기 때문에 그렇다. 그것들은 꽃과 풀들이 정원에 속해 있듯이 마음에 속해 있다. 꽃과 풀들이 존재한다는 사실은 정원이 존재한다는 것을 증명해 준다. 그것과 똑같은 방식으로 행복과 불행이 존재한다는 사실은 마음이 존재한다는 것을 증명한다.

당신이 행복과 불행을 가리켜 보일 수 없는 것은 이 3차원 공간에서는 마음의 위치를 지정할 수 없음을 의미한다. 실제로 마음이 세상에서 가장 큰 것임을 기억한다면 마음은 3차원 공간 안에 있을 수 없고, 오히려 3차원 공간이 마음 안에 있다고 할 수 있다. 마음은 세상에서 가장 크며 우주 전체를 다 담고 있다.

승려가 되기 전에 나는 과학자였다. 영국 케임브리지 대학에서 선의 세계와 비슷한 이론 물리학을 탐구했다. 그때 나는 과학과 종교가 많은 공통점을 지니고 있음을 발견했다. 그중 하나가 '교리'이다. 학생 시절에 들은 한 가지 재미있는 묘사가 기억난다.

'위대한 과학자의 탁월성은 그가 자신의 분야에서 얼마나 오랜 시간 동안 발전을 방해했는가로 가늠할 수 있다.'

최근 호주에서 열린 과학과 종교 간 회의에 연사로 참석한 나는 청중 속에 있던 어떤 신앙심 깊은 가톨릭 여성 신도로부터 재미있는 질문을 받았다. 그녀는 말했다.

"망원경을 통해 밤하늘의 아름다운 별들을 바라볼 때마다 나는 내 종교에 대한 믿음이 흔들리는 것을 느낍니다."

나는 대답했다.

"부인, 과학자는 망원경으로 우주를 바라보고 있는 사람을 볼 때마다 과학이 위협받고 있음을 느낀답니다. 매번 새로운 사실이 밝혀질 수 있으니까요."

아마도 모든 논쟁을 중단하는 것이 더 나을 것이다. 동양의 유명한 격언은 말하고 있다.

'아는 자는 말하지 않으며, 말하는 자는 알지 못한다.'

이 말은 매우 심오하게 들리지만, 가만히 생각해 보면 그렇게 말한 사람도 알지 못하는 사람임에 틀림없다.

교육을 제대로 받지 못한 한 노인이 생애 최초로 도시를 여행하게 되었다. 그는 오지의 산골 마을에서 태어나 자식들을 먹여 살리느라 힘들게 일했다. 그리고 이제 도시로 나간 그 자식들이 사는 현대식 집을 처음으로 방문하는 기쁨을 누리게 된 것이다.

어느 날, 시내를 구경하던 중 노인은 귀를 찌르는 이상한 소리를 들었다. 고요한 산중 마을에서는 한 번도 들어본 적이 없는 끔찍한 소음이었기 때문에 그는 소리의 정체를 밝히고야 말겠다고 고집을 부렸다. 몹시 신경에 거슬리는 그 소리를 따라가자, 어느 집

뒷방에서 소년이 바이올린 연습을 하고 있었다. '끼익! 끼익!' 하는 불협화음이 초보자의 바이올린 줄에서 흘러나오고 있었다.

아들이 그 악기가 '바이올린'이라는 것이라고 알려주자, 노인은 그런 끔찍한 악기 소리는 다시는 듣고 싶지 않다고 단언했다.

이튿날 노인은 도시의 다른 구역에 갔다가 자신의 약해진 귀를 부드럽게 어루만지는 듯한 매혹적인 선율을 듣게 되었다. 산중 마을에서도 그런 감미로운 가락은 들은 적이 없었다. 그래서 그는 소리가 나는 곳으로 가보았다. 어느 집 길가 쪽 방에서 나이가 지긋한 한 여성이 바이올린 소나타를 연주하고 있었다. 그녀는 음악의 거장이었다.

그 순간 노인은 자신의 실수를 깨달았다. 전날 그가 들었던 그 끔찍한 소음은 바이올린의 잘못도 아니고 그 소년의 잘못도 아니었다. 다만 소년이 아직 그 악기 다루는 법을 잘 배우지 못한 것일 뿐이었다.

단순한 사람들만이 지닌 지혜를 통해 노인은 세상의 종교도 마찬가지라는 생각을 갖게 되었다. 자신의 믿음으로 주위 사람들과 심각한 문제를 일으키는 종교적인 광신자와 마주친다고 해서 그가 믿는 종교를 비난하는 것은 옳지 않다. 그 초심자가 아직 그 종교를 잘 배우지 못한 것일 뿐이다. 우리가 성자를 만나면, 다시 말해 한 종교의 거장을 만나면, 그 만남은 너무도 특별해서 그의 종교가 무엇이든 그에게서 받은 영감이 수년 동안 우리의 삶에 영향을 미친다.

하지만 이것이 이야기의 끝이 아니다.

셋째 날, 도시의 또 다른 구역에서 노인은 그 바이올린의 거장보다 아름다움과 순결함 면에서 훨씬 능가하는 또 하나의 선율을 들었다. 그 선율이 무엇이었겠는가?

그 선율은 봄날 산속 시냇물 소리보다도, 숲을 흔들고 지나가는 가을바람보다도, 장맛비 그친 뒤 산새들의 지저귐보다도 아름다웠다. 심지어 고요한 겨울밤 산속 동굴 속의 침묵보다도 더 아름다웠다. 그때까지의 그 어떤 소리보다도 더 강력하게 노인의 가슴을 뒤흔든 그 음악은 무엇이었을까?

그것은 커다란 오케스트라가 연주하는 교향곡이었다.

노인에게 있어서 그것이 세상에서 가장 아름다운 소리인 이유는 첫째로 그 교향악단의 단원들이 저마다 자신이 연주하는 악기의 거장들이기 때문이었다. 그리고 둘째로는, 그들이 함께 조화를 이루며 연주하는 법을 배웠기 때문이었다.

세상의 종교도 마찬가지일 것이다. 우리들 각자는 인생이라는 수업을 통해 우리가 가진 믿음의 가장 부드러운 중심부에 이르는 법을 배워야만 한다. 각자의 종교 안에서 사랑의 거장이 되어야만 하는 것이다. 그런 다음 각자의 종교를 잘 배웠으니 한 걸음 더 나아가 교향악 단원들처럼 조화로움 속에 함께 연주하는 법을 배워야만 한다.

그것이야말로 세상에서 가장 아름다운 음악이 될 것이다.

불교 전통에서는 승려로 입문하면 새로운 이름을 받는다. 내 법

명은 '브라흐마밤소'이다. 그 이름이 너무 길기 때문에 나는 대개 줄여서 '브라함BRAHM'이라고 소개한다. 이제는 모두가 나를 그 이름으로 부른다. 나의 어머니만 제외하고. 어머니는 여전히 나를 '피터'라고 부르시며, 나는 그것을 어머니의 당연한 권리라고 여기고 지켜 드린다.

한번은 종교간 국제회의에 초대하는 전화를 받던 도중 상대방 여성이 내 이름의 정확한 스펠링을 물었다. 나는 대답했다.

"내 이름의 B는 불교도Buddhist의 B이고, R은 로마 가톨릭교도Roman Catholic의 R이고, A는 영국 성공회 교도Anglican의 A이고, H는 힌두교도Hindu의 H이고, M은 회교도Muslim의 M입니다."

나는 그 초대자로부터 너무나 열렬한 환영을 받았기 때문에 이제는 늘 그런 식으로 내 이름을 소개한다. 그리고 그것이 실제로 내 이름의 의미이다.

아무것도 되려고 하지 말라.

자신을 다른 존재로 바꾸려 하지 말라.

명상가가 되려 하거나

깨달으려 하지 말라.

앉을 때는 앉으라.

걸을 때는 걸으라.

아무것도 붙잡지 말고 붙잡히지 말라.

그 무엇에도 저항하지 말라.

좋고 나쁨은 그대의 마음속에서만 일어난다.

　　　　－ 아잔 차

8
가득 찬 항아리

어떤 장소든 당신이 그곳에 있기를 원치 않는다면, 아무리 안락하더라도 당신에게
는 그곳이 감옥이다. 당신의 직업이 당신이 원치 않는 것이라면, 그때 당신은 감옥
에 있는 것이다. 원치 않는 관계 속에 있다면 당신은 또한 감옥에 있는 것이다.

1969년 여름 열아홉 살 생일 직후, 나는 최초로 열대 밀림 속으로 여행을 떠났다. 과테말라의 유카탄 반도를 여행하면서 그 무렵에 발견된 사라졌던 마야문명의 피라미드들을 향해 힘들게 전진하고 있었다.

그 시절에는 여행이 쉽지 않았다. 과테말라 시티에서 출발해 티칼이라고 불리는 폐허가 된 유적군까지 수백 킬로미터를 가는 데만 3, 4일이 걸렸다. 기름 범벅인 낡은 고깃배를 타고서 열대 우림 속 비좁은 강들을 여행해야 했으며, 짐을 잔뜩 실은 트럭들 꼭대기에 올라앉아 아슬아슬하게 균형을 잡으며 구불구불한 비포장 길들을 달려야만 했다. 그리고 곧 전복될 듯 덜컹거리는 릭샤들을 타고 밀림 속 좁은 길들을 통과했다.

오지 중 오지이면서 순수하고 때 묻지 않은 원시 그대로의 풍경이었다.

마침내 버려진 사원들과 고대 피라미드들이 펼쳐져 있는 광활한 유적지에 도착했을 때, 나에게는 하늘을 찌르며 서 있는 그 인상적인 석조 기념물의 의미를 말해 줄 안내인도 안내 책자도 없었다. 주위에 아무도 없었다. 그래서 나는 가장 높아 보이는 피라미드들 중 하나로 올라가기 시작했다.

피라미드 정상에 올라서는 순간이었다. 문득 내게 그 피라미드들의 의미와 영적인 목적이 분명하게 다가왔다.

그곳에 도착하기 전 3일 동안 나는 줄곧 정글 속을 통과해야만 했다. 도로와 길과 강들은 빽빽하게 우거진 온실 속 터널들과 같았다. 새롭게 난 통행로라 해도 밀림이 재빨리 천장을 만들어 하늘을 가렸다. 여러 날 동안 전혀 지평선을 볼 수가 없었다. 사실 먼 거리라곤 한 번도 본 적이 없었다. 말 그대로 밀림 속에 있었던 것이다.

그 피라미드 정상으로 올라가자 빽빽하게 뒤엉킨 밀림 위로 올라서게 되었다. 그러자 지도처럼 눈앞에 펼쳐진 광활한 파노라마 속 내 위치를 알 수 있었을 뿐 아니라 주위 모든 방향을 바라볼 수가 있었다. 무한한 세계와 나 사이에 아무것도 가로막는 것이 없었다.

마치 세상 꼭대기에 올라서 있는 양 그곳에 서서 나는 밀림 속에서 태어나 밀림 속에서 성장하고 평생을 밀림 속에서 살아야만 했던 어린 마야 인디언의 삶이 어떠했을까를 상상했다. 특별한 종교적인 통과의례 때가 되면 그 인디언 소년은 지혜로운 늙은 현자의 부드러운 손에 인도되어 생애 최초로 피라미드 정상으로 올라갔을 것이다.

그들이 우거진 나무들의 꼭대기를 지나 눈앞에 펼쳐진 드넓은 밀림의 세계를 보았을 때, 자신들이 사는 거주지의 한계를 넘어 지평선 그 끝을 바라보았을 때, 그들은 머리 위와 온 사방에서 자신들을 껴안는 거대한 무한 허공과 만났을 것이다. 하늘과 대지를 잇는 관문인 피라미드 꼭짓점 위에 섰을 때, 거기 그들과 사방에 펼쳐진 무한 허공 사이에는 아무도 없고 아무 가로막힌 물체도 없고 아무런 말도 필요 없었을 것이다.

그들의 가슴은 그 놀라운 풍경이 상징하는 것과 공명했을 것이다. 진리가 꽃피어나고 앎의 향기가 퍼져 나갔을 것이다. 그들은 이 세상에서의 자신들의 위치를 이해했을 것이고, 그 모두를 껴안고 있는 영원과 무한 허공을 보았을 것이다. 그 순간 그들의 삶은 의미를 발견했을 것이다.

우리 모두는 삶의 어느 순간 우리들 각자의 내면에 있는 영적인 피라미드를 올라갈 수 있는 시간과 평화를 자기 자신에게 허용할 필요가 있다. 아주 잠깐 동안이라도 삶이라고 하는 이 복잡하게 뒤엉킨 정글 위로 올라가 봐야만 한다. 그때 우리는 사물들 속의 자신의 위치를 보게 되고, 삶의 여행을 멀리까지 내다볼 수 있게 될지도 모른다. 그리고 모든 방향에서 우리 존재를 에워싸고 있는 아무것에도 방해받지 않는 무한 세계를 응시하게 될지도 모른다.

몇 해 전, 미국의 유명한 대학의 경영학과에서 한 교수가 졸업반 학생들에게 매우 특별한 강의를 했다. 자신이 무엇을 하는지 설명해 주지 않고 그 교수는 책상 위에 유리 항아리 하나를 올려놓았다. 그런 다음 그는 학생들이 보는 앞에서 돌이 가득 든 주머니를 가져다가 더 이상 들어갈 수 없을 때까지 돌을 하나씩 꺼내 유리 항아리 안에 담았다.

　교수는 학생들에게 물었다.

　"항아리가 가득 찼는가?"

　학생들이 대답했다.

　"네, 그렇습니다."

　교수는 미소를 짓더니 책상 밑에서 두 번째 주머니를 꺼냈다. 이번에는 처음 것보다 작은 조약돌들이 든 주머니였다. 그는 항아리 안에 가득 든 큰 돌들의 틈새로 작은 조약돌들을 흔들어 집어넣었다. 교수는 다시 학생들에게 물었다.

　"항아리가 가득 찼는가?"

　"아닙니다."

　학생들이 대답했다. 이제 학생들도 뭔가 눈치챈 것이다. 물론 학생들의 대답이 옳았다. 왜냐하면 교수가 이번에는 고운 모래가 담긴 주머니를 꺼냈기 때문이다. 그는 항아리 안 돌과 조약돌들의 틈새 공간에 많은 양의 모래를 흔들어 집어넣었다. 그런 다음 다시 물었다.

"항아리가 가득 찼는가?"

학생들이 대답했다.

"지금까지로 미루어 보아, 아마도 아직 가득 차지 않은 것 같습니다."

그들의 대답에 미소를 지으며 교수는 작은 물병을 꺼냈다. 그리고 돌과 조약돌과 모래로 가득한 항아리 안에다 물을 붓기 시작했다. 더 이상 물이 들어갈 공간이 없자, 교수는 물병을 내려놓고 강의실 안을 둘러보았다. 그는 물었다.

"자, 이것이 가르쳐주는 교훈이 무엇인가?"

한 학생이 의견을 말했다.

"아무리 일정이 바쁘다 해도 언제나 다른 무엇인가를 끼워 놓을 공간이 있다는 것입니다!"

역시 유명한 경영학과 학생다운 대답이었다.

"틀렸다!"

교수가 천둥 치는 목소리로 강조하며 말했다.

"이것이 보여 주는 교훈은, 큰 돌들을 집어넣기를 원할 때는 그것들을 맨 먼저 집어넣으라는 것이다."

그것이 가장 중요한 교훈이었다. 그렇다면, 당신의 '항아리' 속에 넣을 '큰 돌들'은 무엇인가? 당신의 삶에 들어가야 할 가장 중요한 것은 무엇인가? 일정표 속에 '가장 소중한 돌들'을 반드시 맨 먼저 넣도록 하라. 그렇지 않으면 당신의 하루 속에 그것들을 결코 집어

넣지 못할 테니까.

아마도 우리의 '항아리' 속에 먼저 넣어야 할 가장 소중한 돌들은 내면의 행복일 것이다. 우리 안에 행복이 없을 때 다른 사람에게 줄 행복도 없다.

열다섯 살 때 나는 런던에 있는 고등학교에서 대학 입학을 위한 기초 학력고사를 준비하고 있었다. 부모님과 교사들은 나에게 저녁시간과 주말에 축구를 중단하고 그 대신 집에서 공부에 전념하라고 충고했다. 그들은 기초 학력고사가 얼마나 중요한가를 설명하고, 내가 그 시험을 잘 보면 행복한 삶을 살게 될 것이라고 말했다. 나는 그분들의 충고를 따랐으며, 그 결과 시험을 잘 치렀다. 하지만 그것이 나를 행복하게 만들지는 않았다. 왜냐하면 나의 성공은 대학 입학을 위한 수능 시험을 치르기 위해 또 다른 2년을 전보다 더 열심히 공부해야 함을 의미했기 때문이다. 부모님과 교사들은 저녁시간과 주말에 외출을 삼가고, 이제는 축구공 대신 여자애들을 쫓아다니는데 그것도 중단하고 집에서 공부에 열중하라고 충고했다. 그들은 내게 수능 시험이 얼마나 중요한가를 설명하고, 그 시험을 잘 치르면 행복한 사람이 될 것이라고 말했다.

또다시 나는 그들의 충고를 따랐으며, 시험을 잘 치렀다. 그것 역시 나를 아주 행복하게 만들지는 않았다. 왜냐하면 이제 나는 대학에서의 학위 취득을 위해 4년이라는 더 긴 기간을 그 어느 때보다 맹렬히 공부해야만 했기 때문이다. 어머니와 교사들—아버지는 이제 세상에 안 계셨다—은 내게 술집과 대학에서의 파티들을 멀리하고 그 대신 죽어라고 학업에 전념하라고 말했다. 그들은 내게 대학 졸업장이 얼마나 중요하며, 좋은 학점을 얻으면 그만큼 행복한 미래가 기다리고 있을 것이라고 말했다.

이때쯤 나는 의심을 갖기 시작했다. 나는 남보다 열심히 공부해 좋은 학점을 받고 졸업한 선배들을 보았다. 이제 그들은 첫 번째 직장에서 전보다 훨씬 더 열심히 일하고 있었다. 그들은 중요한 어떤 것, 이를테면 자가용 같은 것을 구입할 돈을 모으기 위해 죽어라고 일하고 있었다. 그들은 내게 말했다.

"차 살 만큼 충분한 돈을 모으게 되면, 그때는 아주 행복하게 될 거야."

그들의 말대로 충분한 돈을 모아 생애 처음으로 차를 갖게 된 뒤에도 그들은 여전히 행복하지 않았다. 이제 그들은 또 다른 것을 손에 넣기 위해 밤잠 안 자고 일하고 있었으며, 그때가 되면 행복해질 것이었다. 아니면 사랑의 대소동을 겪거나 평생을 함께할 배우자를 찾고 있었다. 그들은 내게 말했다.

"결혼해서 안정을 취하게 되면, 그때는 행복해질 거야."

결혼한 뒤에도 그들은 여전히 행복하지 않았다. 아파트나 작은 주택이라도 구입할 자금을 모으기 위해 별도의 직업을 가지면서까지 훨씬 더 힘들게 일해야만 했다. 그들은 말했다.

"우리 소유의 집을 한 채 갖게 되면 그때는 정말 행복할 수 있을 거야."

불행히도 집을 사느라 빌린 은행 대출금을 다달이 갚아야 한다는 것은 그들이 아직도 그다지 행복하지 않다는 것을 의미했다. 게다가 이제 그들에게는 가정이라는 것이 있었다. 아이들은 그들이 가진 여윳돈을 모두 삼켜 버렸고, 아이들 때문에 밤늦게까지 깨어 있어야만 했으며, 걱정거리도 산처럼 늘어났다. 이제 그들이 원하는 것을 얻을 수 있기까지는 20년이나 남아 있었다. 그래서 그들은 내게 말했다.

"아이들이 다 자라 안정적인 직장을 갖고 독립해서 나가면, 그때는 우리도 행복할 거야."

자녀들이 독립해서 집을 떠날 때쯤이면 대부분의 부모들은 정년 퇴직을 눈앞에 두고 있었다. 그래서 그들은 계속해서 행복을 뒤로 미루며 노후 생활을 대비하기 위해 더 열심히 일했다. 그들은 내게 말했다.

"정년퇴직을 하고 나면, 그때는 행복할 거야."

정년퇴직을 하고 나서만이 아니라, 하기 전에도 그들은 종교를 찾고 교회를 다니기 시작한다. 얼마나 많은 노년층 사람들이 교회 신도석을 메우고 있는지 주목한 적이 있는가? 나는 그들에게 왜 이제 비로소 교회를 다니기 시작하는지 물어보았다. 그들은 내게 말했다.

"왜냐하면 죽은 뒤에 행복한 내세가 기다리고 있을지도 모르니까!"

'이것을 성취하면 그때는 행복할 것이다'라고 믿는 사람들에게 행복은 단지 미래의 꿈에 지나지 않는다. 그것은 한두 걸음 앞에 있는 무지개와 같지만 결코 손에 잡을 수가 없다. 그들은 이 생에서는, 혹은 이 생이 끝난 다음에도 결코 행복을 실현하지 못할 것이다.

유명한 이야기가 있다. 멕시코의 조용한 어촌 마을에 휴가를 온 한 미국인이 아침나절 배에서 고기잡이 장비를 거두고 있는 현지인 어부를 지켜보았다. 미국의 유명한 경영대학의 이름난 교수인 그 미국인은 멕시코인 어부에게 무료로 조언 몇 마디를 해 주어야겠다는 충동을 억제하지 못했다. 그는 어부에게 다가가 먼저 인사를 건넸다.

"안녕하시오, 아미고! 그런데 왜 이렇게 일찍 고기잡이를 끝내는 거요?"

마음씨 좋아 보이는 멕시코인이 대답했다.

"세뇨르, 다름 아니라 우리 식구가 먹을 충분한 고기를 잡았고 또 시장에 내다 팔 여분의 양도 되기 때문에 일찍 끝내는 겁니다. 이제 집으로 가서 아내와 점심을 좀 먹고, 오후에는 낮잠을 잔 뒤 아이들과 놀 겁니다. 그리고 저녁을 먹고 나서는 바에 가서 테킬라 한 잔 마시며 친구들과 기타 연주를 할 거예요. 나한테는 이것으로 충분합니다, 세뇨르."

경영학과 교수가 말했다.

"내 말을 잘 들어보시오, 친구. 오후 늦게까지 바다에 나가 있으면 당신은 지금보다 두 배나 많은 물고기를 쉽게 잡을 수 있을 거요. 그러면 여분의 물고기를 시장에 내다 팔아 돈을 모을 수 있고,

여섯 달이나 아홉 달 만에 이것보다 훨씬 더 크고 좋은 어선을 구입할 수 있을 거요. 함께 일할 선원들도 몇 명 고용할 수 있을 테고. 그렇게 되면 지금보다 네 배나 많은 물고기를 잡을 수 있을 겁니다. 그때 벌어들이게 될 돈을 생각해 보시오! 한두 해만 더 지나면 두 번째 고깃배를 사고 또 다른 선원들을 고용할 자금을 갖게 될 것이오. 이 사업 계획을 따르면 6,7년 안에 큰 어선 회사를 가진 자랑스런 소유주가 될 것이오. 상상만이라도 해 보시오! 그렇게 되면 당신은 멕시코시티나 로스앤젤레스로 본사 사무실을 옮겨야만 할 것이오. 로스앤젤레스에서 3,4년을 보내면 당신의 회사를 주식시장에 상장시킬 수 있을 것이고, CEO로서 막대한 연봉과 함께 상당한 회사 지분까지 갖게 될 것이오. 그리고 이 말을 잘 들으시오! 몇 년이 더 지나면 주식 환매를 통해 억만장자가 될 수 있을 것이오. 내가 장담할 수 있소. 난 미국 경영대학의 알아주는 교수이며, 이 분야에선 누구보다도 해박한 사람이오."

멕시코인 어부는 그 미국인이 열정적으로 설명하는 것을 사려 깊게 귀 기울여 들었다. 교수가 말을 마치자 어부가 물었다.

"하지만, 세뇨르 교수님, 그 많은 억만금을 갖고 나는 무엇을 할 수 있을까요?"

놀랍게도 미국인 교수는 거기까지는 사업 계획을 생각해 본 적이 없었다. 그래서 그는 인간이 억만 달러를 가지고 무엇을 할 수 있는지 재빨리 생각해 보았다.

"아미고, 그 모든 현금을 가지면 당신은 언제든지 은퇴를 할 수 있소. 그렇소! 퇴직해서 아무 걱정 없이 삶을 즐기는 거요. 이곳과 같은 그림 같은 어촌 마을에 작은 별장을 한 채 사고, 아침이면 고기를 낚을 수 있는 작은 배를 한 척 사는 거요. 날마다 아내와 점심을 먹고, 그 다음에는 아무 걱정 없이 낮잠을 즐기는 거요. 오후에는 당신의 아이들과 충실한 시간을 보낼 수도 있고, 저녁을 먹고 난 후에는 바에 가서 테킬라를 마시며 친구들과 기타 연주를 할 수도 있소. 그렇소, 그 정도의 돈만 있으면, 아미고, 당신은 퇴직해서 편하게 살 수 있소."

그러자 멕시코인 어부가 말했다.

"하지만, 세뇨르 교수님, 나는 이미 그렇게 하고 있는데요."

왜 우리는 만족스런 삶을 살기 위해서는 먼저 힘들게 일해서 부자가 되어야만 한다고 믿는가?

내가 속한 불교 전통에서는 승려들은 어떤 종류이든 금전을 받거나 소유하거나 다루는 것을 엄격히 금지하고 있다. 따라서 우리는 너무도 가난하기 때문에 정부 통계 자료에 혼란을 줄 정도이다. 우리는 우리의 신도나 후원자들이 주는 절대로 요구한 바 없는 간단한 선물들에 의지해 검약하게 하루하루를 살아갈 뿐이다. 하지만 아주 가끔 어떤 특별한 것을 제공받기도 한다.

한번은 한 태국인 남자의 개인적인 문제를 해결하는 데 내가 발

벗고 나서서 도움을 준 적이 있다. 감사하는 마음에서 그는 내게 말했다.

"스님에게 개인적인 용도로 쓸 수 있는 뭔가를 선물로 드리고 싶습니다. 5백 바트(태국의 화폐 단위. 1바트는 30원 정도) 정도 되는 것으로 무엇을 사드리면 될까요?"

이런 제안의 경우에는 통상적으로 돈의 금액을 정확하게 밝히는 것이 흔한 일이다. 조금이라도 오해를 피하기 위해서이다. 내가 원하는 것이 무엇인지 금방 떠오르지도 않았을 뿐더러 그가 시간이 많지 않았기 때문에 나는 다음날 그가 다시 오면 말해 주기로 하고 헤어졌다.

이 일이 있기 전에는 나는 행복하게 살아가는 보잘것없는 수행자였다. 그런데 이제는 내가 무엇을 원하는지 심사숙고하는 사람이 되었다. 나는 목록을 만들었다. 목록이 길어졌다. 금방 5백 바트를 초과했다. 하지만 어떤 것도 목록에서 빼기가 어려웠다. 수많은 원하는 것들이 난데없이 떠올라 절대적인 필수품으로 굳어졌다. 그리고 목록은 계속해서 늘어났다. 이제는 5천 바트를 갖는다 해도 어림없었다!

상황을 파악한 나는 다시 생각할 필요 없이 나의 소망 목록을 찢어 버렸다. 그리고 나의 후원자를 만나 그 5백 바트를 절 짓는 기금으로 내거나 다른 좋은 용도에 써 달라고 부탁했다. 나는 그 돈을 원하지 않았다. 내가 무엇보다도 원한 것은 내가 그 전날까지도 지녔던 그 드문 만족감을 회복하는 일이었다. 돈도 없고 어떤 것을 구할 수단도 없었을 때, 그때가 나의 모든 소망이 이루어지는 때였다.

원하는 것에는 끝이 없다. 설령 1억 바트나 1억 달러를 가졌다 해도 부족할 것이다. 하지만 원하는 것으로부터의 자유에는 끝이 있다. 그것은 당신이 아무것도 원하지 않을 때이다. 그때만이 당신은 완벽한 만족을 얻을 수 있다.

우리가 사는 세상에서 발견할 수 있는 자유에는 두 종류가 있다. 하나는 욕망의 자유이고, 또 하나는 욕망으로부터의 자유이다. 현대 서구 문화는 첫 번째 자유, 곧 욕망의 자유만을 인정한다. 그러한 자유를 국가 헌법이나 인간 권리 헌장 맨 앞에 모셔두고 숭배한다. 민주주의의 근본 신조는 법이 허용하는 한 최대로 국민들이 자신들의 욕망을 실현할 수 있는 자유를 보호하는 것이다. 하지만 그런 나라들에 사는 국민들이 그다지 자유롭게 느껴지지 않는 것은 특이한 현상이다.

두 번째 자유, 곧 욕망으로부터의 자유는 몇몇 종교적인 공동체 안에서만 찬미를 받는다. 그들은 욕망으로부터의 자유에서 오는 만족과 평화를 궁극의 목표로 삼는다. 내가 머물고 있는 절처럼 금욕적인 공동체에 사는 사람들이 훨씬 더 자유롭게 느껴지는 것은 특이한 현상이다.

두 명의 고매한 태국인 승려가 신도 집 아침 식사에 초대받았다. 그들이 응접실에 앉아 기다리고 있는데, 그곳에 많은 종류의 물고기들이 헤엄치고 있는 장식용 어항이 놓여 있었다. 후배 수도승이 물고기를 수조에 가둬 두는 것은 불교의 자비 원리에 어긋나는 행위라고 불만을 표시했다. 그것은 물고기들을 감옥에 가둔 것이나 다름없었다. 그 물고기들이 유리벽으로 된 감옥에 수감될 만큼 잘못한 일이 무엇인가? 마땅히 강이나 호수에서 헤엄치며 원하는 곳이면 어디든 갈 수 있는 자유를 주어야만 한다. 선배 승려는 그 말에 동의하지 않았다. 그 물고기들에게 자신들의 욕망을 따를 자유가 없는 것은 사실이지만, 어항 속에서 사는 것은 수많은 위험으로부터의 자유를 그들에게 가져다준다. 그러고 나서 그는 그 물고기들의 자유를 열거했다.

첫째, 누군가의 집에 있는 어항 속에다 낚시꾼이 낚시를 드리우는 것을 본 적이 있는가? 절대로 그럴 일은 없다. 따라서 어항 속 물고기가 누리는 첫 번째 자유는 낚시꾼의 위험으로부터의 자유이다.

둘째, 야생 지대에서 한 마리의 물고기로서 사는 것이 무엇과 같을지 상상해 보라. 먹음직스런 지렁이나 살이 통통한 파리를 발견해도 그것을 먹는 것이 과연 안전할지 안전하지 않을지 결코 확신할 수 없다. 의심할 여지없이 물고기들은 자신들의 친구나 친척들이 맛나 보이는 벌레를 꿀꺽 먹었다가 갑자기 위쪽 어딘가로 영영 사라져 버리는 것을 수없이 목격해 왔다. 야생 지대에서 사는 물고기에게 먹는 것은 곧 위험이 뒤따르는 일이며 종종 비극으로 끝이 난다. 따라서 식사는 심각한 정신적 스트레스를 가져다준다. 모든 물고기는 매 끼니 때마다 불안 심리로 인한 만성 소화불량에 시달리는 것이 틀림없다. 병적으로 지나치게 의심이 많은 물고기들은 틀림없이 굶어 죽게 될 것이다. 야생 지대에 사는 물고기들은 아마도 예외 없이 정신병을 갖고 있을 것이다. 하지만 관상용 어항 속에 있는 물고기들은 이러한 위험으로부터 자유롭다.

셋째, 야생 지대에 사는 물고기들은 늘 더 큰 물고기에게 잡아먹히는 것을 걱정해야만 한다. 오늘날 어떤 퇴폐적인 강들에서는 밤중에 어두운 샛강으로 올라가는 것이 더 이상 안전하지 않다! 하지만 관상용 어항에다가 서로를 잡아먹는 물고기를 집어넣을 주인은 세상에 없다. 따라서 어항 속 물고기들은 동족을 잡아먹는 물고기의 위협으로부터 자유롭다.

넷째, 야생 지대에 사는 물고기들은 때로 먹이를 발견하기 어려울 때가 있다. 하지만 어항 속 물고기들은 고급 레스토랑 바로 옆에 사는 것과 같다. 하루에 두 번, 영양분이 골고루 함유된 식사가 문 앞으로 배달된다. 음식 값을 지불할 필요조차 없기 때문에 집까지 배달되는 피자보다도 편리하다.

다섯째, 계절 변화에 따라 강과 호수들은 극심한 온도 변화를 겪기 마련이다. 겨울에는 너무 춥고 온통 얼음으로 뒤덮이는 경우도 빈번하다. 반면에 여름에는 물고기 입장에서는 너무 뜨거워지고 때로는 강바닥이 말라붙기까지 한다. 하지만 어항 속 물고기들은 사계절 에어컨과 난방 시설에 상응하는 호사를 누리고 산다. 어항 속 물의 온도는 하루 종일, 그리고 일 년 내내 항상 일정하며 안락하다. 따라서 어항 속 물고기는 더위와 추위의 위험으로부터 자유롭다.

마지막으로, 야생 지대의 물고기들은 병에 걸려도 치료해 줄 이가 아무도 없다. 하지만 어항 속 물고기는 의료보험에 전액 무료로 가입해 있다. 어항 주인은 물고기들에게 병의 증상이 있을 때면 전문가를 부른다. 물고기들은 병원으로 갈 필요조차 없다. 따라서 어항 속 물고기는 병원비 걱정으로부터 자유롭다.

선배 승려는 이렇게 자신의 견해를 말하면서 어항 속 물고기로 사는 데는 많은 이점이 있다고 결론 내렸다. 자신들의 욕망을 추구하고 이곳저곳으로 헤엄칠 자유가 없는 것은 사실이다. 하지만 그들은 많은 위험과 불편함으로부터 자유롭다.

선배 승려는 계속해서 설명했다. 절제된 삶을 살아가는 사람들도 이와 마찬가지라고. 그들에게 자신들의 욕망을 추구할 자유와 이곳저곳 탐닉할 자유가 없는 것은 사실이다. 하지만 그들은 많은 위험과 불편함으로부터 자유롭다.

당신은 어떤 종류의 자유를 원하는가?

나의 동료 수행자 하나가 퍼스 시 가까운 곳에 있는 경비가 삼엄한 신축 감옥에서 몇 주 동안 명상을 가르쳤다. 여러 재소자들이 그 승려와 가까워졌고 다들 그를 존경하게 되었다. 명상 지도 마지막 날 재소자들은 그에게 불교 사원에서의 하루 일과에 대해 질문했다.

그 수행자는 대답했다.

"우리는 하루도 예외 없이 새벽 4시에 기상합니다. 더 일찍 일어나는 것은 자유이지만 더 늦게 일어나는 것은 허용되지 않습니다. 우리의 작은 방에는 난방 시스템이 되어 있지 않기 때문에 어떤 때는 몹시 춥습니다. 우리는 하루에 단 한 끼만 먹는데, 그것도 그릇 하나에 다 섞어서 먹습니다. 오후나 밤중에는 일체 아무것도 먹을 수 없습니다. 물론 성행위나 술도 금지되어 있습니다. 텔레비전이나 라디오도 없고 음악도 들을 수 없습니다. 영화 관람과 스포츠를 즐기는 것도 금지되어 있습니다. 대화도 최소한으로 줄여서하며, 잠시도 쉬지 않고 일하고, 자유 시간은 가부좌를 하고 앉아자신의 호흡을 지켜보는 것으로 보냅니다. 침대가 아니라 바닥에서 잠을 잡니다."

재소자들은 우리의 절 생활이 이루 말할 수 없이 엄격한 것에 이루 말할 수 없이 놀랐다. 그것에 비하면 그들의 교도소는 별 다섯 개짜리 호텔이나 다름 없었다. 사실 재소자 중 한 명은 자신들의 친구가 된 이 수행자의 이루 말할 수 없이 비참한 처지에 동정심을 느낀 나머지 자신이 어디에 있는지조차 망각하고서 말했다.

"당신의 절은 전혀 사람 살 곳이 못 되는군요. 이곳으로 와서 우리와 함께 지냅시다!"

그 말에 그곳에 있던 모든 이들이 한바탕 웃음을 터뜨렸다고 그수행자는 내게 전했다. 그 말을 들었을 때 나도 웃지 않을 수 없었다. 그런 다음 나는 그것에 대해 깊이 명상하기 시작했다.

내가 속한 절이 사회의 중범죄자들을 수용하는 가장 격리된 감옥들보다도 훨씬 더 금욕적인 것은 사실이다. 하지만 많은 사람들이 자유의지로 와서 이곳에 머물며 또 이곳에서 행복하다. 반면에 많은 이들이 잘 꾸며진 감옥으로부터 달아나길 원하며, 그곳에서 불행하다. 왜인가? 내가 속한 절에서는 수행자들이 이곳에 머물기를 원하지만, 감옥에서는 재소자들이 그곳에 있기를 원치 않기 때문이다. 단지 그 차이이다.

어떤 장소든 당신이 그곳에 있기를 원치 않는다면, 아무리 안락하더라도 당신에게는 그곳이 감옥이다. 이것이 '감옥'이라는 단어의 의미이다. 당신이 머물고 싶어 하지 않는 어떤 상황, 그것이 곧 감옥인 것이다. 만일 당신의 직업이 당신이 원치 않는 것이라면, 그때 당신은 감옥에 있는 것이다. 만일 당신이 원치 않는 관계 속에 있다면 당신은 또한 감옥에 있는 것이다. 만일 당신이 병들고 고통스런 육체 속에 있는데 그것을 원치 않는다면 그것 역시 당신에게는 감옥이다. 당신이 원치 않는 어떤 상황이 곧 감옥인 것이다.

그렇다면 삶의 수많은 감옥으로부터 어떻게 달아날 것인가? 쉽다. 당신이 처한 상황에 대한 당신의 인식을 '그곳에 머물기를 원함'으로 바꾸라. 그렇게 하면 심지어 산 쿠엔틴(캘리포니아 주에 있는, 남자만 수용된 교도소) 혹은 그곳보다는 약간 나은 나의 절이라 해도 당신에게는 더 이상 감옥이 아니게 될 것이다. 당신의 직업, 인간관계, 병든 육체에 대한 당신의 인식을 바꾸고 그것을 원하지 않는 대신 그 상황을 받아들임으로써 그곳은 더 이상 감옥처럼 느껴지지 않게 된다. 그곳에 있는 것에 만족할 때 당신은 자유롭다.

자유는 당신이 지금 있는 자리에 만족하는 것이다. 감옥은 지금 있는 자리가 아닌 다른 어떤 곳에 있기를 원하는 것이다. 자유로운 세상은 지금 이 순간에 만족하는 사람이 경험하는 세상이다. 진정한 자유는 욕망으로부터의 자유이지, 욕망의 자유가 결코 아니다.

우리 절의 '사람 살 곳 못 되는' 혹독한 생활환경을 고려해 나는 국제인권위원회 퍼스 시 지부와 돈독한 관계를 유지하기 위해 무척 조심한다. 그래서 유엔인권헌장 선포 50주년을 기념하기 위해 국제인권위원회가 주최한 저녁 만찬에 초대받았을 때 나는 정중하게 다음과 같은 답변서를 보냈다.

진행위원회의 줄리아 씨에게,

유엔 인권 헌장 선포 50주년을 진심으로 축하드리며, 5월 30일 토요일의 저녁 만찬에 친절하게도 저 같은 사람을 초대해 주신 것에 깊은 감사를 드립니다. 그런 의미 있는 자리에 초대를 받고 보니 저 자신 한껏 우쭐한 기분이 드는군요.

하지만 저는 불교 수행자이며, 매우 엄격한 규율을 지키는 상좌 불교(상좌는 '장로'라는 뜻으로, 붓다의 가르침을 충실히 전수하는 권위 있는 장로들의 전통. 태국, 미얀마, 스리랑카, 캄보디아, 베트남 등의 불교가 여기에 속함) 전통에 소속되어 있습니다. 이 전통의 규율에서는 정오부터 다음날 새벽까지 먹고 마시는 것을 일체 금하고 있습니다. 안타깝게도 저녁식사도 여기에 해당됩니다. 어떠한 술도 금지 품목이며 포도주도 예외가 아닙니다.

만일 제가 이번 초대를 받아들인다면 저는 할 수 없이 저녁 식사 내내 빈 접시와 빈 포도주 잔을 앞에 놓고 앉아, 내 양옆에 있는 사람들이 세상에서 가장 잘 차린 것이 틀림없을 그 성찬을 신나게 먹어치우는 것을 구경만 하고 있어야 할 것입니다. 이것은 저에게는 심한 고문이나 다름없으며 국제인권위원회가 그러한 행위를 묵과할 리 없을 것입니다.

뿐만 아니라 이 전통에 속한 불교 수행자로서 저는 어떠한 성격의 돈도 받거나 소유할 수가 없습니다. 저는 생계유지에 필요한 최저 소득 기준에 훨씬 못 미치는 가난한 살림 속에서도 변함없이 행복하게 살아가고 있기 때문에 정부 통계 자료에 혼란을 가져다주기도 합니다. 따라서 저는 저녁 만찬 참가비를 낼 능력이 전무합니다. 어차피 입에도 못 댈 저녁이지만 말입니다.

그리고 그러한 행사에 어울릴 만한 복장을 전혀 갖추고 있지 못한 저와 같은 수행자의 처지에 대해서도 말씀드릴 생각이었지만, 이미 말이 너무 길어진 듯해서 이만 마칠까 합니다. 저녁 만찬에 참석하지 못하는 것에 대해 다시 한 번 머리 숙여 죄송하다는 말씀 드립니다.

가난하지만 행복한

아잔 브라흐마

다른 사람들을 돕는 것을
가장 중요하게 여기는 사람들도 있지만
가장 중요한 일은
자신의 삶을 진지하고 열심히 사는 것이며
자신의 참 본성을 더 깊이 이해하기 위해
노력하는 것이다.
그대가 자신의 참 본성을 알아차렸을 때만
진실로 남을 도울 수 있다.

– 우 조티카

9
삶이라는 이름의 스승

누군가 당신을 바보라고 부를 때 당신이 기분 나빠하는 이유는 그 말이 사실이라고 믿기 때문이다. 에고를 내려놓으면 누군가 당신을 바보라고 불러도 그것은 당신을 괴롭히지 않는다. 왜 다른 사람이 당신 내면의 행복을 지배하도록 허락하는가?

내가 속한 불교 전통의 수행자들은 밤갈색 승복을 입는다. 그것이 우리가 소유한 옷의 전부다. 얼마전 나는 호주의 한 병원에 며칠간 입원할 일이 있었다. 입원 수속을 밟는 도중, 병원 측에서는 내게 바지를 가져왔느냐고 물었다. 나는 승려는 바지를 입지 않으며, 이 승복을 입든지 아니면 홀랑 벗고 있든지 둘 중 하나라고 대답했다. 그러자 그들은 얼른 승복 입는 것을 허락했다.

문제는 승복이 꼭 여성들이 입는 드레스처럼 보인다는 것이다. 어느 일요일 오후, 퍼스 시 근교에서의 일이다. 나는 건물 짓는 데 필요한 자재들을 우리 절의 밴 승용차에다 옮겨 싣고 있었다. 그때 근처 집에서 13살짜리 호주 여자아이가 나한테 말을 걸기 위해 걸어 나왔다. 그 아이는 전에 불교 승려를 한 번도 본 적이 없는 듯 했다. 아이는 허리에 두 손을 얹고 내 앞에 서서 매우 경멸하는 시선으로 나를 위아래로 훑어보았다. 그러더니 역겨움을 가득 담은 목소리로 나를 비난하기 시작했다.

"남자가 계집애처럼 드레스를 입고 다니다니! 정말 역겨워서 못 봐주겠군! 우웩!"

아이가 너무 과장되게 행동했기 때문에 나는 웃음을 참을 수가 없었다. 아잔 차 스승께서 제자들에게 해 주신 조언이 기억났다. 사람들에게 모욕을 당했을 때 어떻게 반응해야 하는가에 대해 스승은 말씀하셨다.

"만일 누군가 그대를 개라고 부르면 화내지 말라. 그 대신 그대의 엉덩이를 살펴보라. 그곳에 개꼬리가 달려 있지 않다면 그대는 개가 아니라는 뜻이다. 그것으로 문제는 끝이다."

대중 앞에서든 어디서든 늘 승복을 입는 것에 대해 때로는 입발린 찬사를 들을 때도 있지만 한번은 잊지 못할 경험을 한 적이 있다. 그때 나는 시내에 볼일이 있었다. 그날 우리 절의 밴 차를 운전해 주는 사람—내가 속한 전통에서는 수행자가 차를 운전하는 것이 금지되어 있다—이 차를 여러 층으로 된 주차장에다 주차시켰다. 차에서 내린 그는 갑자기 화장실이 급하다고 외치더니 주차장에 딸린 화장실이 지저분하다고 생각해선지 근처 영화관으로 달려갔다. 그래서 나의 운전기사께서 생리적인 문제를 해결하는 동안 승복 차림인 나는 영화관 앞 사람들로 북적거리는 거리에 서서 기다리고 있었다.

그때 한 젊은 남자가 부드러운 미소를 지으며 내게 다가와 혹시 시간이 있느냐고 물었다. 나 같은 수행자들은 순진해서 세상 물정을 모른다. 나는 생애의 대부분을 절에서 보냈다. 또한 수행자는 손목시계를 차고 다닐 수 없기 때문에 나는 그 남자에게 시계가 없어서 시간을 모르겠다고 정중하게 대답했다. 그러자 청년은 인상을 구기며 걸어가 버렸다.

그가 몇 걸음쯤 갔을 때에야 나는 문득 그의 의도를 알아차렸다. 그는 시계가 있느냐고 물은 것이 아니라 내게 자기와 데이트할 시간이 있느냐고 물었던 것이다. 나중에 알았지만, 나는 퍼스 시에서 동성연애자들의 만남 장소로 가장 인기 있는 거리에 혼자 서 있었던 것이다.

그 동성애자 청년은 가다 말고 뒤돌아서서 다시 한 번 나를 쳐다보더니 한껏 섹시한 마릴린 먼로 풍의 목소리로 말했다.

"오우! 자기 그 옷을 입으니까 너무 멋져!"

나는 온몸에 닭살이 돋는 걸 느꼈다. 바로 그때 운전기사가 영화관에서 나와 나를 구출해 주었다. 그 이후부터 우리는 주차장에 딸린 화장실을 이용했다.

학교 교사 시절 내가 들은 가장 훌륭한 조언은 이것이다. 교사인 당신이 실수를 해서 학생들이 웃기 시작하면 당신도 함께 웃으라. 그렇게 하면 학생들은 당신에 대해 웃는 것이 아니라 당신과 함께 웃을 것이다.

그로부터 여러 해가 흘러 퍼스 시에서 승려 생활을 할 때 나는 여러 고등학교들로부터 불교에 대해 강의해 달라는 요청을 받곤 했다. 학생들은 십대 청소년들답게 종종 당혹스러운 질문으로 나를 시험해 보곤 했다. 한번은 불교문화에 대한 설명을 마치고 강의 끝 무렵 학생들에게 질문을 허용했을 때였다. 열네 살짜리 여학생이 손을 들더니 물었다.

"여자들을 봐도 전혀 흥분되지 않으시나요?"

다행히 그 반의 다른 여학생들이 일제히 그 여학생에게 야유를 보냄으로써 나를 곤경에서 구출해 주었다. 나는 웃음을 터뜨리면서, 그 사건을 다음 강연 소재로 삼기 위해 메모해 놓았다.

또 한번은 내가 시내 중심가를 걸어가고 있을 때였다. 몇 명의 여학생들이 내게로 다가왔다.

"안녕하세요!"

그들은 매우 친근한 목소리로 내게 인사를 했다.

"우리를 기억 못하시겠어요? 얼마 전 우리 학교에 와서 불교에 대해 말씀해 주셨잖아요."

내가 말했다.

"이렇게 나를 기억해 주다니 정말 기쁘구나."

그러자 한 여학생이 말했다.

"우린 결코 스님을 잊지 않을 거예요. 어떻게 '브라(브래지어)'라는 이름을 가진 스님을 잊을 수 있겠어요?"

내가 태국 북동부에서 수행자로서 보낸 첫 해는 우연히도 베트남 전쟁이 막을 내린 해였다. 변방 도시 우본 시 근처에 자리 잡은 아잔 차 스승의 절에서 얼마 멀지 않은 곳에 미 공군 기지가 있었다. 아잔 차 스승은 모욕에 대처하는 법을 이야기하면서 즐겨 다음의 일화를 들려주었다. 이것은 실화이다.

한 미국인 병사가 자전거 릭샤를 타고 부대에서 인근 도시로 가고 있었다. 도시 입구에 이르렀을 때 길가 선술집 앞을 지나치게 되었는데, 그곳에는 이미 술이 곤드레만드레 취한 릭샤 운전사의 친구들이 잡담을 나누고 있었다. 그들은 이 릭샤 운전사를 보자 태국어로 소리쳤다.

"어이! 그 더러운 개를 태우고 어디로 가는 거야?"

그런 다음 그들은 그 미군 병사를 손가락질하며 웃어댔다. 한 순간, 릭샤 운전사는 몹시 긴장했다. 그 병사는 덩치가 매우 컸으며 그를 '더러운 개'라고 부르는 것은 곧 즉각적인 싸움을 의미했다. 하지만 그 병사는 아무 반응 없이 주위를 둘러보면서 아름다운 풍경을 감상할 뿐이었다. 태국어를 전혀 알아듣지 못하는 게 분명했다. 릭샤 운전사는 멍청한 미군 병사를 골려먹을 양 큰 소리로 되받아쳤다.

"그래, 난 이 지저분한 개를 데리고 메콩 강으로 가는 중이다! 이 냄새나는 잡종개를 강에 집어던져 목욕 좀 시키려고 그런다!"

릭샤 운전사와 그의 술 취한 친구들이 박장대소를 하며 웃는 동안 그 병사는 전혀 동요하지 않고 앉아 있었다. 마침내 목적지에 도착해 운전사가 차비를 요구하며 손을 내밀자 미군 병사는 아무 말 없이 걸어가기 시작했다. 릭샤 운전사는 황급히 그를 따라가며 서툴지만 분명한 영어로 소리쳤다.

"헤이! 군인 양반! 달러를 내셔야지!"

덩치 큰 미군 병사는 평온하게 운전사를 뒤돌아보더니 매우 유창한 태국어로 말했다.

"아저씨, 개가 돈 가지고 다니는 거 봤어요?"

경험 많은 영적 스승들은 종종 깨달음을 얻었다고 주장하는 제자들을 다루어야 할 때가 있다. 그들의 주장을 시험하는 가장 오랜 방법 중 하나는 그 제자에게 심한 모욕을 주어 화를 내게 만드는 일이다. 모든 불교 수행자들이 알고 있듯이 붓다는 화를 내는 사람은 전혀 깨달은 이가 아니라고 못박아 말했다.

한 젊은 일본인 수행자가 있었다. 그는 이번 생에 궁극의 깨달음에 이르겠다는 강한 집념을 갖고 유명한 절 근처 호수 한가운데의 작은 섬에서 홀로 수행을 계속했다. 그는 가능하면 인생 초기에 깨달음을 얻어 그 다음에는 다른 일들에 도전하고 싶었다.

절의 심부름꾼이 갈대로 만든 작은 배를 타고 주말마다 생필품을 싣고 그 섬으로 갔다. 한번은 섬에 도착했더니 그 젊은 수행자가 고급 한지와 붓, 그리고 질 좋은 먹을 주문하는 종이쪽지를 나뭇가지에 걸어 놓았다. 그가 홀로 수행을 시작한 지 3년째 되는 날이 다가오고 있었으며, 그는 스승에게 자신이 얼마나 높은 경지에 이르렀는가를 알리고 싶었다.

다음주, 한지와 먹과 붓이 도착했다. 그리고 며칠 동안 젊은 수행자는 깊은 명상과 심사숙고 끝에 그 고급 한지 위에 가장 우아한 필체로 다음의 시를 썼다.

젊은 중이 3년 동안 홀로
외딴 섬에서 용맹정진한 끝에
세상의 네 가지 바람에도
더 이상 흔들리지 않게 되었네

그는 생각했다. 지혜로운 늙은 스승은 이 시를 읽고, 그리고 이 필체를 보고는 자신의 제자가 이제 궁극의 깨달음에 이르렀음을 알아볼 것이라고. 그는 조심스럽게 한지를 말아 장식끈으로 잘 묶은 뒤 심부름꾼에게 건넸다. 그리고 그것이 스승에게 전달되기를 기다렸다. 그 후 며칠 동안 젊은 수행자는 뛰어난 필체로 쓴 그 탁월한 시를 자신의 스승이 즐겁게 감상하고 있는 모습을 상상하며 지냈다. 그 작품이 값비싼 액자에 담겨져 절 대법당 벽에 걸려 있는 것이 눈에 선했다. 의심할 여지 없이 모든 수행자들은 이제 그를 도심에 있는 유명한 절의 차기 주지로 밀려고 할 것이다. 마침내 해낸 것이다! 그는 이루 말할 수 없이 뿌듯했다.

그 다음주, 절의 심부름꾼이 생필품을 싣고 작은 갈대 배를 저어 섬에 도착했을 때 젊은 수행자가 그를 기다리고 있었다. 심부름꾼은 곧 그에게 둥근 한지 두루마리를 건넸다. 그가 지난 번 보낸 것과 비슷했지만 겉에 묶은 장식끈 색깔이 달랐다.

심부름꾼이 무뚝뚝하게 말했다.

"큰스님께서 보내신 겁니다."

젊은 수행자는 서둘러 장식끈을 풀고 두루마리를 펼쳤다. 한지 위에 시선이 얹히는 순간, 그의 눈동자가 보름달처럼 커지고 얼굴이 백짓장처럼 하얗게 변했다. 그것은 그 자신이 보낸 그 한지였다. 하지만 그가 한껏 우아한 필체로 쓴 첫 행 옆에다 스승은 빨간색 볼펜으로 아무렇게나 찍찍 갈겨 이렇게 써 놓았다.

"쓰레기!"

두 번째 행 오른쪽에도 또 다른 빨간색 볼펜 글씨가 지저분하게 휘갈겨져 있었다.

"쓰레기!"

세 번째 행에도 또 다른 무식한 글씨가 걸쳐져 있었다. 네 번째 행도 마찬가지였다.

"쓰레기!"

이건 너무 심한 장난이었다! 그 늙은 중은 너무 어리석어서 그 주먹코 앞에다 들이밀어도 깨달음의 경지를 알아보지 못할 뿐더러, 무식하고 기본적인 교양도 없기 때문에 상스런 낙서로 예술 작품을 마구 훼손시킨 것이다. 큰스님이 아니라 조폭처럼 행동하고 있었다. 이것은 예술에 대한, 전통과 진리에 대한 모독이었다.

젊은 수행자는 분노를 못 이겨 눈꼬리가 가늘어지고 얼굴은 화가 나서 울그락푸르락했다. 그는 씩씩거리며 심부름꾼에게 울부짖었다.

"자, 빨리 노를 저으라. 당장 큰스님에게로 가자!"

그가 섬의 오두막을 떠난 것은 3년 만에 그때가 처음이었다. 분노와 증오로 가득 차서 그는 큰스님의 방문을 걷어차고 안으로 들어갔다. 그러고는 탁자 위에 그 한지 두루마리를 내팽개치며 설명을 요구했다. 경험 많은 늙은 스승은 천천히 한지 두루마리를 펼쳐 들고 목을 한 번 가다듬은 뒤 그 시를 읽어내려 갔다.

젊은 중이 3년 동안 홀로
외딴 섬에서 용맹정진한 끝에
세상의 네 가지 바람에도
더 이상 흔들리지 않게 되었네

그런 다음 스승은 한지를 내려놓고 젊은 수행자를 응시했다. 그러고는 말했다.

"흠, 그래, 젊은 중이여. 그대는 더 이상 세상의 네 가지 바람에 흔들리지 않게 되었네. 하지만 '쓰레기'라는 네 번의 말에 당장에 호수를 가로질러 달려왔군!"

태국에서 승려가 된 지 4년째 되던 해, 나는 북동부 외딴 숲에 있는 작은 절에서 길고 힘든 수행을 하고 있었다. 어느 늦은 밤이었다. 한 차례 더 걷기 명상을 하던 중 내 마음이 문득 전에 없이 투명해졌다. 산속에서 쏟아져 내리는 폭포처럼 깊은 통찰력이 나를 적셨다. 전에는 결코 이해할 수 없었던 심오한 신비들이 쉽게 풀렸다. 그러다가 '큰 나'가 찾아왔다. 그것은 순식간에 '작은 나'를 날려 버리고 내 존재를 가득 채웠다. 이것이 그것이었다. 바로 깨달음이었다.

그 축복감은 전에는 한 번도 경험하지 못한 것이었다. 실로 거대한 환희심이 밀려왔다. 그러면서도 동시에 모든 것이 너무나 평화로웠다. 나는 매우 늦은 시각까지 명상을 계속하다가 아주 잠깐 눈을 붙인 뒤, 새벽 3시 종이 울리기 전에 법당에서 다시 명상을 시작하기 위해 잠을 떨치고 일어났다. 무덥고 습기 찬 태국의 밀림 속에서 새벽 3시에 잠이 깨면 대개 정신이 멍하고 졸음과 씨름해야만 했다. 하지만 그 아침은 달랐다. 아무 노력 없이도 몸이 똑바로 곧추세워지고, 의식은 외과용 수술칼처럼 날카롭게 깨어났다. 그리고 마음의 집중도 쉽게 이루어졌다. 깨달음의 상태에 있다는 것은 실로 멋진 일이었다. 또한 그것이 그리 오래 지속되지 않는다는 것은 너무나 실망스런 일이었다.

그 시절 태국 북동부 지역의 음식은 도저히 목 너머로 삼키기가 힘들었다. 한 예로, 당시 하루 한 끼 먹는 우리의 식사는 끈적끈적한 주먹밥 하나에다, 그 위에 얹은 보통 크기의 삶은 개구리 한 마리가 전부였다. 채소도 없고 과일도 없고 단지 주먹밥 위에 얹힌 개구리, 그것이 하루 식사의 전부였다. 나는 개구리의 다리부터 조금씩 뜯어먹은 뒤 그 다음에 몸통을 먹었다. 내 옆자리에 앉아 있던 수행자 역시 개구리의 몸통을 먹기 시작했다. 불행히도 그는 개구리의 방광을 누르고 말았다. 그곳에 아직 오줌이 남아 있었다. 개구리는 그의 주먹밥 위에 흥건히 오줌을 갈겼다. 그 후 그는 아무것도 먹을 수 없었다.(남방불교의 승려들이 채식을 엄격히 실천하지 않는 이유에 대해 많은 이들이 의문을 갖는데, 그 근본 이유는 그들이 탁발에 의존해 식사를 해결하며 또한 시주자가 주는 것은 어떤 것이라도 가리지 말고 먹어야 한다는 계율 때문이다. 물론 육식을 거부할 자유는 있지만, 자신에게 주어지는 음식의 좋고 나쁨을 가리지 않는 마음이 더 중요하다고 보는 것이다. 하지만 특별히 자신에게 대접하기 위해 죽인 동물은 받아들이지 말아야 하며, 날고기나 날생선을 포함해 말과 개와 뱀, 그리고 코끼리 고기는 금지되어 있다. 현재 남방불교의 많은 승려들은 채식주의자로 생활하고 있으며, 주지승들은 신도들에게 절에 고기를 시주하는 것을 삼가도록 권유하고 있다.)

얼마 후 우리의 주 메뉴는 생선 카레로 바뀌었는데, 말 그대로 썩은 생선으로 만든 음식이었다. 우기에 잡은 작은 물고기들을 흙으로 만든 항아리 안에 저장해 두고서 일 년 내내 먹었다. 한 번은 내가 절 부엌을 청소하다가 우연히 그런 항아리 중 하나를 발견했다. 항아리 안은 꿈틀거리는 구더기들로 가득했다. 나는 그것을 버리려고 얼른 밖으로 들고 나갔다. 당시 그 마을 이장은 교육도 많이 받고 그중 세련된 사람이었는데, 나를 보더니 그 항아리를 버리지 말라고 손사래를 쳤다.

내가 이의를 제기했다.

"하지만 이 안에 구더기가 가득한데요!"

"그럼 훨씬 맛있겠군!"

그렇게 말하고 그는 잽싸게 내 손에서 항아리를 가로채 갔다. 그 이튿날 우리는 그날의 하루 한 끼 식사로 또다시 그 썩은 생선 카레를 먹어야만 했다.

내가 깨달음을 얻은 다음날이었다. 놀랍게도 끈적끈적한 밥에 얹어 먹을 카레가 두 가지나 나왔다. 한 냄비에는 예의 그 냄새 고약한 썩은 생선 카레가, 그리고 다른 냄비에는 매우 먹음직스런 돼지고기 카레가 담겨 있었다. 나는 생각했다. '오늘은 나의 깨달음을 자축하고 변화하는 의미에서 좋은 음식으로 먹어야지.'

주지승이 나보다 앞서 자신이 먹을 카레를 골랐다. 그는 접시에다 맛있는 돼지고기 카레를 국자로 세 번이나 가득 퍼서 담았다. 대식가였다. 아직 내가 먹을 양은 충분히 남아 있었다. 하지만 냄비가 내 앞으로 건너오기 직전, 주지승은 갑자기 그 군침 돋는 돼지고기 카레를 썩은 생선 카레 냄비에다 확 쏟아 붓는 것이었다. 그런 다음 그는 국자로 휘휘 저어 섞으면서 말했다.

"어차피 같은 음식이니까."

나는 할 말을 잃었다. 나는 말 그대로 격분했다. 화가 머리끝까지 치밀어 분노의 연기가 뿜어 나왔다. 만일 그가 정말로 '어쨌든 같은 음식'이라고 생각했다면 왜 자신은 두 냄비를 합치기 전에 먼저 자기 접시에 돼지고기 카레를 그것도 세 번이나 국자 가득 퍼

담았는가? 위선자 같으니! 게다가 그는 어린 시절 매일같이 악취 나는 생선 카레를 먹고 자란 이 마을 출신이다. 그러니 생선 카레를 보면 응당 군침이 돌 것이다. 거짓말쟁이! 돼지! 사기꾼!

그때 한 가지 자각이 나를 후려쳤다. 깨달음을 얻은 이는 음식을 가리지 않을 뿐더러 화를 내면서 주지승을 돼지라고 부르지도 않는다. 혼잣말로 중얼거렸다 해도 마찬가지이다. 나는 분명 아무것도 아닌 일에 화를 냈으며, 그것은 내가 전혀 깨달음을 얻지 못했음을 의미했다. 오, 이럴 수가!

분노의 불꽃은 갑작스런 절망감으로 금방 눅눅해졌다. 짙은 실망의 먹구름이 가슴으로 밀려와 한때 밝은 깨달음이었던 태양을 완전히 가렸다. 의기소침해지고 우울해진 나는 냄새 고약한 생선 카레와 돼지고기 카레 두 국자를 퍼서 밥 위에 얹었다. 이제 내가 무엇을 먹든 상관없었다. 그만큼 삶의 의지를 잃었다. 깨달음을 얻은 게 아니라는 걸 알게 되자 그날 하루가 다 망가져 버렸다.

돼지와 관련된 또 하나의 이야기가 있다. 한 부유한 의사가 이제 막 비싸고 힘 좋은 신형 스포츠카를 구입했다. 물론 고작 시내에서 느린 속도로 돌아다니기 위해 거금을 들여 고성능 스포츠카를 사지는 않는다. 어느 햇빛 화창한 주말, 그는 차를 몰고 시내를 벗어나 평화로운 농장지대를 달렸다. 속도 감시 카메라가 없는 지역에 이르자, 그는 힘껏 액셀을 밟았다. 차가 공중에 뜨는 듯한 기분이 들고, 우렁찬 엔진소리와 함께 미끈하게 빠진 차는 전속력으로 내달렸다. 조용하던 시골길에 신형 스포츠카의 요란한 굉음이 울려퍼졌다. 속도가 주는 쾌감에 의사는 미소를 지었다.

목장 문에 기대어 선 온갖 풍상을 겪은 농부는 그다지 미소 지을 기분이 아니었다. 농부는 스포츠카의 시끄런 엔진소리를 뚫고 운전자가 들을 수 있도록 최대한 목소리를 높여 고함쳤다.

"돼지!"

의사는 자신이 지금 주위의 고요를 무시하고 오로지 자신만의 쾌감을 위해 행동하고 있음을 알았다. 하지만 그는 생각했다.

"그게 무슨 상관이야! 나도 나 자신을 즐길 권리가 있다고!"

그래서 그는 농부를 돌아보며 외쳤다.

"당신은 뭐 잘났다고 나보고 돼지라고 부르지?"

그 짧은 몇 초 동안 그의 시선이 도로에서 벗어났다. 그리고 그 순간 그의 차는 도로 한가운데 버티고 서 있는 커다란 돼지와 정면으로 충돌하고 말았다!

이제 갓 구입한 그의 신형 스포츠카는 완전히 박살이 났다. 그 '돼지' 때문에 그는 몇 주 동안 병원 신세를 져야만 했으며, 아끼는 자동차뿐 아니라 큰돈을 잃었다.

의사는 에고 때문에 친절한 마음씨를 가진 농부가 해 준 경고의 말을 부정적으로 잘못 판단했다. 다음의 이야기는 승려인 나의 에고가 따뜻한 마음씨를 가진 사람을 잘못 판단하게 만든 경우를 말해 준다.

그때 나는 모처럼 런던에 계신 어머니를 방문하고 헤어지는 길이었다. 어머니는 내가 기차표 끊는 것을 도와주기 위해 일링 브로드웨이 기차역(런던 서쪽 교외의 주택 지역에 있는 역)까지 나와 함께 걸어가고 계셨다. 역으로 가던 도중, 인파로 북적대는 일링 하이 스트리트 거리에서 누군가 "하레 크리슈나! 하레 크리슈나!" 하고 나를 조롱하는 소리가 들렸다.

삭발한 머리에 밤갈색 승복을 입고 있기 때문에 나는 종종 크리슈나 의식 운동(하레 크리슈나 운동으로 널리 알려진, 미국에서 시작된 힌두교의 새로운 종교 운동. 머리를 삭발하고 힌두 탁발승과 비슷한 오렌지 색 옷을 입고 다님)에 헌신하는 사람으로 오해받곤 한다. 호주에서는 그런 적이 한두 번이 아니었다. 아무것도 모르는 얼간이들이 나만 보면 적당히 안전거리를 유지하고서 "하레 크리슈나! 하레 크리슈나!" 하고 내 차림새를 놀려댔다.

나는 인파 속에서 "하레 크리슈나!"를 외쳐대는 그 남자를 재빨리 찾아내고는, 불교 수행자를 조롱한 죄로 사람들이 보는 앞에서 단단히 혼내 주기로 마음먹었다. 어머니가 옆에 서 계신 상황에서 나는 청바지에 재킷, 그리고 테 없는 둥근 모자를 쓴 그 청년을 큰 소리로 훈계했다.

"이봐, 친구! 난 불교 승려이지 하레 크리슈나 추종자가 아니야. 뭘 알고 까불어야지. 아무나 보고 '하레 크리슈나' 하고 소리치는 게 아니라고!"

그 청년은 따뜻한 미소를 지으며 머리에 쓰고 있던 둥근 모자를 벗었다. 그러자 뒤꼭지의 긴 말꼬랑지 머리를 제외하고는 완전히 삭발한 머리였다. 그가 말했다.

"네, 알고 있습니다. 당신은 불교 스님이시고, 저는 하레 크리슈나 운동의 일원입니다. 하레 크리슈나! 하레 크리슈나!"

그는 전혀 나를 조롱하고 있던 게 아니었다. 다만 자신의 종교 운동을 실천하고 있던 것이었다. 나는 말할 수 없이 창피하고 당황스러웠다. 도대체 왜 엄마와 함께 있을 때면 꼭 이런 일이 일어나는가?

우리 모두는 종종 실수를 저지른다. 삶을 살아간다는 것은 갈수록 덜 자주 실수하는 법을 배우는 것이다. 이 목표를 실현하기 위해 내가 머물고 있는 절에서는 수행자들의 실수를 허용하는 정책을 쓰고 있다. 실수하는 것을 두려워하지 않을 때 오히려 덜 실수하기 마련이다.

하루는 절 마당을 걸어가다가 풀밭에 내던져진 채로 있는 망치하나를 발견했다. 이미 녹이 슬기 시작한 것으로 보아 그곳에 꽤 오래 버려져 있었던 게 틀림없었다. 절에서 사용하는 물건들은 승복에서부터 연장에 이르기까지 모두가 힘들게 일하는 신도들이 시주한 것이다. 우리에게 그 망치를 사주기 위해 한 사람의 가난하지만 자비로운 불교도가 몇 주일이나 돈을 저축했을지도 모른다. 그 소중한 선물을 이런 식으로 분별없이 다루는 것은 결코 옳은 일이 아니다. 그래서 나는 전체 수행자 회의를 소집했다.

나는 늘 성격이 삶은 콩처럼 무르다는 평을 듣지만 그날 저녁만큼은 칠리 고추처럼 매서웠다. 나는 절의 수행자들을 호되게 꾸짖었다. 그들은 이 일을 통해 교훈을 배울 필요가 있었으며 우리가 가진 몇 안 되는 소유물들을 소중히 간수하는 법을 배워야만 했다. 내가 일장 연설을 마쳤을 때, 수행자들은 똑바로 앉아서 잿빛 얼굴을 한 채 침묵을 지켰다. 나는 범인이 스스로 잘못을 고백하기를 기대하면서 잠시 기다렸다. 하지만 아무도 나서지 않았다. 모두가 허리를 곧추세우고 앉아 입을 다물고 있었다.

나는 이러한 동료 수행자들에게 크게 실망하고 법당을 나가기 위해 자리에서 일어났다. 적어도, 풀밭에 아무렇게나 망치를 내던져 둔 수행자가 용기를 내어 잘못을 고백하고 용서를 빌 것이라고 나는 기대했었다. 혹시 내가 너무 심하게 꾸짖은 걸까?

법당을 걸어 나가는 순간, 나는 갑자기 깨닫게 되었다. 왜 아무 수행자도 자신의 책임이라고 인정하지 않는가를. 나는 다시 몸을 돌려 법당의 내 자리로 돌아와 앉았다. 그러고는 말했다.

"수행자 여러분! 이제 방금 저는 풀밭에 망치를 내던져 둔 범인이 누구인가를 알았습니다. 그것은 다름 아닌 저였습니다!"

지난번에 바깥에서 일을 하다가 급한 일이 생겨 망치를 그 자리에 두고 떠난 것을 까마득히 잊고 있었던 것이다. 화를 내며 다른 수행자들을 꾸짖는 순간에도 그 사실이 전혀 떠오르지 않았었다. 일장 훈시를 하고 난 다음에야 기억이 되돌아온 것이다. 범인은 나였던 것이다. 아, 이런! 창피해서 견딜 수가 없었다.

다행히 우리 절에서는 누구든 실수하는 것이 허용된다. 심지어 절의 주지라 해도.

당신이 당신 자신의 에고를 버릴 때 누구도 당신을 놀릴 수 없다. 누군가 당신을 바보라고 부른다면, 당신이 기분 나빠하는 유일한 이유는 그 말이 사실일지 모른다고 당신이 믿기 때문이다.

몇 해 전 일이다. 한번은 내가 차선이 여러 개인 퍼스 시 고속도로를 차를 타고 가고 있는데, 낡은 차에 탄 젊은이들이 나를 발견하고는 차 유리문을 열고 나를 놀리기 시작했다.

"어이! 대머리 양반! 빡빡이 아저씨!"

그들이 나를 약 올리려 하고 있었기 때문에 나는 유리문을 내리고 맞받아쳤다.

"너희 머리나 잘라라! 이 계집애들아!"

나는 그렇게 하지 말았어야 했다. 그것은 그 청년들의 사기를 돋우어 줄 뿐이었다. 그 불량배들은 내 쪽으로 바짝 차를 붙이더니 잡지 한 권을 꺼내 펼쳐 보이며 나로 하여금 그 잡지에 실린 사진들을 보게 만들었다. 그러고는 입을 크게 벌리고 야단스런 몸짓을 해댔다. 그것은 〈플레이보이〉 잡지였다. 나는 그들의 음탕한 유머 감각에 절로 웃음이 터져 나왔다. 나도 그들 나이이고 친구들과 어울려 다닌다면 똑같은 장난을 쳤을지도 모른다. 내가 웃는 것을 보고 그들은 이내 떠나갔다. 모욕에 웃음으로 대응하는 것은 얼굴을 붉히며 기분 나빠하는 것보다 훨씬 나은 방법이다.

그런데 나는 그 〈플레이보이〉 잡지에 실린 사진들을 쳐다보았는가? 물론 아니다. 나는 어디까지나 품행이 단정한 독신 수행자이니까. 그렇다면 어떻게 그 잡지가 〈플레이보이〉라는 걸 알았는가? 나를 차에 태워다 주던 사람이 내게 말해 주었기 때문이다. 적어도 나는 그렇게 주장한다.

누가 당신을 바보 얼간이라고 부르면 당신은 생각한다.

'어떻게 나를 바보 얼간이라고 부를 수 있지? 그에게는 나를 바보 얼간이라고 부를 아무 권리가 없어! 나를 바보 얼간이라고 부르다니, 얼마나 무례한 짓인가! 나를 바보 얼간이라고 부른 그 자에게 꼭 복수하고 말 거야.'

그러다가 당신은 불현듯 깨닫는다. 그렇게 함으로써 그가 당신을 네 차례나 더 바보 얼간이라고 부르게 만들었음을. 그가 한 말을 떠올릴 때마다 당신은 그가 당신을 계속해서 바보 얼간이라고 부르도록 허용하는 것이다. 거기에 문제가 있다. 누군가 당신을 바보 얼간이라고 부르고 당신이 그 순간 그것을 내려놓는다면 그것은 더 이상 당신을 괴롭히지 않는다. 거기에 해답이 있다. 왜 다른 사람이 당신 내면의 행복을 지배하도록 허락하는가?

마음을 내려놓고 삶과 죽음에 대해 명상하는 것은
다른 어떤 일보다 중요하다.
명상은 우리가 가진 재산, 인간관계, 아이들, 소유물보다
중요하다. 그것들은 당신이 죽을 때 모두 사라진다.
즐거움에 탐닉하는 것은 결국 좌절을 가져온다.
아무리 많은 기쁨을 가진다 해도
그것들은 노년의 안개 속에 사라진다.
나이 듦에 따라 알아야 할 것 하나는,
삶의 쾌락이 일찍 올수록 마지막에 남는 것은
고통이라는 것이다.

— 아잔 차

10
생의 아름다운 마무리

사람들은 문제로부터 자유로워지는 걸 원치 않는다. 자신의 문제만으로 충분하지 않으면 텔레비전 드라마를 보며 상상 속 인물들의 문제로 고민한다. 많은 이들이 행복해지기를 원치 않는다. 그들 자신의 문제에 너무 집착해 있기 때문이다.

오늘날 사람들은 너무 많은 생각을 한다. 만일 조금이라도 생각을 고요하게 만들 수 있다면 삶은 훨씬 더 쉽고 자연스럽게 흘러갈 것이다.

태국 북동부, 우리가 수행하던 절에서는 매주마다 하룻밤씩 모든 수행자가 법당에 모여 한숨도 자지 않고 밤새 철야정진을 하곤 했다. 그것은 숲 속 수행자들의 오랜 전통이었다. 그다지 고된 일은 아니었다. 다음날 아침이면 잠시 눈을 붙일 수 있었기 때문이다.

철야정진을 하고 난 어느 날 아침, 우리가 각자의 오두막으로 가서 모자란 잠을 보충하려는 찰나에 주지 스님이 호주 출신 신참 수행자를 손짓으로 불렀다. 실망스럽게도 주지 스님은 그에게 세탁할 승복더미를 잔뜩 안겨 주면서 지금 당장 그 일을 하라고 지시했다. 주지 스님의 승복을 세탁하거나 다른 자질구레한 시중을 들어주는 것은 신참 승려의 몫이었다. 그것 역시 오랜 전통이었다. 빨래의 양이 보통 많은 게 아니었다. 게다가 우리는 모든 빨래를 숲 속 수행자의 전통 방식에 따라 해야만 했다. 먼저 우물에서 많은 양의 물을 길어온 뒤 모닥불을 피워 큰 솥에 끓여야만 했다. 뿐만 아니라 비양나무 장작을 가져다가 절에서 쓰는 넙적한 칼로 일일이 쪼개야만 했다. 그 나뭇조각을 끓는 물에 넣어 수액을 우려 내어 일종의 '세제'로 사용했기 때문이다. 그런 다음 각각의 승복을 한 벌씩 긴 나무 물통에 넣고 그 갈색 끓는 물을 부은 뒤, 깨끗해질 때까지 손으로 주물러야만 했다.

승복을 햇볕에 너는 것으로 끝나는 것이 아니었다. 천연염색이 얼룩지지 않도록 매 시간마다 뒤집어 널어야만 했다. 승복 한 벌을 세탁하는 일만도 이토록 길고 힘겨운 과정이었다. 하물며 여러 벌의 승복을 빨려면 적어도 몇 시간이 걸리는 일이었다.

브리즈번(오스트레일리아 동부의 항구) 태생의 그 젊은 수행자는 밤을 꼬박 새우며 철야정진을 했기 때문에 몹시 피곤한 상태였다. 나는 그가 안됐다는 생각이 들었다.

나는 안쓰러운 마음에 그 신참 수행자를 거들기 위해 빨래하는 곳으로 갔다. 내가 그곳에 도착했을 때 그는 불교 전통보다는 브리즈번 전통에 따라 욕설을 해대고 저주를 퍼붓고 있었다. 그는 이 지시가 얼마나 불공평하며 몰인정한가 불평하고 있었다.

"내일까지 기다렸다가 시키면 뭐 얼어죽을 일이라도 생기는 거야? 밤새 한숨도 못 잤다는 걸 모르는 것도 아닐 테고 말야. 노예처럼 이런 허드렛일이나 하려고 내가 머릴 깎은 게 아니라고!"

그가 정확히 그런 식으로 말한 것은 아니었다. 실제로는 글로 옮길 수 없을 만큼 훨씬 심하게 말했다.

이 일이 일어났을 때 나는 수도 생활을 한 지 여러 해였다. 나는 그가 겪는 상황을 충분히 이해했으며 문제에서 빠져나오는 방법도 알았다.

나는 그에게 말했다.

"우리를 더 힘들게 하는 것은 일 그 자체가 아니라, 그 일에 대한 우리의 생각이오."

그는 입을 다물고 나를 응시했다. 몇 초 동안 침묵이 흘렀다. 그는 조용히 일을 시작했고, 나는 못 잔 잠을 보충하기 위해 그곳을 떠났다.

그날 늦게 그가 나를 찾아와 빨래를 도와주어서 고맙다고 말했다. 그는 빨래하는 일보다 그것에 대해 생각하는 것이 훨씬 마음을 힘들게 한다는 것을, 그것이 진실이라는 것을 깨달은 것이다. 그가 불평을 멈추고 빨래만을 했을 때 아무 문제도 없었다.

'삶에서 어떤 것이 우리를 힘들게 하는 것은 그것에 대한 생각 때문'이라는 값으로 따질 수 없는 교훈을 나는 일찍이 태국 북동부에서 승려 생활을 하던 초기 시절에 배웠다.

당시 아잔 차 스승은 절에 새 법당을 짓고 있었다. 우리 수행자들 대부분이 그 공사에 달려들어 있었다. 아잔 차 스승은 수행자는 단지 한두 병의 콜라를 마시기 위해서도 하루 종일 뼈 빠지게 일을 해야 한다고 역설하곤 했다. 어찌 됐든 그것은 절측으로선 마을의 인부들을 고용하는 것보다 훨씬 싸게 먹히는 일이었다. 가끔 나는 신참 수행자들을 위해 노동조합을 결성할까 하는 생각을 한 적도 있었다.

새 법당은 수행자들이 쌓아올린 둔덕 위에 세워졌다. 그런데 둔덕을 쌓고 남은 흙이 아주 많았다. 그래서 아잔 차 스승은 우리 수행자들을 불러 모아 놓고 말했다. 그 남은 흙을 전부 법당 뒤로 옮겨 놓으라고.

그다음 꼬박 사흘 동안 우리는 오전 10시부터 날이 어두워질 때까지 삽과 외바퀴손수레를 동원해 그 거대한 양의 흙을 정확히 아잔 차 스승이 지목한 장소에다 옮겨 놓았다. 일이 끝나자 나는 무척 기뻤다.

다음날 아잔 차 스승은 며칠간 다른 절을 방문하기 위해 떠났다. 그가 떠난 뒤 부주지가 우리 수행자들을 불러 놓고 말했다. 흙이 잘못된 장소에 옮겨졌기 때문에 다시 옮겨야 한다는 것이었다. 어이가 없었지만 불평에 찬 마음을 간신히 가라앉히는 수밖에 없었다. 우리 모두는 열대 지방의 무더위 속에서 또다시 사흘 동안을 힘겹게 흙을 옮겼다.

두 번째로 흙더미 옮기는 작업을 막 끝났을 때 출타했던 아잔 차 스승이 돌아왔다. 그는 우리 수행자들을 불러 놓고 큰 소리로 호통을 치며 말했다.

"왜 흙을 이곳에다 옮겨 놓았는가? 내가 흙을 저 장소에다 옮기라고 말하지 않았는가? 빨리 저곳으로 옮기도록 하라."

나는 화가 났다. 그것도 걷잡을 수 없이.

'고참 승려들끼리 먼저 잘 의논해서 결정할 수도 있지 않은가? 불교는 이런 주먹구구식이 아니라 체계화된 종교여야 한다. 그런데 이 절은 전혀 체계가 잡혀 있질 않아서 흙더미 하나를 어디로 옮길지조차 결정하지 못하고 있다. 똥개 훈련시키는 것도 아니고 말야······.'

또다시 3일 동안 우리는 말 그대로 허리가 휘도록 일해야만 했다. 무거운 흙더미를 채운 외바퀴수레를 밀면서 나는 태국 수행자들이 알아듣지 못하도록 영어로 욕설을 퍼부었다. 이건 도무지 말도 안 되는 일이었다. 언제가 되어야 이런 비합리적인 일들이 사라질 것인가?

나는 서서히 깨닫기 시작했다. 내가 화를 내면 낼수록 외바퀴수레가 더욱 무겁게 느껴진다는 것을.

그때 동료 수행자 한 명이 내가 투덜거리는 것을 보고 내 쪽으로 걸어와서 말했다.

"당신의 문제는 당신이 너무 생각을 많이 한다는 것입니다."

그의 말이 옳았다. 불평과 투덜거림을 멈추자마자 외바퀴수레를 밀기가 훨씬 가벼워졌다. 나는 큰 교훈을 배웠다. 흙 옮기는 일을

생각하는 것이 마음을 가장 힘들게 했고, 실제로 그 일을 하는 것
은 그다지 힘든 일이 아니었다.

지금에 와서 돌이켜 보면 아잔 차 스승과 부주지가 처음부터 짜
고서 우리에게 몇 차례나 흙더미를 옮기게 한 것이 아닌가 하는
의구심을 떨쳐 버릴 수가 없다.

태국에서의 신참 수행자으로서의 삶은 너무나도 불공평해 보였
다. 고참 수행자들은 음식도 좋은 것만 먹고, 가장 푹신한 방석 위
에 앉았으며, 외바퀴손수레를 밀어야 할 필요도 없었다. 반면에 하
루에 한 끼밖에 먹지 않는 신참 수행자인 나의 식사는 차마 입 안
으로 넘기기도 힘들 만큼 형편없었으며, 법당의 시멘트 맨바닥에
몇 시간이고 앉아 명상을 해야만 했다. 더군다나 시멘트 바닥을
깐 마을 인부들의 솜씨가 그야말로 구제불능이어서 바닥은 우둘
투둘하기 그지없었다. 뿐만 아니라 신참 수행자는 하루가 멀다 하
고 힘든 육체노동을 해야만 했다.

불쌍한 나, 운 좋은 고참 수행자들!

나는 그렇게 나 자신에게 불평의 이유를 늘어놓으면서 오랫동안
불쾌한 시간을 보냈다. 고참 수행자들은 신참 수행자들에 비해 깨
달음의 경지가 높을 것이기 때문에 굳이 맛난 음식이 필요 없을
것이다. 따라서 맛있는 음식을 먹어야 할 사람은 바로 나다. 고참

수행자들은 수년 동안 딱딱한 맨바닥에서 가부좌를 틀고 좌선을 했기 때문에 그것에 익숙해 있다. 따라서 푹신푹신하고 큰 방석이 필요한 사람은 오히려 내 쪽이다. 게다가 고참 수행자들은 최고의 음식을 먹은 덕분에 모두 살이 쪄서 엉덩이 부분에 천연 방석이 달려 있지 않은가. 고참들은 신참들에게 일을 하라고 지시만 할 뿐 정작 그들은 손 하나 까딱하지 않는다. 그러니 외바퀴손수레를 밀고 다니는 것이 얼마나 무겁고 지치는 일인지 그들이 어떻게 알겠는가? 어쨌든 모든 작업 계획은 그들 머리에서 나온 것이다. 따라서 그 일을 해야 할 사람들은 바로 그들이다.

불쌍한 나, 운 좋은 그들!

드디어 내 자신이 고참이 되었을 때 나는 최고의 음식을 먹고, 푹신푹신한 방석에 앉았으며, 육체적인 노동은 거의 하지 않아도 되었다. 하지만 나 자신도 모르게 신참 수행자들의 처지를 부러워하고 있었다. 그들은 잦은 대중 법문을 할 필요도 없었고, 하루 종일 신도들의 고민거리를 듣고 앉아 있지 않아도 되었으며, 몇 시간씩 절 회의에 참석할 의무도 없었다. 그들에게는 책임질 일이 아무것도 없었으며, 그들 자신을 위해 사용할 시간이 충분했다. 나는 어느덧 이렇게 말하는 내 자신을 발견했다.

"불쌍한 나, 운 좋은 신참들!"

나는 이내 상황을 알아차렸다. 신참은 '신참의 애환'을 갖고 있었고 고참은 '고참의 고통'을 갖고 있었다. 고참이 되었을 때 나는 단지 한 가지 형태의 고통을 또 다른 형태의 고통과 교환한 것뿐이었다. 이것은 독신자가 결혼한 사람을 부러워하고, 결혼한 사람이 혼자 사는 사람을 부러워하는 것과 같았다. 이제는 우리 모두가 알고 있지만, 결혼을 할 때 우리는 단지 '혼자 사는 사람의 고통'을 '결혼한 사람의 고통'과 맞바꾼 것이다. 그러다가 이혼을 했을 때 우리는 단지 '결혼한 사람의 고통'을 '혼자 사는 사람의 고통'과 맞바꾼 것이다.

불쌍한 나, 운 좋은 그들!

가난할 때 우리는 잘사는 사람을 부러워한다. 하지만 부자들 중 많은 이들은 가난한 사람들의 진실한 우정과 온갖 의무로부터의 자유를 부러워한다. 부자가 되는 것은 단지 '가난한 자의 고통'을 '부자의 고통'과 바꾸는 것이다. 직장을 그만두고 수입이 끊어지는 것은 '부자의 고통'을 '가난한 자의 고통'과 교환하는 것이다. 모든 것이 그렇다.

불쌍한 나, 운 좋은 그들!

다른 무엇이 됨으로써 행복해질 수 있다고 생각하는 것은 상상에 불과할 뿐이다. 다른 무엇이 되는 것은 단지 한 가지 형태의 고통을 또 다른 형태의 고통과 맞바꾸는 것에 지나지 않는다. 하지만 당신이 결혼을 했든 독신이든, 부자든 가난하든, 신참이든 고참이든 지금의 당신에 만족할 때, 그때 당신은 고통으로부터 해방될 수 있다.

운 좋은 나, 불쌍한 그들!

태국 북동부에서 승려가 된 이듬해, 나는 털진드기 병에 감염되었다. 열이 펄펄 끓어 우본 시 어느 지방 병원의 승려 병동에 입원 조치되었다. 1970년대 중반, 우본은 매우 가난한 나라의 외딴 변두리 마을이었다. 팔에 링거 주사를 꽂고 기운 없이 신음하는 상태에서 나는 남자 간호사가 저녁 6시에 퇴근한다는 것을 알아차렸다. 30분이 지나도 교대할 간호사가 나타나지 않았기 때문에 나는 옆 병상에 누운 승려에게 말했다. 야간 근무 간호사가 출근하지 않은 사실을 감독 권한이 있는 누군가에게 알려야 하는 게 아니냐고. 금방 되돌아온 대답은 승려 병동에는 야간 간호사가 배치된 적이 없다는 것이었다. 만일 밤사이에 상태가 악화된다면 그건 단지 본인의 나쁜 업보 탓이었다. 몸이 아픈 것만도 견디기 힘든데, 이제는 공포에 떨게 된 것이다!

그 후 4주 동안, 매일 아침과 오후에 물소처럼 덩치 큰 간호사가 내 엉덩이에다 사정없이 항생제 주사를 찔러 넣었다. 그곳은 제3세계 국가의 낙후된 지역에 있는 가난한 국립 병원이었다. 따라서 주사 바늘은 방콕 시내의 병원들보다도 훨씬 더 여러 차례 재사용되었다. 그 팔뚝 굵은 간호사는 문자 그대로 막강한 힘으로 인정사정 볼 것 없이 내 살 속 깊이 주사 바늘을 박아 넣었다. 흔히들 수도승들은 강인하다고 여기지만, 내 엉덩이는 그렇지 않았다. 엉덩이뼈까지 쑤셔서 돌아누울 수조차 없었다. 그 당시는 간호사가 그렇게 미울 수가 없었다.

나는 고통에 신음하고 있었고, 나날이 쇠약해져 갔으며, 태어나서 그토록 불행하다고 느낀 적이 없었다. 그러던 어느 날 오후, 나를 병문안하기 위해 아잔 차 스승이 승려 병동을 찾아왔다. 위대한 스승께서 나를 만나기 위해 직접 오신 것이다! 나는 너무도 우쭐해져 깊은 감동을 받았다. 갑자기 없던 기운이 샘솟고 기분이 고조되었다. 그때 아잔 차 스승이 입을 열었다. 그는 내게 말했다.

"그대는 회복되든지, 아니면 죽을 것이다."

그러고는 가버렸다.

나중에 안 사실이지만 그는 병원에 문병을 올 때마다 많은 수행자 환자들에게 그런 식으로 말했다는 것이었다.

나의 우쭐했던 기분은 산산조각나 버렸다. 스승의 방문이 가져다준 기쁨은 온데간데없이 사라졌다. 게다가 더 나쁜 것은 아잔 차 스승을 비난할 수 없다는 것이었다. 그가 한 말은 부인할 수 없는 진실이었다. 나는 회복되든지, 아니면 죽든지 할 것이다. 어느 쪽이든, 이 병으로 인한 고통은 끝이 날 것이다. 놀랍게도 그 사실이 내게 큰 위안을 안겨 주었다. 운 좋게도 나는 죽는 대신 회복이 되었다. 아잔 차는 얼마나 위대한 스승인가!

대중 강연 때 나는 종종 청중에게 한 번이라도 병에 걸린 적이 있는 사람은 손을 들어 보라고 말하곤 한다. 그러면 거의 모두가 손을 든다. 손을 들지 않는 사람들은 졸고 있거나, 아니면 성적인 공상에 빠져 있는 것이 틀림없다. 이것은 병에 걸리는 것이 지극히 자연스런 현상임을 증명한다. 사실 감기 한번 앓아 본 적이 없다면 그것이야말로 비정상적인 일일 것이다. 따라서 의사에게 진찰을 받으러 갔을 때 당신은 왜 의사에게 이렇게 말하는가?

"의사 선생님, 제가 어딘가 잘못되었습니다."

오히려 당신이 가끔씩도 아프지 않을 때만이 뭔가 잘못된 것이다. 따라서 이성적인 사람이라면 그렇게 말하는 대신 이렇게 말해야 할 것이다.

"의사 선생님, 제가 지극히 정상적입니다. 제가 다시 병에 걸렸습니다!"

병을 잘못된 현상으로 인식할 때, 당신은 그 병이 가져다주는 불쾌감 위에다 불필요한 스트레스, 심지어 죄책감까지 덧보태게 되는 것이다. 19세기 소설 『에레원Erehwon』('낙원' 또는 '이상향'이란 뜻으로 이 제목을 거꾸로 읽으면 nowhere, 즉 어디에도 이상향은 없다는 뜻이 된다. 반면에 그것을 떼어서 읽으면 now here, 즉 이상향은 '지금 여기'에 존재한다는 뜻이 된다.)에서 새뮤얼 버틀러(1835-1902, 영국의 소설가)는 신체의 병이 하나의 범죄로 간주되어 모든 환자는 감옥형 처벌을 받는 사회를 묘사하고 있다. 기억에 남는 대목 중 하나는, 피고석에서 계속 코를 훌쩍이고 재채기를 하는 피고가 판사로부터 연거푸 범죄를 저지른 것에 대해 호되게 욕을 먹는 부분이다. 그가 감기로 재판장 앞에 선 것이 처음이 아니었던 것이다. 나아가 싸구려 음식을 먹고, 적절한 운동을 하는 데 실패하고, 스트레스로 가득한 생활방식을 따른 것 등도 범죄행위이다. 이 감기 환자는 7년형을 선고

받고 감옥에 수감된다.

병에 걸렸을 때 얼마나 많은 사람들이 스스로를 비난하고 자책하는가?

한 수도자가 있었다. 그는 정체 모를 병에 걸려 몇 해 동안을 앓아누웠다. 날이면 날마다, 달이면 달마다 병상에 누워서 지냈으며 너무 허약해져서 방 밖으로 한 걸음도 걸어 나갈 수가 없었다. 수도원은 그 수도자를 살리기 위해 비용과 시간을 아끼지 않았다. 정통 의학이든 대체 의학이든 가리지 않고 온갖 종류의 치료법을 동원했다. 하지만 그는 아무런 차도가 없었다. 조금 나아진 듯해서 방 밖으로 비틀거리며 몇 걸음 걸어 나오면 이내 병이 도져서 몇 주 더 사경을 헤맸다. 죽음 문턱까지 간 적이 한두 번이 아니었다.

어느 날, 지혜로운 수도원장이 이 문제를 해결하기 위해 통찰력을 발휘했다. 그는 중병에 걸린 수도자의 방으로 찾아갔다. 병상에 누운 수도자는 더없이 절망에 젖은 눈으로 수도원장을 올려다보았다.

수도원장이 입을 열었다.

"나는 이 수도원의 모든 수도자들과 우리를 후원하는 모든 신도들을 대표해서 이 자리에 왔소. 당신을 사랑하고 염려하는 그 모두를 대표해, 나는 당신에게 죽음을 허락하기 위해 왔소. 이제 당신은 회복되지 않아도 좋소."

그 말을 듣고 수도자는 흐느껴 울었다. 그는 지금까지 병에서 회복되기 위해 힘겹게 노력해 왔다. 그의 병든 육신을 돕느라 동료 수도자들이 너무도 많은 고초를 겪었기 때문에 차마 그들을 실망시킬 수가 없었던 것이다. 그는 아무리 해도 나아지지 않는 자신의 병 때문에 좌절감과 죄책감을 느꼈다. 수도원장의 말을 듣고 이제 그는 그 병으로부터 자유로워졌음을 느꼈다. 심지어 마음 편히 죽을 수도 있게 되었다. 더 이상 동료 수도자들을 기쁘게 하기 위해 힘들게 노력할 필요가 없게 되었다. 이러한 안도감 때문에 그는 울음을 터뜨린 것이다.

그 다음에 무슨 일이 일어났다고 생각하는가? 그날부터 그 수도자는 병에서 회복되기 시작했다.

"오늘은 기분이 어떻습니까?"

병원에 입원해 있는 사랑하는 이를 방문할 때마다 얼마나 많은 사람들이 이렇게 묻는가? 무엇보다도 얼마나 어리석은 질문인가? 당연히 기분이 죽을 맛이다. 그렇지 않으면 왜 병원에 누워 있겠는가? 나아가 그 흔한 인사가 환자를 심각한 정신적 스트레스에 몰아넣는다는 것이다. 환자는 자신의 기분이 죽을 맛이라고, 솔직히 말하면 병문안 온 방문객들을 당황하게 만드는 무례한 행동이라고 느낀다. 자신의 기분이 마치 다 우려 마시고 난 뒤의 티백처럼 진이 빠진 끔찍한 상태라고 정직하게 대답하는 것이 가능한 일인가? 시간과 노력을 들여 병원까지 찾아와 준 사람들을 어떻게 실망시킬 수 있단 말인가? 따라서 그렇게 하는 대신 그는 어쩔 수 없이 거짓말을 할 수밖에 없다.

"오늘은 어제보다 기분이 한결 나아요."

그러고는 자신이 충분히 더 나아지지 않는 것에 대해 죄책감을 느낀다. 불행하게도 너무도 많은 병문안 방문객들이 환자를 더 병들게 만드는 것이다.

티베트 불교에 입문한 호주 출신의 한 여성 수행자가 퍼스 시의 말기 환자 병동에서 암으로 죽어가고 있었다. 어느 날 그녀가 절에 있는 내게 전화를 걸어, 그날이 아무래도 그녀 삶의 마지막 날이 될 듯하니 자신을 만나러 와 달라고 요청했다. 그래서 나는 하던 일을 멈추고 당장에 절의 누군가에게 70킬로미터 떨어진 병원으로 차를 태워다 달라고 부탁했다. 그 말기 환자 병동에 도착하자 매우 권위적인 말투의 간호사가 나타나 나의 출입을 막았다. 그 승려는 어떤 방문객도 들이지 말라는 엄격한 지시를 내렸다는 것이었다.

내가 부드럽게 말했다.

"저는 그 스님을 만나기 위해 특별히 멀리서 왔습니다."

그 간호사가 야단치듯 말했다.

"미안하지만 이 환자는 지금 어떤 방문객도 만나길 원치 않아요. 우린 환자의 의사를 존중해야만 합니다."

내가 이의를 제기했다.

"하지만 그럴 리가 없습니다. 불과 한 시간 반 전에 그 스님이 직접 나에게 전화를 걸어 만나러 와 달라고 부탁했는데요."

그 고참 간호사는 눈의 흰자위로 나를 째려보더니 따라오라고 퉁명스럽게 말했다. 호주인 승려의 병실 앞에 도착했더니 문에 붙은 커다란 종이가 우리를 가로막았다. 거기에는 큼지막한 글씨로 이렇게 적혀 있었다.

'방문객 절대 사절!'

그 간호사가 으르렁거리며 말했다.

"이거 보이죠? 환자가 직접 써 붙인 겁니다."

그런데 그 종이를 자세히 들여다보니 그 밑에 훨씬 작은 글씨로 '아잔 브라흐만은 예외'라고 적혀 있었다.

그래서 나는 겨우 안으로 들어갈 수 있었다.

왜 문에다 그런 표지판을 붙여 놓았으며 왜 특별히 나에게만 출입을 허락했는가를 묻자 그 승려는 말했다. 그녀를 찾아온 다른 친구들과 가족들은 그녀가 죽어가는 것을 보고 너무도 슬퍼하고 불행한 표정을 보였기 때문에 그녀의 기분이 훨씬 악화되었다는 것이었다.

"암으로 죽어가는 것만으로도 충분히 나쁜 상황인데, 나를 찾아오는 방문객들의 감정적인 문제까지 상대해야 하는 것은 여간 힘든 일이 아니거든요."

그녀는 자신을 죽어가는 환자로서가 아니라 그저 한 인간으로 대해 주는 유일한 친구는 나밖에 없다고 말했다. 수척하고 점점 생명력이 소진되어 가는 그녀를 보면서도 당황하지 않고 그 대신 농담으로 그녀를 웃게 만드는 유일한 친구는 나뿐이라고. 그래서 나는 그녀 곁에 앉아 마지막으로 한 시간여 동안 농담을 해서 그녀를 더 웃겼고, 그녀는 죽음을 앞둔 사람에게는 어떻게 해야 도움이 되는가를 내게 가르쳐 주었다. 나는 그녀로부터 병원에 입원한 누군가를 방문할 때는 환자가 아닌 인간 그 자체와 대화를 해야 한다는 것을 배웠다. 환자와 대화하는 것은 의사와 간호사에게 맡기고.

　그 호주인 승려는 내가 방문한 지 이틀 뒤 세상을 떠났다.

　불교 승려로서 나는 종종 죽음을 다루어야만 한다. 불교식 장례를 집행하는 것도 나의 일 중 하나이다. 그 결과 나는 퍼스 시에 있는 여러 장의사들과 개인적인 친분을 맺게 되었다. 아마도 대중 앞에서 엄숙함을 유지해야만 하는 직업이기 때문에 그들은 사적으로는 매우 유머 감각이 풍부한 사람들이 된 듯하다.

　한 예로, 내가 아는 한 장의사가 사우스오스트레일리아 주의 어느 공동묘지에 대해 말해 준 적이 있다. 수차례 목격한 일이지만, 그곳에서는 무덤구덩이 속에 관을 내려놓으면 갑자기 소나기가 퍼부어 빗물이 구덩이를 가득 채운다는 것이었다. 그래서 성직자가 기도문을 외고 있을라치면 관이 물에 떠서 모두가 볼 수 있도록 위로 둥둥 떠올라온다는 것이었다.

퍼스 시의 한 목사는 장례식이 시작되자마자 무심코 앞에 놓인 성서대의 누름단추에 몸을 기댄 적이 있다. 그러자 그가 성경을 읽는 도중 관이 커튼을 젖히고 움직이기 시작하고, 마이크의 전원이 꺼졌으며, 장례식 나팔이 예배당 안에 우렁차게 울려퍼졌다. 고인이 아무리 평화주의자라 해도 참기 힘든 일이었다.

어느 특이한 장의사는 우리가 함께 장의차를 향해 걸어갈 때, 그리고 공동묘지에서 무덤이 있는 곳까지 장례 행렬을 따라갈 때 내게 계속해서 농담을 하는 습관이 있었다. 너무 웃겨서 참을 수 없는 농담을 늘어놓으면서 그 와중에 내 겨드랑이 갈비뼈 부분에 손가락을 넣어 간질이기까지 하는 것이었다. 내가 할 수 있는 일이라고는 입술을 깨물며 웃음을 참는 것뿐이었다. 장례식이 진행되는 장소에 도착할 때쯤이면 나는 그 상황에 맞는 얼굴 표정을 지을 수 있도록 그에게 장난을 중단할 것을 매우 단호한 어조로 요구해야만 했다. 하지만 그것은 오히려 그를 자극해 더 웃기는 농담을 시작하게 만들 뿐이었다. 정말 못 말리는 장의사였다.

하지만 경력이 쌓이면서 나 자신도 좀 더 밝게 불교 장례식을 진행하는 법을 배우게 되었다. 몇 해 전, 나는 용기를 내어 장례식 현장에서 처음으로 농담을 했다. 농담을 시작하자마자 유가족 뒤편에 서 있던 장의사가 내가 무슨 짓을 하려는지 눈치채고 나를 중단시키려고 필사적으로 신호를 보냈다. 장례식장에서 농담을 해선 안 된다는 것은 세 살짜리 코흘리개도 아는 단순한 규칙인 것이다. 하지만 나는 생각을 바꾸지 않았다. 장의사의 얼굴은 시체보다도 더 창백해졌다. 내 농담이 끝난 뒤 무덤가에 둘러선 조문객들은 마음껏 웃음을 터뜨렸으며, 그제야 백짓장처럼 핏기가 사라졌던 장의사 얼굴에 안도의 기색이 떠올랐다. 나중에 고인의 가족과 친지들은 내게 감사하다고 말했다. 그들은 고인도 사람들이 웃음 속에 그를 떠나보내는 것을 보고 기뻐했을 것이라고 했다. 이제 나는 장례식에서 종종 그 농담을 써먹는다. 그렇게 하지 말아야 할 이유가 무엇인가? 당신이라면 당신 자신의 장례식 때 당신의 가족과 친구들이 나의 농담을 듣는 것이 싫은가? 내가 이 질문을 할 때마다 사람들은 언제나 대답한다.

"좋습니다!"

그렇다면 그 농담은 어떤 것인가?

한 나이 든 부부가 평생을 해로하다가 한 사람이 먼저 죽자 다른 사람도 며칠 뒤 세상을 떠났다. 그래서 그들은 함께 천국에 모습을 나타냈다. 아름다운 천사가 이들 두 사람을 데리고 바다가 내려다보이는 절벽 위 멋진 저택으로 안내했다. 이승에서는 오직 억만장자들만이 그런 으리으리한 집에 살 수가 있었다. 천사는 그 저택이 그들 부부에게 천국에서 주는 보상품이라고 발표했다.

남편은 현실적인 사람이었기 때문에 즉각적으로 말했다.

"매우 감사한 일이긴 하지만, 우리 형편에 저런 대저택에 매겨지는 세금을 해마다 낼 수 있을 것 같지 않소."

천사는 친절하게 미소 지으며, 천국에는 재산세나 보유세 같은 것은 존재하지 않는다고 말했다. 그런 다음 천사는 그 부부를 데리고 대저택의 수많은 방들을 구경시켰다. 각각의 방마다 고품격 가구들로 장식되어 있었으며, 어떤 것은 기품 있는 골동품이고 어떤 것은 세련된 현대식이었다. 값을 매길 수조차 없는 고급 샹들리에들이 여러 천장에서 내려뜨려져 있었다. 세면실과 욕실마다 수도꼭지들이 순금으로 빛나고 있었다. 그리고 곳곳에 DVD 플레이어와 최신식 와이드스크린 텔레비전이 설치되어 있었다. 구석구석 구경을 시켜 준 뒤 천사는 두 사람에게 마음에 안 드는 부분이 있으면 당장에 바꿔 줄 테니 망설이지 말고 얘기하라고 말했다. 이 집은 천국에서 그들에게 주는 보상품이었다.

줄곧 이 모든 물건들의 값어치를 계산하고 있던 남편이 말했다.

"이 가구들은 무척이나 값비싸 보이는군요. 나는 우리가 이 재산들에 대한 보험료를 낼 능력이 된다고는 생각하지 않소."

천사가 눈동자를 굴리고는 부드럽게 말했다.

"천국에는 도둑이 들어올 수 없습니다. 그러니 어떤 보험에도 들 필요가 없습니다."

그런 다음 천사는 두 사람을 데리고 대저택 아래층에 위치한, 세 대의 멋진 차가 주차되어 있는 큰 차고로 안내했다. 커다란 신형 SUV 사륜구동차가 주차되어 있고, 옆에는 반짝반짝 빛나는 롤스로이스 리무진이 대기하고 있었다. 세 번째 차는 한정 제작된 빨간색 페라리 오픈형 스포츠카였다. 남편은 이승에 살 때 언제나 엔진 성능이 뛰어난 스포츠카를 타보는 게 소원이었다. 하지만 그런 차를 소유하는 건 꿈에 불과한 일이었다. 천사는 그들에게 차종이

나 색깔을 바꾸고 싶으면 조금도 주저하지 말고 알려 달라고 말했다. 이것은 천국에서 그들에게 주는 보상품이니까.

남편은 시무룩해져서 말했다.

"우리는 차량 등록비를 낼 형편도 안 되거니와, 설령 그럴 형편이 된다 해도 오늘날 가장 빠른 스포츠카가 무슨 소용이 있겠소? 과속으로 속도위반 딱지나 날아올 거요."

천사는 머리를 흔들며 참을성을 갖고 그들에게 말했다.

"천국에서는 일체 차량 등록비를 낼 필요가 없습니다. 그리고 과속 측정 카메라도 설치되어 있지 않습니다. 원하시는 속도로 마음껏 페라리 스포츠카를 운전하실 수 있습니다."

그러고 나서 천사는 차고 문을 열었다. 길 건너편에 18홀짜리 멋진 골프장이 펼쳐져 있었다. 천사는 천국에 온 모든 남편들이 골프를 신나게 쳐 보는 것이 소원이라는 것을 알고 타이거 우즈가 직접 디자인한 환상적인 골프 코스를 포함시켰노라고 말했다.

남편은 여전히 심기 불편한 얼굴을 하고서 말했다.

"보아 하니 꽤나 비싼 골프장 같은데, 내 형편으로 어떻게 회원권을 살 수 있겠소?"

천사는 신음소리를 냈지만 이내 천사다운 자제력을 발휘해, 천국에서는 회원권 없이도 마음껏 골프를 칠 수 있음을 납득시켰다. 게다가 천국의 골프장에서는 순서를 기다릴 필요도 없고, 공은 언제나 벙커를 피해서 날아가며, 어느 방향으로 퍼팅을 해도 공이 홀컵 안으로 빨려 들어가도록 설계가 되어 있다고 설명했다. 이것은 천국이 그들에게 주는 보상품이기 때문이었다.

천사가 떠난 뒤 남편은 갑자기 자신의 아내에게 비난의 말을 퍼붓기 시작했다. 그는 너무도 화가 나서 그녀를 향해 소리를 지르고, 호통을 치고, 전에 없이 욕을 퍼부었다. 아내는 그가 왜 그토록 화를 내는지 이해할 수 없었다.

아내가 애원하듯이 말했다.

"왜 이렇게 나한테 기분이 나빠진 거에요? 아름다운 집과 훌륭한 가구들을 갖게 되었잖아요. 당신은 원하는 대로 마음껏 달릴 수 있는 페라리 스포츠카도 생겼고, 길 건너편에 환상적인 골프장도 있잖아요. 그런데 왜 나한테 이렇게 화를 내는 거에요?"

남편이 기분 나쁜 어조로 소리쳤다.

"잘난 당신이 나한테 건강에 좋다는 그 온갖 음식들을 구해다 먹이지만 않았어도 난 벌써 몇 년 전에 이 좋은곳에 올라왔을 거 아냐!"

슬픔은 우리가 죽음이라는 큰 상실에 덧붙이는 감정이다. 그것은 학습에 의해 배운 반응이며, 몇몇 문화들에서만 특별하게 발달한 감정이다. 그것은 절대 피할 수 없는 감정인 것은 아니다.

나는 동양의 순수한 전통인 불교문화에 8년 넘게 몸담고 살아오면서 내 자신의 경험을 통해 그것을 알았다. 태국의 외딴 밀림 속

사찰에서 처음 몇 해를 지내는 동안 그곳에는 서양의 문화와 사상이 전무했다. 내가 생활하던 절 마당은 부근 여러 마을의 공동 화장터로 제공되었다. 거의 매주 화장 의식이 진행되었다. 1970년대 후반, 그곳에서 수백 건의 화장 의식을 지켜보면서 나는 한 번도 우는 사람을 본 적이 없다. 화장을 한 다음날에도 유가족들과 대화를 나누곤 했는데 여전히 슬픔의 표시를 발견할 수 없었다. 그들이 죽음에 대해 슬픔을 느끼지 않는다고 결론내릴 수밖에 없었다. 그 시절, 수세기 동안 불교 가르침에 흠뻑 젖어 온 태국 북동부의 그 마을에서는 죽음이 서양인들이 알고 있는 슬픔과 상실 이론들과는 전혀 다른 방식으로 받아들여지고 있음을 나는 알게 되었다.

그 여러 해의 경험은 내게 슬픔의 다른 길이 가능하다는 것을 가르쳐 주었다. 슬픔이 잘못되었다는 것이 아니라 다른 가능성이 존재한다는 것이다. 사랑하는 이를 잃는 것을 두 번째 방식, 다시 말해 가슴 아픈 슬픔으로 오랫동안 고통스러워하지 않는 방식으로 접근할 수 있는 것이다.

나의 아버지는 내가 열일곱 살 때 돌아가셨다. 아버지는 내게 있어서 훌륭한 인간이셨다. 그분은 내게 "네가 삶에서 무슨 일을 하며 살아가든, 아들아, 내 마음의 문은 언제나 너에게 열려 있을 것이다."라고 말씀하심으로써 사랑의 의미를 발견할 수 있게 도와주셨다. 아버지에 대한 나의 사랑은 더할 수 없이 깊었지만, 아버지의 장례식 때 나는 울지 않았다. 그 이후로도 아버지의 죽음을 슬퍼하며 운 적이 없다. 아버지가 일찍 세상을 떠나신 것에 대해 한 번도 눈물이 나지 않았다. 아버지의 죽음에 대한 나의 그러한 감정을 나 스스로 이해하는 데 여러 해가 걸렸다. 다음의 이야기를 통해 나는 그것을 이해할 수 있게 되었다.

젊었을 때 나는 음악을 좋아했다. 록음악에서 클래식, 재즈, 대중가요에 이르기까지 모든 종류의 음악을 탐닉했다. 1960년대와 1970년대 초의 런던은 인생의 성장기를 보내기에 더할 나위 없이 멋진 도시였다. 특히 음악을 사랑하는 사람에게는. 소호(런던에서 가장 활기차고 독특한 색깔을 지닌 곳으로 많은 레스토랑과 카페, 바, 극장, 나이트클럽이 모여 있음)의 작은 클럽에서 레드 제플린(딥 퍼플과 함께 1970년대를 대표하는 영국 출신 록 밴드)이 긴장된 첫 콘서트를 하던 것을 기억한다. 또 한번은 북런던의 작은 선술집 2층 홀에 몇 사람이 모여 앉아 당시는 무명이었던 로드 스튜어트(《세일링》으로 유명한 영국 출신의 가수. 세계 3대 기타리스트로 불리는 제프 벡이 초창기에 그룹사운드를 할 때 보컬로 활동)가 리드 보컬로 노래하는 록 그룹 연주를 들은 적도 있다. 그 시절 런던에서의 음악과 관련된 많은 소중한 기억들을 나는 갖고 있다.

대부분의 콘서트 마지막에 나는 다른 청중들과 함께 "한 곡 더!"를 외치곤 했다. 대개 밴드들이나 악단들은 앙코르 요청에 응해 몇 곡씩 더 연주하곤 했다. 하지만 결국 그들은 연주를 끝내야만 했고, 악기를 챙겨 집으로 돌아갔다. 나도 마찬가지였다. 내 기억속에서는 클럽과 선술집과 연주회장 등을 나서 집으로 돌아가는 모든 저녁마다 언제나 비가 내렸다. 런던에서 종종 만나는 그 쓸쓸하고 고독한 비를 묘사하는 특별한 단어가 있다. '부슬비'가 그것이다. 내가 연주회장을 떠날 때마다 언제나 차갑고 우울한 부슬비가 내렸던 것 같다. 하지만 설령 내가 마음속에서 어쩌면 다시는 그 밴드들의 연주를 들을 수 없고 그들이 영영 내 삶에서 떠난다는 것을 알았을지라도 나는 한 번도 슬퍼하거나 울지 않았다. 런던 밤거리의 춥고 축축한 어둠 속으로 걸어 들어갈 때 그 감동적인 음악이 여전히 내 마음속에서 메아리치고 있었다.

'얼마나 훌륭한 음악인가! 얼마나 뛰어난 연주인가! 내가 그 자리에 있었던 것이 얼마나 행운인가!'

어떤 훌륭한 콘서트가 막을 내려도 나는 결코 슬픔을 느끼지 않았다. 아버지가 돌아가셨을 때의 나의 감정이 정확히 그것과 같았다. 아버지의 죽음은 마치 멋진 콘서트가 마침내 막을 내린 것과 같았다. 너무도 훌륭한 연주였다. 마지막 피날레에 가까이 다가올 때 나는 마음속으로 '한 곡 더!'를 외치고 있었다. 사랑하는 아버지는 우리를 위해 조금 더 오래 살아 있기 위해 무척 애를 쓰셨을 것이다. 하지만 결국 아버지가 '악기를 챙겨 집으로 돌아갈' 순간이 왔다.

장례식이 끝난 뒤 모트레이크의 공동묘지를 걸어 나와 런던의 차가운 부슬비 속을 걸어갈 때—그때 내리던 부슬비를 나는 선명히 기억한다—마음속에서 내가 다시는 아버지와 함께 있을 수 없으며 아버지가 영원히 내 삶을 떠났음을 알고 있었지만 나는 슬퍼하지 않았다. 울지 않았다. 내가 마음속에서 느낀 것은 이것이었다.

'얼마나 훌륭한 아버지인가! 아버지의 삶은 내게 얼마나 강한 영감을 주었는가! 내가 아버지 옆에 있었다는 것이 얼마나 행운인가! 아버지의 아들이었다는 것이 얼마나 운 좋은가!'

어머니의 손을 잡고 미래를 향해 먼 길을 걸어갈 때, 나는 내 삶에서 훌륭한 콘서트가 막을 내렸을 때 느꼈던 것과 같은 들뜬 기분을 느꼈다. 그 기분을 결코 놓치지 않을 것이다. 고마워요, 아버지.

슬픔은 당신으로부터 사라진 것만을 보는 것이다. 반면에 삶의 축제는 우리가 가진 모든 것을 인식하고 그것에 대해 깊은 감사를 느끼는 것이다.

아마도 우리에게 있어서 죽음의 가장 힘든 부분은 아이의 죽음일 것이다. 나는 지금까지 여러 차례 어린 남자아이나 여자아이의 장례식을 진행해 왔다. 내가 할 일은 충격에 빠진 부모와 친지들을 위로하고, 그들 마음속에 있는 죄책감의 고통을 내려놓도록 돕는 일이다. 그리고 그들이 도저히 이해할 수 없는 '왜?'에 대한 의문을 내려놓게 하는 일이다.

나는 사람들에게 여러 해 전 태국에서 들은 다음의 우화를 들려준다.

밀림 속에서 단순한 삶을 살아가는 한 수행자가 있었다. 그는 짚으로 엮은 오두막에서 홀로 명상 수행을 실천하고 있었다. 어느 날 늦은 저녁, 계절풍에 실려 매우 난폭한 태풍이 불기 시작했다. 바람이 제트 여객기처럼 울부짖고, 폭우가 오두막 지붕을 때렸다. 어둠이 깊어질수록 폭풍은 더욱 난폭해졌다. 먼저 나무들에서 큰 가지들이 찢겨져 나가는 소리가 들려왔다. 그 다음에는 강풍의 힘에 나무 전체가 뿌리 뽑혀 천둥 치듯 거대한 소리를 내며 땅바닥에 내던져졌다.

수행자는 이내 지푸라기로 엮은 자신의 오두막도 안전하지 않다는 것을 깨달았다. 나무가 오두막 지붕으로 쓰러지거나, 아니면 커다란 가지 하나라도 떨어진다면 곧바로 초가지붕을 뚫고 그를 즉사시킬 것이었다.

그는 온 밤 내내 한숨도 잠을 이룰 수가 없었다. 밤새 숲의 거목들이 바닥으로 쓰러지는 소리가 들려왔으며, 그럴 때마다 그는 심장이 벌렁거렸다.

종종 그렇듯이, 날이 밝기 한두 시간 전쯤 태풍이 멈추었다. 첫번째 동이 트자 수행자는 부서진 데가 없나 살펴보기 위해 용기를 내어 오두막 밖으로 나갔다. 여기저기 커다란 가지들이 널려 있고 두 그루 아름드리 나무가 그의 오두막을 살짝 비켜 넘어져 있었다. 살아남은 것이 기적이라는 생각이 들었다. 하지만 그의 시선을 사로잡은 것은 뿌리 뽑힌 나무들이나 바닥에 흩어진 나뭇가지들이 아니라 숲 바닥에 수북이 떨어져 있는 수많은 나뭇잎들이었다.

그가 예상했던 대로 바닥에 떨어진 그 나뭇잎들은 인생을 충분히 산 나이든 갈색 잎사귀들이었다. 갈색 잎사귀들 속에 많은 노란색 잎사귀들이 있었다. 심지어 초록색 잎사귀도 여럿 눈에 띄었다. 그리고 그 초록색 잎사귀들 중 몇 장은 더없이 신선한 연초록 빛깔이어서 그것들이 불과 몇 시간 전에 싹 튼 것임을 알 수 있었다. 그 순간 수행자의 가슴은 죽음의 본성을 이해했다.

그는 자신의 통찰력이 맞는가를 살펴보기 위해 주위에 서 있는 나무들의 가지를 올려다보았다. 생각했던 대로 여전히 나무들에 매달려 있는 잎사귀 대부분은 젊고 건강한 초록색 잎사귀들, 한창때인 청춘기의 잎사귀들이었다. 그런데 많은 신생의 연초록 잎사귀들이 바닥에 떨어져 죽어 있는데도, 늙고 굽어지고 말려 올라간 늙은 잎사귀들은 여전히 가지에 매달려 있었다. 수행자는 미소를 지었다. 그날부터 어린아이의 죽음은 결코 그를 혼란에 빠뜨리지 않았다.

죽음이라는 태풍이 우리의 가정을 통과해 지나갈 때, 그 태풍은 대개 늙은 사람들, '얼룩덜룩한 갈색 잎사귀들'을 떨어뜨린다. 태풍은 또한 많은 경우에 중년의 나이에 접어든 사람들, 나무의 노란색 잎사귀에 해당하는 이들도 떨어뜨린다. 초록색 잎사귀들처럼 생의 한창때에 있는 젊은 사람들도 죽는다. 그리고 자연의 태풍이 연초록 어린 싹들을 떨어뜨리듯 죽음은 때로 어린아이의 소중한 생명까지도 떨어뜨린다. 숲을 지나가는 태풍의 본성이 그렇듯이 인간계에서의 죽음의 본성도 그러하다.

아이들의 죽음에 대해서는 누구도 비난받을 수 없고 누구도 죄의식을 가져서는 안 된다. 그것이 사물의 본성인 것이다. 누가 태풍을 비난할 수 있는가? 이것은 왜 아이들이 죽어야 하는가의 질문에 대한 대답에 도움이 될 것이다. 그 대답은, 태풍 속에서 몇몇 연초록 새싹들이 떨어질 수밖에 없는 이유와 같은 것이다.

장례식에서 가장 감정적인 순간은 아마도 관이 무덤 속으로 내려가거나, 혹은 화장장일 경우에는 관을 불길 속으로 내려보내는 누름단추를 누르는 순간일 것이다. 그것은 사랑하는 이의 육신이 마침내 유가족들로부터 영원히 떠나가는 것을 의미하기 때문이다. 그 순간이 되면 유족들은 더 이상 눈물을 억누를 길이 없게 된다.

퍼스 시에 있는 화장터들에서는 그런 순간이 특히 힘들다. 그 화장터들은 버튼을 누르면 관이 아래로 내려가 화로가 있는 지하실로 향한다. 이것은 매장시의 모습을 본딴 것이다. 하지만 지하로 내려가 불태워지는 고인은 지켜보는 이의 무의식 속에서는 지옥으로 내려가 고통받는 것을 상징한다! 사랑하는 이를 잃은 것만으로도 충분히 고통스러운데, 지하세계로 내려가는 암시를 덧보태는 것은 견디기 힘든 일이다.

그래서 나는 기회 있을 때마다 화장터에 모인 교회 관계자들에게 이렇게 제안했다. 목사가 고인을 신에게 맡기는 누름단추를 누르면 관이 우아하게 공중으로 올라가도록 설계하라고. 간단한 유압 장치만으로도 쉽게 가능할 것이다. 그래서 관이 천장에 접근하면 소용돌이치는 드라이아이스 구름이 뿜어져 관을 가리고, 관은

천장의 뚜껑 문을 통과해 지붕 공간으로 사라지며, 그러는 동안
내내 천상의 감미로운 음악이 울려퍼지게 하는 것이다. 유족들에
게 이 얼마나 감동적이고 영감에 찬 순간이 될 것인가!

하지만 내 제안을 들은 몇몇 사람은 내게 충고했다. 관 속에 누
워 있는 고인이 천하에 없는 악당이며 그가 '저 위쪽'으로 올라갈
가능성이 거의 없음을 모두가 알고 있는 경우에는 그런 장치가 장
례식의 순수성을 해칠 것이라고. 그래서 나는 내 제안을 수정해서
건의했다. 모든 경우에 대비해 고인을 신에게 맡기는 누름단추를
1개가 아니라 3개 설치하자고. 선한 사람들을 위한 관이 '위'로 올
라가는 누름단추, 악당을 처리하기 위한 관이 '아래'로 내려가는
누름단추, 그리고 애매한 다수의 고인을 위한 관이 '옆'으로 가는
누름단추. 그리고 민주 사회의 원칙을 인정하고 나아가 음울한 장
례식 분위기에 흥미를 불어넣기 위해 유족들에게 그 세 개의 누름
단추 중 어느 쪽을 눌러야 할지 손을 들어달라고 요청할 수도 있
을 것이다. 이것은 장례식을 훨씬 기억에 남는 행사로 만들 것이고,
그곳에 꼭 가야만 하는 이유를 만들어 주는 일이 될 것이다.

인생에서 큰 성공을 거둔 남자가 있었다. 그는 네 명의 아내를
거느리고 살았다. 마지막 눈감을 시간이 다가오자, 그는 침상 곁으
로 가장 젊고 최근에 얻은 네 번째 아내를 불렀다.

그는 그녀의 소문난 몸매를 어루만지며 말했다.

"여보, 난 아무래도 오늘이나 내일 죽을 것 같소. 저 세상에서 당신이 없으면 난 무척 외로울 것 같아. 나와 함께 가지 않겠소?"

"무슨 말도 안 되는 소리예요!"

그 빼어난 미모의 젊은 아내가 말했다.

"난 여기에 남아야 해요. 당신의 장례식 때 당신을 위해 멋진 고별사를 하겠지만, 그 이상은 안 돼요."

그러면서 그녀는 방을 나가 버렸다. 그녀의 차가운 거절은 그의 가슴에 단검처럼 꽂혔다. 그는 그 젊은 아내에게 실로 많은 애정을 기울였었다. 중요한 행사 때마다 그녀를 데리고 나타나는 것이 너무도 자랑스러웠다. 그녀는 그의 늙은 나이에 위엄을 더해 주었다. 그가 그토록 그녀를 사랑했는데, 그녀가 그를 사랑하지 않는다는 것은 실로 큰 충격이었다.

그래도 그에게는 아직 세 명의 아내가 남아 있었다. 그래서 그는 중년의 나이였을 때 결혼한 세 번째 아내를 불렀다. 그는 이 세 번째 아내를 손에 넣기 위해 온갖 정성을 기울였었다. 많은 즐거움을 가져다주는 그녀를 깊이 사랑했다. 그녀는 매우 매력적인 여성이었으며 숱한 남자들이 그녀를 원했다. 하지만 그녀는 언제나 그에게만 충실했다. 그녀는 그에게 믿음과 안정감을 주었다.

그는 깊은 숨을 들이쉬고 나서 말했다.

"사랑하는 이여, 나는 하루나 이틀 후면 죽을 것 같소. 죽어서 저세상에 갔을 때 당신이 없으면 무척 외로울 것이오. 나와 함께 가주겠소?"

"절대로 안 돼요!"

그 매혹적인 젊은 여인은 사무적인 태도로 잘라 말했다.

"그런 일은 절대로 없을 거예요. 당신을 위해 성대한 장례식을 치러 주겠어요. 하지만 장례식 뒤에는 당신의 아들들을 따라가겠어요."

세 번째 아내의 배신은 그를 뼛속까지 뒤흔들었다. 그는 그녀를 내보내고 두 번째 아내를 불렀다.

그는 두 번째 아내와 함께 성장했다. 그녀는 그다지 매력적인 여성은 아니었지만 언제나 그의 곁에서 어떤 문제가 있을 때마다 매우 귀중한 조언들을 해 주었다. 그녀는 그의 가장 신뢰할 만한 친구였다.

그는 확신에 찬 눈으로 두 번째 아내를 쳐다보며 말했다.

"사랑하는 아내여, 하루나 이틀만 지나면 나는 이 세상에 없을 거요. 저세상에서 당신이 없으면 난 외로울 것이오. 나와 함께 가주겠소?"

그녀는 미안해하며 말했다.

"죄송해요. 난 당신과 함께 갈 수 없어요. 당신의 무덤이 있는 곳까지는 따라가겠지만 그 이상은 갈 수 없어요."

남자는 망연자실해졌다. 그는 마지막으로 첫 번째 아내를 불렀다. 그녀는 그가 영원의 세월 동안 알아왔다고 해도 과언이 아니었다. 최근 들어서는 그녀를 무시한 것이 사실이었다. 특히 유혹적인 세 번째 아내나 미모가 빼어난 네 번째 아내를 맞이하고부터는. 하지만 그에게 진실로 중요한 사람은 첫 번째 아내였다. 그녀는 언제나 보이지 않는 곳에서 조용히 일했다. 볼품없는 옷을 입고 몸까지 여윈 첫 번째 아내가 들어오는 것을 보고 그는 부끄러움을 느꼈다.

그는 애원하는 목소리로 말했다.

"여보, 오늘이나 내일이면 내 목숨이 다할 거요. 저세상에 갔을 때 당신이 없으면 난 외로울 거요. 나와 함께 가주겠소?"

그녀는 담담한 목소리로 대답했다.

"당연히 당신과 함께 갈 거예요. 나는 생이 바뀌어도 언제나 당신과 함께 있을 거예요."

이 첫 번째 아내는 '카르마(업)'이다. 두 번째 아내는 '가족'이고, 세 번째 아내는 '재산'이다. 그리고 마지막의 네 번째 아내는 '명성'이다.

이 이야기를 다시 한 번 읽어 보기 바란다. 이제 당신은 네 명의 아내를 알게 되었다. 그 아내들 중 당신이 가장 관심을 기울여 돌봐야 할 아내가 누구인가? 당신이 죽을 때 그들 중 누가 당신을 따라가겠는가?

태국에서 보낸 첫해, 우리는 소형 트럭 뒤칸에 실려 절에서 절로 이동하곤 했다. 두말할 필요 없이 고참 승려들은 가장 좋은 자리인 트럭 앞좌석에 앉았다. 우리 신참 승려들은 짐칸의 딱딱한 나무의자에 다닥다닥 끼어 앉아서 갔다. 우리 머리 위에는 나지막하게 쇠로 된 철봉들이 둘러쳐 있고, 그 위에 비와 흙먼지로부터 우리를 보호하기 위해 타르 칠한 방수천이 얹혀 있었다.

길들은 온통 비포장도로이고 도로 사정도 형편없었다. 움푹 패인 구덩이를 만나면 트럭은 아래로 내려가고 동시에 신참승들은 위로 솟구쳤다. 쾅! 나는 수도 없이 단단한 쇠철봉에 머리를 찧어대야만 했다. 게다가 삭발 수행자라서 충돌시 머리를 보호할 '충격 완화 장치'가 없었다.

머리를 부딪칠 때마다 나는 계속 욕을 해댔다. 물론 태국인 승려들이 알아들을 수 없도록 영어로 욕을 했다. 그런데 태국인 승려들은 머리를 부딪칠 때마다 계속 웃음을 터뜨리는 것이었다! 나는 그들의 속내를 이해할 수 없었다. 머리를 그토록 아프게 부딪치는데 어떻게 웃을 수 있단 말인가? 나는 생각했다. 아마도 이 태국인 승려들은 이미 머리를 너무 많이 부딪쳐서 머리에 뭔가 영원한 손상을 입은 것이라고.

나는 출가하기 전에 과학자였기 때문에 한 가지 실험을 하기로 마음먹었다. 다음번에 머리를 쾅 하고 부딪쳤을 때 나도 태국인 승려들처럼 웃기로 결심했다. 그렇게 하면 어떤가 알기 위해서였다. 내가 무엇을 발견했는지 아는가? 머리를 부딪쳤을 때 웃으면 훨씬 덜 아프다는 사실을 나는 발견했다.

웃음은 당신의 혈관 속으로 엔돌핀을 분출시키며, 그 엔돌핀은 자연이 제공하는 진통제이다. 또한 그것은 어떤 감염도 싸워 물리칠 수 있는 면역 체계를 강화시켜 준다. 따라서 통증을 느낄 때 웃는 것은 많은 도움이 된다. 당신이 아직도 내 말을 믿지 못한다면 다음번에 머리를 부딪쳤을 때 한번 시도해 보라.

그 경험은 내게 삶이 고통스러울 때 재미있는 면을 바라보고 웃음을 웃으면 훨씬 덜 상처받는다는 것을 가르쳐 주었다.

어떤 사람들은 문제로부터 자유로워지는 걸 원치 않는다. 그들은 자신들의 문제만으로 고민할 거리가 충분하지 않으면 텔레비전 드라마라도 보면서 상상 속 인물들의 문제를 가지고 고민한다. 많은 이들이 고민과 고통을 자극으로 받아들인다. 고통을 즐기기까지 한다. 그들은 행복해지기를 원치 않는다. 왜냐하면 그들 자신의 문제에 너무 집착해 있기 때문이다.

두 명의 수행자가 있었다. 그들은 평생 동안 가까운 친구로 지냈다. 죽은 다음에 한 사람은 아름다운 천상계에서 천신(천상에 존재하는 신)으로 환생하고, 반면에 그의 친구는 한 무더기 똥 속에서 벌레로 환생했다.

그 천신은 머지않아 자신의 옛 친구가 그리워지기 시작했다. 무엇보다 친구가 어디에서 환생했는지 무척 궁금했다. 천상계 어느 곳에서도 그 친구를 발견할 수가 없었던 것이다. 그래서 그는 다른 천상계까지 모두 뒤지고 다녔다. 친구는 그곳에도 없었다. 천신에게만 있는 능력을 사용해 그는 인간계를 샅샅이 살폈으나 그곳에서도 역시 친구를 발견할 수 없었다. 분명 그 친구가 동물계에서 환생할 리 없다고 생각했지만, 만일의 경우를 생각해 그곳까지 살펴보았다. 그곳에서도 전생에서의 친구 모습은 찾을 길이 없었다.

그래서 그다음으로 천신은 우리가 '징그러운 벌레'라고 부르는 미천한 존재들의 세계를 뒤지기 시작했다. 그랬더니 놀랍게도 냄새 지독한 소똥더미 속에 한 마리 벌레로 환생해 있는 친구를 발견하게 되었다.

우정이 깊으면 죽음보다 오래 간다. 천신은 어떤 카르마가 그를 그렇게 만들었든 그런 불행한 환생으로부터 자신의 오랜 친구를 구해 주어야만 한다고 느꼈다. 그래서 그는 악취 나는 소똥더미 앞에 모습을 나타내고 소리쳐 불렀다.

"어이, 벌레! 나를 기억하나? 우린 전생에 함께 수행자였고, 넌 나의 가장 친한 친구였어. 나는 즐거운 천상계에 환생한 반면에 넌 이 냄새나는 소똥더미 속에서 환생했어. 하지만 걱정하지 않아도 돼. 내가 널 천상으로 데려갈 테니까. 어서 나와, 친구야!"

벌레가 말했다.

"잠깐만 기다려! 자네가 흥분해서 떠드는 그 '천상계'가 도대체 뭐 그리 대단하다는 거지? 난 나의 맛있고 향기로운 이 소똥 속에서 행복하게 잘 지내고 있어. 말은 고맙네."

"넌 이해하지 못하고 있어."

천신은 그렇게 말하면서 벌레에게 천상계의 즐거움과 기쁨들에 대해 자세히 설명해 주었다.

벌레가 단도직입적으로 물었다.

"그럼 그곳에도 똥이 있어?"

천신이 기가 막혀 하며 말했다.

"물론 없지!"

벌레가 단호하게 말했다.

"그럼 난 가지 않을 거야. 너 혼자 가버려!"

그러면서 벌레는 소똥더미의 중심부로 파고들어갔다. 천신은 그 벌레가 천국을 직접 볼 수만 있다면 이해할 것이라고 생각했다. 그래서 코를 움켜쥐고서 벌레를 찾기 위해 부드러운 손을 그 불쾌한 소똥더미 속으로 쑤셔 넣었다. 벌레를 발견한 그는 친구를 밖으로 끌어내기 시작했다.

벌레가 소리쳤다.

"이봐, 날 그냥 내버려 둬! 도와줘요! 살려줘요! 벌레가 납치당하고 있어요!"

그 미끄러운 벌레는 밖으로 끌려나올 때까지 마구 꿈틀거리며 몸부림쳤다. 그러다가는 얼른 또다시 소똥더미 속으로 파고들어 몸을 감췄다.

친절한 마음씨를 가진 천신은 냄새 고약한 배설물 속으로 또다시 손가락을 찔러 넣어 벌레를 찾아서는 한 번 더 밖으로 꺼내려고 시도했다. 가까스로 벌레를 잡긴 했지만 찐득찐득한 오물로 미끈거렸고 또한 벌레 자신이 원치 않았기 때문에 벌레는 다시금 손가락 사이로 빠져나가 더 깊은 똥더미 속으로 숨어 버렸다. 그런 식으로 108번이나 천신은 그 불쌍한 벌레를 불행한 소똥더미로부터 끌어내리려고 시도했다. 그러나 벌레는 자신의 사랑하는 소똥더미에 너무 집착해 있었기 때문에 매번 꿈틀거리며 빠져나갔다.

그리하여 마침내 천신은 그 어리석은 벌레를 그의 '사랑하는 소똥더미' 속에 남겨둔 채 하늘로 돌아가야만 했다.

이렇게 해서 이 책에 실린 108가지 이야기도 끝을 맺는다.

아잔 브라흐마

영국 런던의 노동자 계급 집안에서 기독교인으로 태어난 아잔
브라흐마는 기독교 학교를 다니고 성가대에서 활동할 만큼 신실한
신앙을 가진 청년이었다. 그러나 17세 때 학교에서 우연히 불교
서적을 읽던 중 자신이 이미 불교도라는 사실을 깨달았다.
그는 장학생으로 케임브리지 대학에서 이론물리학을 전공했으나
인생에서 폭탄을 만드는 일보다 더욱 가치 있는 일을 하기를 바랐고,
정신적인 삶 또는 영적인 삶에 대한 열망이 그의 안에서 커져 갔다.
결국 그는 대학 졸업 후 1년 동안 고등학교 교사를 한 뒤 자신의
삶에서 몇 년을 떼어내 다른 삶을 살아보기로 결심하고 태국으로
건너가 스스로 삭발하고 수행승이 되었다. 수행승이 되고서야
그것이 그가 오랫동안 바라던 일이었다는 것을 깨닫게 되었고,
그러한 방식의 삶에 이내 편안함을 느꼈다.
어느 날 친구가 당대의 위대한 스승 아잔 차의 명성을 듣고 그곳에
가서 3일만 지내보자고 그에게 말했다. 그렇게 해서 아잔 차가
이끄는 숲 속 수행자들의 절인 왓농파퐁으로 간 그는 9년을
아잔 차와 함께 생활했다. 숲 속 수행승으로 철저한 배움의 시기를
보내고 난 후 그는 다른 제자들과 함께 호주로 가서 직접 벽돌 쌓는
일과 용접일을 배워가며 남반구 최초의 절을 세웠다. 절을 짓는 데
오랜 시간을 들여야 했던 그는 직접 고된 노동을 해야 하는
일과 속에서 "무슨 일을 하든 그 일을 힘들게 만드는 것은 그 일에
대해 생각하는 것"이라는 깨달음을 얻었다.
절의 주지였던 아잔 자가로가 안식년 휴가를 얻어 호주를 떠났고,
그 후 1년 뒤 승복을 벗게 되면서 아잔 브라흐마가 그 절의 주지가
되었다. 처음에 그는 그 직책을 강하게 거부했지만, 결국에는

받아들여 열정적으로 일해 나갔다. 그는 아픈 사람들과 죽어가는 사람들, 감옥에 있는 사람들, 불교에 대해 알고 싶어하는 사람들을 돕는 일을 계속해 나가고 있다.

무엇보다도 그를 세상에 널리 알려지게 만든 것은 그 특유의 유머와 통찰력 가득한 법문을 통해서다. 매주 금요일 인터넷 홈페이지에 실리는 그의 법문 동영상은 전 세계에서 매년 수백만 명이 접속해 들을 정도로 인기가 높다.

그의 법문은 진리를 추구하는 사람들과 힘든 시기를 보내는 사람들에게 많은 영감을 주어왔다. 그가 신참 수행승일 무렵 '승려의 길'에 관한 영문 안내서 편집을 맡았고, 이 안내서는 후에 서구의 수많은 불교 입문자들에게 지침이 되었다. 위대한 스승 아잔 차가 세상을 떠나고 난 뒤, 아잔 브라흐마는 아잔 수메도와 더불어 그의 제자들 중 가장 지혜로운 수행승 가운데 한 사람으로 꼽히고 있다.

불교계의 존경 받는 명상 스승 아잔 브라흐마의 저서로는, 지난 30년 동안 수행승으로 지내면서 겪은 경험, 스승 아잔 차와 함께 보낸 일화, 고대 경전에 실린 이야기, 그리고 절에서 행한 법문 등을 모은 『술 취한 코끼리 길들이기 Who ordered this truckload of dung?』와 명상 안내서인 『마음챙김, 기쁨, 그 너머 Mindfulness, Bliss, and Beyond: A Meditator's Handbook』가 있다.

류시화

시인. 시집 『그대가 곁에 있어도 나는 그대가 그립다』
『외눈박이 물고기의 사랑』 『나의 상처는 돌 너의 상처는
꽃』 『꽃샘바람에 흔들린다면 너는 꽃』을 발표했으며,
『삶의 길 흰구름의 길』 『성자가 된 청소부』 『티벳 사자의
서』 『달라이 라마의 행복론』 『조화로운 삶』 『인생수업』
『마음을 열어주는 101가지 이야기』 『삶으로 다시
떠오르기』 『마음에 대해 무닌드라에게 물어보라』 등
다수의 명상서적을 번역했다.
잠언 시집 『지금 알고 있는 걸 그때도 알았더라면』
『사랑하라 한번도 상처받지 않은 것처럼』
『마음챙김의 시』와 하이쿠 모음집 『한 줄도 너무 길다』
『백만 광년의 고독 속에서 한 줄의 시를 읽다』와
『바쇼 하이쿠 선집』을 엮었다. 인디언 연설문집
『나는 왜 너가 아니고 나인가』를 썼으며,
인도 여행기 『하늘 호수로 떠난 여행』 『지구별 여행자』와
우화집 『인생 우화』 『신이 쉼표를 넣은 곳에 마침표를
찍지 말라』를 썼다. 산문집으로는 『새는 날아가면서
뒤돌아보지 않는다』 『좋은지 나쁜지 누가 아는가』
『내가 생각한 인생이 아니야』가 있다.

술 취한 코끼리 길들이기

지은이 _ 아잔 브라흐마
옮긴이 _ 류시화

Illustration © Yeonleeji

2013년 12월 5일 1판 1쇄 발행
2024년 11월 20일 1판 40쇄 발행

펴낸이 _ 황재성 · 허혜순
책임편집 _ 오하라
디자인 _ Color of Dream

펴낸곳 _ 도서출판연금술사
(08505) 서울시 금천구 가산디지털2로 101 B동 1602호
신고번호 제2012-000255호
신고일자 2012년 3월 20일
전화 02-2101-0662　팩스 02-2101-0663
이메일 alchemistbooks@naver.com
페이스북 · 인스타그램 @alchemistbooks
ISBN 979-11-950261-3-5　03840